Jörn van Hall

Was am Ende blüht

Jörn van Hall

# Was am Ende blüht

Roman

Quintus

1. Auflage 2024

Binzstraße 19, 13189 Berlin
www.quintus-verlag.de

Satz und Gestaltung: Ralph Gabriel, Berlin
Umschlaggestaltung: Oda Ruthe, Braunschweig,
unter Verwendung eines Details des Gemäldes
*Cute beautiful girl holding her hair* von Mariia,
Öl auf Leinwand, Adobe Stock
Druck und Bindung: Finidr, s.r.o., Český Těšín

ISBN 978-3-96982-087-2

## Personen

Eva Nielsen (58), Leiterin einer Kulturstiftung
Lieselotte (55), Haushälterin von Eva Nielsen
Kirsten (Kirsty) Densow (35), Kulturwissenschaftlerin, arbeitslos
Fuller (44), Journalist
Bettina (Betty) Moldermann (60), Frührentnerin, zuvor Kulturwissenschaftlerin
Georg Moldermann (63), Rentner, zuvor Mathematiker
Corinne Marchet (58), Hausfrau, zuvor Opernsängerin
Karl Marchet (58), Rechtsanwalt
Stephanie (18), Lieselottes Tochter, ohne Berufsausbildung, arbeitslos

# Prolog

»Haben Sie das von der Eva Nielsen und ihrer Haushälterin gehört?«

»Die Lieselotte?«

»Ja, dieses komische Frauenzimmer. Die sich in der Stadt plötzlich in irgendeine Ecke hockte. Als müsse sie sich verstecken. Die war doch irre. Jedenfalls wird gemunkelt, dass der Anwalt Marchet die Nielsen ihretwegen vor Gericht vertreten soll.«

»Marchet? Der ist doch mit dieser schrecklichen Schachtel vom Opernhaus verheiratet. Wie heißt die doch gleich? Corinne? Und die ist wiederum mit der Nielsen befreundet. Und mit diesem Schlachtschiff, die mal an der Uni gewesen sein soll.«

»Betty Moldermann heißt die.«

»Ich zweifle ja, ob der Marchet überhaupt helfen kann.«

»Weiß Gott! Aber so gibt es wieder mal einen Grund, die Zeitung zu kaufen. Wissen Sie, ich liebe die Artikel von dem Fuller. Der wird sicher ein Auge auf die Geschichte haben. Und wenn einer was aufdeckt, dann der. Ich sage Ihnen, ohne den und die Zeitung würde hier doch alles beim Alten bleiben. Oder? Was meinen Sie?«

*2. Oktober, 15 Uhr, Käuzchenweg, Haus am Tann*

Vor dem Haus lagen Äpfel. Sie faulten in den Herbst. Ihr Gelb wich einem Braun, das roch. An der Haustür hing ein Löwenkopf mit rostenden Augen. Der Ring in seinem Maul knirschte und schlug dumpf gegen das Eichenholz. Eva öffnete die Tür. Sie erwartete Corinnes Bemerkung über das Knarren der Scharniere, über den fehlenden Mann im Haus Nielsen. Die Tür fiel ins Schloss. Corinne trug fauliges Fruchtfleisch an den Sohlen. Sie schmierte es über die Dielen, auf den Teppich.

»Ich bin so gut wie tot«, sagte Eva. »Sprichwörtlich.« Sie drückte Corinne an sich, roch Welke und Moder. Sie äugte zum Matsch auf dem Boden und klagte ohne Ton. Corinne hob eine Sohle. Ihr Gesicht war starr. »Sauber«, sagte sie zu sich selbst und blickte zum Mann am Kreuz. Er hing neben der Garderobe. Blank, dachte Corinne, geputzt wie sonst nichts im Haus. Dieses abergläubische Haushälterweib – wienert einen Toten.

Der Gekreuzigte glänzte. Bauch, Knie und Gesicht waren gelb wie die Äpfel vorm Haus im Spätsommer. Sonst war er braun wie die Äpfel, die Jahr für Jahr zuerst ins Gras fielen, ohne aufgesammelt zu werden.

Corinne hängte die Jacke an den Haken. Sie griff nach der Zeitung auf dem Tisch, nach Evas gedrucktem Gesicht auf dem Papier, dem Namen Nielsen über Evas Scheitel und dem Wort »Skandal«. »Diese Kläffer«, sagte Corinne und warf die Zeitung in den Papierkorb aus Bastgeflecht. Staub hob sich. Corinne ging zur Küche.

Sie zählte in Gedanken bis zehn, gegen das Fluchen und die Erwartung der Freundin, sich und ihre Haushälterin Lieselotte verteidigen zu müssen.

Corinne dachte, was Eva nicht mehr aussprechen wollte: Lieselotte verdient wahrlich nicht viel bei mir.

Eva dachte, was Corinne erwidern würde: Dafür lebt sie mietfrei in deiner Kemenate. Und sei sie noch so klein.

»Wie wäre es mit einem Kaffee?«, fragte Corinne. Eva räusperte sich. Saures ätzte ihr den Hals. »Die Elster fliegt wieder ums Haus«, sagte sie. »Die bringt Unglück«, erwiderte Corinne, »dafür ist der Aberglaube da. Steckt Glaube im Wort. Du musst in deinem Leben dutzende Generationen von ihnen gesehen haben. Als sie die Diktatur ausriefen. Oder als du in den Staatsdienst eingetreten bist. Als sie beschlossen, dich zu fördern, dich beförderten ...« Die Hand strebte zur Decke. Die Finger zeichneten kleine Kreise in die Luft. Die Augen drehten sich unter den gestrafften Lidern.

Eva ärgerte sich, ohne zu wissen, wer sie mehr verstimmte, die Freundin oder sie sich selbst.

»Du musst auf deinen Stuhl zurück«, sagte Corinne. Sie hielt einen Teelöffel ins Licht. »Die können dir erst einmal gar nichts. Unschuldsvermutung, so nennt das mein Karl. In dubio pro reo.« Sie betrachtete ihr Gesicht in der Löffelmulde und schob die Zunge unter die Oberlippe, die Unterlippe. Das tiefe Krapprot formte den Mund ihrer ersten großen Opernrolle, der Junon, nur schmaler, härter, älter. »›Frau Nielsen ist krank‹, sagen sie in der Stiftung. Du hättest dich für den Tag entschuldigt.« Das Rot bebte im Löffel. »Als hätte dich Krankheit jemals davon abgehalten, zur Arbeit zu gehen. Du zeigst den Leuten, dass dich das Geschmiere in diesem Wurstblatt anficht!« Corinne hob den linken Zeigefinger. »Und noch etwas. Karl denkt, der Fuller steckt hinter dem Rufmord.«

Eva war kalt. Der Kocher rumpelte, das Wasser brodelte. »Ich bin müde«, sagte Eva mit den Händen im Dampf, mit den Gedanken im Bett.

»Vor Minuten warst du so gut wie tot«, erwiderte Corinne, »du machst Fortschritte.« Corinne löffelte das Kaffeepulver in die Tassen. »Das Gesindel, das dich anschwärzt, muss in seine Schranken gewiesen werden. Du bist zu gutmütig. Wie zu deiner Lotter, deiner sogenannten Haushälterin.« Sie lachte. Das Lachen klang wie ein Krächzen, rau und aufgeregt. Das sprudelnde Wasser schwemmte über das Kaffeepulver und zog eine verbliebene braune Insel in die Tiefe.

»Lotter heißt Lieselotte«, sagte Eva. »Und sie ist ein guter Mensch.«

»Das hast du damals auch von dieser Kirsten Densow gesagt. Erinnere dich. Und nun pinkelt sie dir gemeinsam mit dem Fuller ans Bein. Aber den hältst du wahrscheinlich noch für einen guten Journalisten.«

*2. Oktober, 16 Uhr, Nachtigallstraße, Pressehaus*

Fuller saß in einem Turm aus Glas und Stahl. Er griff sich ans Gemächt, während er auf das Rathausdach schaute, auf den kleinen Glockenturm der Kirche. Die

Fassade war nach über einhundert Jahren wieder weiß, das Kreuz zurück, gestiftet von Kriegswitwen. Fuller schaute bis zum Ende der Stadt, wo es im Sommer am grünsten war, wo jene lebten, die es geschafft haben sollten. Er dachte an Eva Nielsen. Rauch quoll aus seinem Mund, als wäre ein Feuer in ihm, als wäre die graue Asche auf der Weste verkohltes Fleisch und Blut.

»Das Feuer«, hatte seine Mutter zu ihrer Mutter gesagt, »das Feuer in seinen Augen kommt von denen, die sich für ihn verbrennen. Sieh.«

Die Tochter des Bauern hatte sich in den Augen gesehen. Im Dorf hatte sie goldene Gans geheißen. Sie war prall. Ihre Haut schimmerte weiß. In der Schule galt sie als einfältig, auf dem Hof als bissig. Fuller nannte sie Gänseblümchen, und sie glaubte ihm. Einige Tage saß er mit ihr auf der Wiese hinter dem Hof und hörte ihrem Reden zu, als hätte ihn interessiert, wie sie sich ihr zukünftiges Leben vorstellte. In der Hand drehte er dabei eine wilde Margerite. Das Mädchen wusste nicht, ob die Blüte wie ein Propeller drehte, weil Fuller aufgeregt war oder ob sie für ihn keinerlei Bedeutung hatte. Eines Tages war Fuller des Wartens leid. »Was wäre ich ohne dich, mein Gänseblümchen«, raunte er und dachte an das Pflücken. In seiner heruntergelassenen Hose steckte eine Fahrkarte. Das Gänseblümchen blutete und biss die Zähne zusammen und fragte Fuller nach dem Morgen. Fuller nickte und ging. Am Morgen hielt er dem Kontrolleur seine Fahrkarte entgegen. »Das ist weit fort«, sagte der alte Mann mit der Schaffnerzange und stanzte ein Loch in das Billett. »Studium«, sagte Fuller.

Im Dorf munkelten die Frauen vom bösen Zauber. Es hieß, die Tochter des Bauern sei über Nacht gewelkt.

Fullers Augen lauerten hinter Glas. Die Brille spiegelte das milchige Weiß der Bürotür, die Frau, die hinter dem Glas ihre Hände über die Hüften streifte. Fuller erhob sich. Seine Hände zogen die Weste über dem Bauch glatt. Fuller bat ins Zimmer. »Kirsten«, sagte er und hob die Arme. Seine Finger bewegten sich wie winzige Fangarme.

Kirsten lächelte. Sie spürte das Fingern auf ihrem Rücken, auf der Haut einen kalten Schauer. Fullers Atem roch nach Fisch. »Schön, dich zu sehen«, sagte Kirsten.

Fuller küsste flüchtig ihre Wange. Ihr Duft erinnerte ihn an frische Milch. Sein Pint zuckte. Fuller stand auf den Fußballen und sagte: »Sieh dich an. Ganz prächtig.« Seine Augen glänzten wie die dunkelbraunen Lederknöpfe an seinem Revers. Die Pupillen waren schwarz wie die zwei Löcher in der Knopfmitte, klein wie Stecknadelköpfe. »Wenn du sie zu lange ansiehst«, sagten sie in der Redaktion, »dann lernst du das andere Ende kennen, das dünne, das ins Hirn sticht.«

Fuller ließ die Arme sinken. Im Drehen setzte er die Hacken auf den Boden.

Kirsten winkte ab. »Du gerissener Hund«, sagte sie. Kirsten dachte dabei an den Mops ihrer Nachbarin. Der Mops hieß Napoleon. Kirsten hörte nachts Napoleons Furze durch die Wand. Und sie wusste, wenn niemand schaute, harnte er den Nachbarn auf die Fußmatten.

»Ein großartiger Artikel, Fuller. Vierzig Zeilen für

mich, fünf für Eva Nielsen. Ich hoffe, es gibt keinen Ärger.«

»Sie werden dem Volontär nicht den Kopf abreißen«, antwortete Fuller. »Vielleicht hätte sein Ausbilder noch einen Blick auf den Text werfen sollen.« Fullers Stimme war fest. Sein Mund stand hart im Gesicht. Warten lehrt, dachte Fuller und nickte sich im kleinen Spiegel am Aktenschrank zu.

Fuller hatte bis zu jenem Novembertag im kleinen Land ausgeharrt. Es war in der dreiundzwanzigsten Stunde geschehen. Fullers Kopf hatte über der Sessellehne gehangen. Im Fernsehen sah er, wie Polizisten vor der geöffneten Grenze Kopf standen. Es verkündete, Politiker hätten den Kopf verloren. Fuller sah, wie die Parteihäuser Kopf standen. Die Demonstranten. Die Soldaten. Die Fahnen. Die Banner. Felder. Schweine. Ochs. Esel. Das kleine Land.

Fuller hatte sich auf den Bauch gerollt. Er spürte, auf die Füße zu kommen. Das Unten schwämmt nach oben, hatte sich Fuller gedacht. Er klatschte in die Hände. Er schlug die geballte Rechte in die offene Linke. »Das Oben wird zum Bodensatz«, hatte er gesagt. »Das wird dauern«, hatte ihm seine innere Stimme geflüstert, »und der Atem vom Oben ist lang, so lang wie der Odem des zukünftigen Unten.«

Fuller stand am Fenster seines Büros. Er schaute aus der dreizehnten Etage auf die Monduhr des alten Rathauses, zur graugrünen Justitia auf dem Gerichtsgebäude daneben. Sein Zeigefinger tippte auf das Glas seiner Taschenuhr.

»Fuller«, rief Kirsten. Fuller erschrak. Er lachte und atmete tief ein. »Da träume ich am helllichten Tag.« Er führte Kirsten zum Sofa. Kirsten roch seinen offenen Mund. »Ein kleiner Fisch, dieser Artikel«, sagte Fuller. »Aber ich habe nichts damit zu tun. Dieses ewige Aufwaschen langweilt mich, glaube mir.« Seine Hand tätschelte Kirstens Schulter. Die Seide rutschte unter seiner Hand. Eulen hoben und senkten sich mit dem Stoff. Ihr Gefieder glänzte. Fuller beäugte die Eule auf der Brust. Ihr Leib wurde spitz. Die Eule hob sich neben Fullers zuckendem Pint.

Fuller wandte sich ab. »Die Nielsen ist deine Baustelle, Kirsten.« Er setzte sich auf seinen Schreibtisch. Seine Hand bedeckte sein Glied. »Ich muss mich um ganz andere Kaliber kümmern«, stöhnte er und musterte die Eule mit dem spitzen Leib.

»Der Wagen rollt«, erwiderte Kirsten. Ihr Unterarm hob sich. Er bildete eine schiefe Ebene. An ihrem Ende zeigte die Hand zum Boden.

»Mit einem so kleinen Stein darin wird er dir nicht weit rollen, meine Liebe.«

Kirsten erhob sich und klopfte Fuller auf die Schulter. »Überlass das mir«, sagte sie. Fuller nickte. Er sah auf die Bluse, sah die Eulen aus dem Büro schweben.

*4. Oktober, 13 Uhr, Pestalozzistraße, Plattenbau*

»Frau Nielsen ist noch zu Hause, aber sie ist nicht krank«, antwortete Lieselotte ihrer Tochter. Sie klang barsch. »Wie kommst du überhaupt darauf, dass sie krank ist?«

Stephanie sah ungläubig zur Mutter. »Die Frau sitzt zu Hause rum«, entgegnete sie. »Das passt doch nun wirklich nicht zur Nielsen.«

»Sicher geht sie morgen schon wieder ins Büro«, murrte Lieselotte und roch am Kopf ihrer Enkelin. Der Esel auf ihren Fingern lächelte. Das Lächeln der Handpuppe hatte kein Ende. Es hing vernäht neben dem glühenden Kindergesicht unter Lieselottes Kinn. Sie betrachtete ihre Tochter auf dem Sessel in der Ecke des Zimmers und sagte: »Stephanie, Liebes«, ohne es so zu meinen. Sie sprach mit Bedacht versöhnlich, was der Tochter nicht entging. »Du musst mit der Kleinen zum Arzt, und zwar schnell.« Sie zog den Zeigefinger aus dem Kopf der Handpuppe, die Faust aus dem gesteppten Leib. Die rauen Finger zogen dünne Fäden aus dem grauen Filz.

Stephanie saß regungslos im Sessel. Ihre dünnen Beine standen wie Haken vor der Brust. »Masern sind ansteckend«, sprach sie und ließ offen, ob es als Frage oder als Aussage gemeint war.

Lieselotte streichelte den kleinen Kopf an ihrer Brust. Sie holte hörbar Luft und entschied, lediglich zu nicken. Die Haare unter ihrer Hand knisterten in der Stille, bevor sie sich mit den Fingern hoben.

Stephanie schwieg. Mutter hält mich für hohl, dachte sie, hohl wie der Kopf vom Langohr. Stephanie brannten die Augen. Sie hatte die Augen ihrer Großmutter. Lieselotte war froh, das Filzgrau nicht geerbt zu haben.

»Die Augen sind verhext«, hatten die im Dorf vor der Stadt geraunt. »Es sind die Augen der Dommel.«

Lieselotte hatte ihre Mutter nach der Dommel gefragt. Die Mutter war erstarrt. Sie hatte mehrere Male hörbar eingeatmet, bevor sie Lieselotte anfauchte. »Dommel?« Die Mutter hob ihren Zeigefinger vor das Gesicht der Tochter. »Nimm dieses Scheltwort nie wieder in den Mund, hörst du? Und frag mich nie wieder nach deiner Großmutter, nie wieder!«

Die Dommel hatte am Waldrand gelebt. Die Dörfler mieden sie. Die Tochter zog nach ihrer Volljährigkeit in die Stadt und verleugnete ihre Herkunft. Die Dörfler sagten, der Blick der Dommel sei voller Geister. Packte einen Kranken im Dorf die Verzweiflung, schlich er nach Sonnenuntergang an den Waldrand. »Tod oder Teufel«, hieß es hinter vorgehaltener Hand. Eines Nachts erhob sich ein riesiger Feuerball vom Waldrand. Die Dörfler erzählten, die Dommel sei sieben Tode gestorben. Die Rohrdommeln hätten sieben Tage ihren dumpfen Ruf Richtung Dorf geschrien.

Lieselotte streichelte die Enkelin. Sie hatte Angst vor dem Sterben. Ihre Mutter war steif vom Schreien auf dem Totenbett gewesen. »Wer weiß, wer sie holt«, hatte die alte Nachbarin geflüstert und das Kreuz geschlagen.

»Masern können zum Tod führen«, sagte Lieselotte.

Stephanie zog ihre greinende Tochter aus Lieselottes Armen in die Höhe. Die nackten Beinchen schwangen in der Luft. Lieselotte schwieg. Sie wollte nicht streiten. Stephanie wollte allein sein. Und Lieselotte sehnte sich nach Stephanies Nähe.

»Du kannst dich ja nicht einmal selbst lieben«, hatte

Lieselottes einzige Freundin einst gesagt und die Freundin verloren.

Der Esel lag auf Lieselottes Schoß. Eines der Augen war zerbrochen. Es hing an dünnen Fäden zum Ohr. Lieselotte lugte ins Schlafzimmer, nach dem Freund der Tochter, den sie in Gedanken einen Tagedieb oder faulen Strick nannte. Im zerwühlten Bett stapelten sich Wäsche und Spielzeug. Keiner da, dachte Lieselotte und lobte sich den jungen Tag.

»Warum bist du überhaupt hier?«, fragte Stephanie.

»Dein achtzehnter Geburtstag steht an«, sagte Lieselotte.

Stephanie dachte an Geld. Lieselotte dachte an die Brosche ihrer Mutter. Sie hatte die goldene Lilie nie getragen. Die dunkel angelaufene Blume erinnerte sie an den Tod. Lieselotte hatte die Brosche dennoch durch Hungerjahre gebracht. Das Kind wird sie verkaufen, oder ihr Tagedieb bringt sie an den Mann, dachte sie. »Er verkauft alles. Und wenn es das Blaue vom Himmel ist«, hatte Stephanie einmal zu Lieselotte gesagt und gelacht. »Und es gibt immer einen Schwachkopf, der ihm glaubt.« Der Esel auf Lieselottes Hand krümmte sich. Lieselotte fragte nach Stephanies Wunsch. Und Stephanie zog die Schultern in die Höhe. Lieselotte schaute auf den Esel. Vor drei Jahren hatte sie ihn der Tochter das letzte Mal um die Ohren geschlagen.

Lieselotte blickte zum vergilbten Büttenrandfoto ihrer Mutter. Vor dem Porträt steckte ein buntes Bild von Lieselotte und Stephanie. Wir sind verflucht, dachte Lieselotte. Sie legte den Esel auf den Tisch und zog den verblichenen Trauerflor am Bilderrahmen straff. »Ich muss gehen«, sagte Lieselotte. »Überleg dir was, Kind.«

*4. Oktober, 20 Uhr, Straße der Solidarität*

Eva sah zu den hell erleuchteten Fenstern hinauf. Die Nacht hat Augen, dachte sie. »Wer sie nicht verhängt, hat nichts zu verbergen«, sagten die Menschen, als hätten Zimmer keine Ecken, als gäbe es keine Keller, keine Dachböden, Aufzüge oder dunklen Flure. In einem Fenster saßen Katzen. Ihre Augen folgten Eva und ihrem Schatten, wie er vorauseilte und wieder zurückfiel und mit der nächsten Straßenlampe wieder vor und zurück. Was die Katzen nicht sahen, hörten die Hunde. Sie lagen hinter den Türen. Sie knurrten im Schlaf und liefen im Traum. Als wüssten sie, was der Tag nicht opfert, opfert die Nacht. Als wüssten sie nicht, dass ihre Herren stets Wolfs genug waren.

Treiben werden sie mich, dachte Eva und hetzte die Straße hinab. Der Regen peitschte die Stadt. Eva spürte ihn über das Gesicht rinnen, an den Händen hinab. Die eingerollte Zeitung in ihrer Linken fühlte sich an wie Brei. Die Worte auf dem Papier schwärzten Evas Haut. Greise Ulmen wiegten sich über ihr. Die Kronen knarrten und die Wurzeln brachen den Steig.

Als Kind war Eva unter den Ulmen auf Pflastersteinen aus Granit gehüpft, bis das kleine Land die Steine an das große verkaufte. Ein Jahr hatte die Straße keinen Belag gehabt, nur ein Banner: »Wie wir heute arbeiten, werden wir morgen leben!« Als das kleine Land Beton gießen ließ, stahl einer der Arbeiter Zement für seine Datsche und ersetzte ihn durch Kies. Er hatte gedacht: Wem fallen hier schon zwei fehlende Säcke auf. Ein anderer brachte Zement für ein Autoersatzteil zur Seite und füllte mit Sand auf. Er hatte einem Freund geflüstert: »Wenn ich die Säcke nicht klaue, klaut sie ein anderer.« Ein Dritter bot Zement für Geld aus dem großen Land und schüttete noch mehr Sand in den Betonmischer. Er hatte gedacht: Wer will Ulmen in ein paar Jahren für einen kaputten Gehweg belangen, für einen Wortbruch wie den meinen.

Was gebrochen wurde, brachte Eva zum Stolpern. Ihr Knie stieß auf den Beton. Ihre Hände schlugen in die Pfütze. Die Zeitung schwamm im Wasser, als sei Leben in ihr.

Eva wischte den Handrücken über das Gesicht. Sie schmierte die Druckerschwärze aus ihrem Namen auf die Stirn, über das Revers am Mantelkragen, auf den Klingelknopf neben dem Messingschild mit dem Namen ihres Patenonkels darauf. Der Professor öffnete die Tür. Seine trüben Augen blickten in die Allee.

»Sie stellen mir nur auf dem Papier nach, Johannes«, sagte Eva.

»Ich weiß«, erwiderte der Professor. »Das könnte der Anfang sein. Aber hoffen wir mal, es ist bereits das Ende.«

Evas rechte Hand hatte einen Riss. Blut zog sich wie ein roter Faden vom Mondbein zum Daumen. Der Professor humpelte ins Badezimmer. Auf dem Weg zurück schwenkte er ein kleines Fläschchen mit Jod in seiner

Hand. »Halb so schlimm«, flüsterte er und betupfte die Hand wie einen kranken Vogel, wickelte sie weiß und warm. Die Katze schlich zwischen den vier Beinen über die Dielen. Sie witterte.

»Die Stiftung ist groß geworden«, sagte der Professor. »Und die Begehrlichkeiten wachsen mit.« Die Katze legte den Kopf schief. Sie beobachtete Eva, als sei ihr der Besuch fremd, als sei Eva eine andere. »Begehrlichkeiten kosten Köpfe. Und das durch alle Zeiten. Scheint mir wie gesetzmäßig«, sagte der Professor. Seine Hand klopfte auf den schmalen Schoß. Die Katze sprang. »Du weißt, ich habe Köpfe von Konsulinnen, Ministern, Magnaten operiert. Weltweit. Für harte Devisen, mit denen der Staat kaufen konnte, was er nicht hatte. ›Verdienen Sie dieses Jahr Geld für Bananen oder einen Magnetresonanztomographen?‹, fragte mich eine Kollegin aus der Kaderabteilung oft.«

Die Katze drehte sich auf den gestreckten Beinen. »Ein Kollege ging schließlich zur Partei. Und die sagte mir, was der ehrenwerte Kollege ihr gesagt hatte: ›Herr Professor hat nicht mal ein Parteibuch.‹ Ein paar Seiten geklammerten Papiers machten mich zu einem anderen Menschen. Schließlich hieß es: ›Herr Professor kümmern sich besser um unsere Arbeiter und Bauern.‹ Von da an fuhr der Kollege ins Ausland.« Die Katze fand ihren Platz. Sie rollte sich ein und mauzte. Der Professor nickte und kraulte ihr Fell. »Der Kollege mit dem Parteibuch kam nach dem zweiten Einsatz jenseits der Grenze nicht wieder. Er eröffnete eine Praxis, wurde Christ und reich.« Der Professor schüttelte den Kopf.

»Hast du es bereut, dass du immer wieder zurückgekehrt bist?«, fragte Eva.

Der Alte schaute zum Fenster. Eine Ulme stieß mit einem Zweig an die Scheibe. »Ich habe dieses Fleckchen Erde immer geliebt«, antwortete der Professor. »Aber vor allem liebte ich meine Frau. Sie ließen sie hier warten. Nie durfte sie mich ins Ausland begleiten. Sie war das Pfand. Die gute Seele stellte mir eines Tages deine Frage. Ich habe ihr Gesicht gestreichelt. ›Siehst du‹, habe ich gesagt, ›ich habe alles.‹ Ich werde nie vergessen, wie sie mich küsste und mit einem leisen Summen in den Garten ging. Sie holte Möhren, Kartoffeln, Sellerie, Erbsen. Ich kochte unser Leibgericht. Und sie las mir aus unserem Lieblingsbuch vor.«

Der Professor schloss die Augen. Er glaubte, das Summen zu hören. »Wie hätte ich in der weiten Welt den Kopf verlieren können«, sagte er leise. Seine Hand zitterte auf der Katze. Das Tier schnurrte.

Eva zeigte dem Professor die linke, von Druckerschwärze verschmierte Hand. »Du weißt, Johannes, ich war kein Judas. Sie kamen vom Eibenberg und fragten. Zwei Männer, die wie Buchhalter mit ledernen Aktentaschen aussahen, so auffällig unauffällig. Sie fragten und fragten. Und ich redete, ohne etwas zu sagen.«

Der Professor strich über das glänzende Fell. »Rache fragt nicht nach Schuld, Eva.« Der Professor hustete. Der Husten war trocken. Er ließ die schmale Brust zittern, die Beine, die Katze auf den Knien. »Sprich mit dem Mann deiner Freundin. Karl Marchet ist ein heller Kopf.«

Eva betrachtete die verbundene Hand, das Weiß an ihr. »Stehe ich das durch, Johannes?«

»Steht das nicht für deinen Namen, mein Kind?«

*5. Oktober, 11 Uhr, Straße des Friedens, Bürohaus*

Die Sonne leuchtete im Fenster. Sie spiegelte sich im Bilderrahmen. Die Sonne hatte den Mond in seinem Passepartout gebleicht. Er hing seit Jahren an der Wand und seit Jahren saß Eva unter ihm. Erhob sie sich von ihrem Bürosessel, umrahmte er ihren Kopf wie ein Heiligenschein. »Die Gloriole hat einen Riss«, hieß es seit Tagen im Haus der Stiftung. Eva trug ihn im Kopf, trug ihn am Morgen ins Büro und am Abend wieder heim. Im Riss wohnte das Bangen. Und seit Tagesanbrüchen sagte Eva der Sekretärin mit der Perlenkette aus Glas: »Ich halte es heute wie der Neumond bei Tage.« Dabei legte sie eine Hand vor die Augen wie als Kind. »Ich bin für niemanden zu sehen«, sagte sie und fügte hinzu: »Gute Geister ausgenommen.«

Eva saß eine Stunde mit verschränkten Armen hinter dem Schreibtisch. Sie schaute zum Telefon. Seit dem Zeitungsartikel über sie und Schuld und Sühne war es still geworden. Wie schwarz es ist, dachte Eva, und sie erinnerte sich an den letzten Stromausfall, während sie das grün leuchtende Lämpchen auf dem Telefon betrachtete. Sie rieb die Fingerkuppe über den rot markierten Urlaubstag im Kalender, bis zu dem sie drei Tage abhaken musste. Eva begann, die Stille bis dahin zu fürchten. Und sie fragte sich, wie etwas so lang

Ersehntes so sehr ängstigen konnte. Selbst der Anruf irgendeiner Bittstellerin wäre ihr in diesem Moment gelegen gekommen: der fahrigen Buchhalterin, der Verwaltungsleiterin oder des mürrischen Haustechnikers. Selbst der, dachte sie, als plötzlich das Telefon schrillte. Und schlagartig fürchtete Eva, es könnte der Anruf einer Journalistin sein, eines Reporters. Er hätte sie nach ihrem Fehl fragen können und wann es Zeit für Reue sei. Das Telefon schrillte zum dritten Mal.

Die Sekretärin klopfte. Ihr Auge linste durch den Türspalt. Sie sah Eva hinter dem Schreibtisch stehen, wie sie auf das Telefon hinabstarrte und zur Tür hinauf. Die Sekretärin schob den Kopf etwas weiter ins Zimmer. Das Gesicht war flach und hatte einen aufgemalten Mund. Die Lippen formten einen Namen. Die rechte Hand der Sekretärin flatterte dabei durch die Luft.

Eva nickte. Sie wusste Dorothea am Telefon. Die Sekretärin nannte die Kuratorin eine Drossel und meinte den Singvogel. »Wissen Sie«, hatte Eva einmal zur Sekretärin gesagt, »fast jeder klingt in unangenehmen Situationen eine Oktave höher.«

Eva erinnerte sich an ihre erste Begegnung mit Dorothea. Sie hatte der Kuratorin ihren Ehemann und dessen Gemälde vorgestellt. Dorothea war von Bild zu Bild geschritten, hatte geschwiegen und sich geräuspert und die Werke schließlich in zu hohen Tönen gelobt. Und Eva hatte nicht glauben können, was ihrem Ehemann schmeichelte. Wer glaubt diesem Ton, hatte Eva gedacht.

Eva hob den Telefonhörer ab. Sie hörte Dorothea reden, als hätte sie das Atmen vergessen. Wie vertraut mir ihre hohen Töne sind, dachte Eva, und wie Vertrauen und Irrtum Hand in Hand gehen können.

Die Kuratorin redete den Herbst schöner, als er war, redete eine zusätzliche Oktave höher als üblich.

Ach, Dorothea, du weißt es, dachte Eva, und du weißt nicht, ob oder wie du es zur Sprache bringen sollst.

Die Kuratorin redete weiterhin schnell. Und zügig kam sie vom farbenfrohen Herbst zum Termin in der Stiftung. Sie sagte ihn ab und berief sich auf die Göttin der Unterwelt. Sie bereite Persephones Rückkehr in das Museum der Stadt vor. Die Schöne habe am anderen Ende der Welt Schaden genommen, und das in einer der renommiertesten Galerien der Staaten. Die Götterkrone sei bestoßen, der Granatapfel gerissen.

»Ich lege meine Hand für Dorothea ins Feuer«, hatte Eva vor Monaten gesagt. Ihre Sekretärin hatte geschwiegen und im Geist widersprochen.

Evas Hand umfasste die schmale Vase. Das Porzellan kühlte die Haut. In der Vase welkte ein Wiesenstrauß. Evas Zeigefinger hob einen hängenden Stängel Wurmwurz in die Höhe. Seine braunen Staubblätter fielen über ihre Hand auf die Tischplatte.

Die Kuratorin hoffte auf Evas Verständnis und sprach ihre Hoffnung aus und lachte ohne Grund und kam zurück zum Herbst.

Du wirst ersticken, dachte Eva. Ihr Finger zerrieb die braunen Staubblätter auf der Tischplatte. Eva verstand und entschuldigte, ohne es zu wollen, und sie hoffte für Persephone. Am Ende sagte sie: »Auf Wiederhören«, ohne es wieder zu hören.

Das Schrillen war Eva in die Schläfen gekrochen. Der Mund war trocken und die Augen brannten. Eva legte den Kopf in den Nacken. Sie fingerte nach dem kleinen Plastikfläschchen neben der Vase und hielt es über das linke Auge. Sie träufelte und plierte und dachte an die Worte der Sekretärin: »Nun gibt es schon Tränen aus der Apotheke.« Ein Tropfen fiel auf den Schatten unter Evas Auge. Er rann über die Wange zum Mundwinkel. So fühlen sich Tränen an, dachte Eva und schmeckte Salz. Sie dachte an die Worte des Professors: Das könnte der Anfang sein.

Dem Klopfen an der Tür folgte der gute Geist mit der gläsernen Perlenkette. »Der Bürgermeister ist am Telefon«, flüsterte der aufgemalte Mund.

Eva Nielsen schüttelte den Kopf. Sie stellte sich zwischen die Sonne und den ausgeblichenen Mond an der Wand. Die Sekretärin nickte und trat zurück. Die Tür fiel leise ins Schloss. Dahinter versprach der aufgemalte Mund den Rückruf.

*5. Oktober,. 11 Uhr, Käuzchenweg, Haus am Tann*

Lieselotte schob das Kreuz zur Seite. Sie kratzte Fliegendreck von seinem Holz. Herbstwärme schob sich ins Zimmer, ein dumpfer Geruch nach Moder. Die Bäume hinter dem Feld flackern, dachte sie. Zwei Drachen schlingerten an Leinen über den Wipfeln. Lieselotte zerknüllte Zeitungspapier und presste es gegen die Scheiben. Auf dem Glas kreiste Eva Nielsens gedruckter Name, kreiste neben den Worten Schande und Verantwortung und Leid. Das Papier stank. Lieselotte erinnerte der Geruch an ihre Kindheit.

Lieselotte war zehn Jahre alt gewesen. Ihre Mutter hatte die Zeitung vor ihrem Gesicht zerknäult. »Dafür ist sie gut«, hatte die Mutter gesagt. »Zum Fensterputzen und um den stinkenden Abfalleimer auszuschlagen.« Sie hob die Hand in die Luft. Die Finger waren schwarz. »Dreck«, sagte sie. »Da steht nur Dreck drin. Jedes verdammte Jahr schreiben die, wie ihre Pläne übererfüllt werden, und wenn du an der Fleischtheke Rouladen verlangst, dann glotzen die Weibstücke dich an, als wolltest du Bananen. Dass ich nicht lache. Nein, nein, das Drecksblatt taugt nicht zum Lesen.«

Lieselottes Vater hatte gezischt und den Zeigefinger vor den Mund gehalten. »Die Wände haben Ohren«, flüsterte er, und seine Augen wurden schmal.

»Seit es Wände gibt«, erwiderte die Mutter. »Aber die Ohren interessiert eine einfache Hausfrau wenig. Und das bin ich ja wohl.«

»Sie haben selbst den versoffenen Leichenwäscher geholt«, flüsterte der Vater und sah aus dem Fenster zum Himmel.

»Der Blödmann hat gefleddert«, sagte die Mutter. »Einmal mussten sie ihn ja erwischen.« Sie warf ein Stück Bauchlappen auf den Tisch. Das Fleisch war grau angelaufen. »Und dann nimmt der auch noch von so einem hohen Tier. Eines mit viel buntem Blech an der Brust.« Die Mutter zog das Messer durch den Lappen.

»Er hat den Genossen einen Hornochsen genannt«, sagte der Vater leise.

Die Mutter würfelte das Fleisch. »Er hat es ja nicht mehr hören müssen«, erwiderte sie und leckte an den fettigen Fingern.

»Der Herr Pfarrer soll gesungen haben«, raunte der Vater. »Ausgerechnet der.«

Lieselottes Mutter hielt kurz den Atem an, bevor sie tief Luft holte. »Du plapperst wie ein Waschweib, Alter.« Sie warf die weichen Würfel in die Pfanne. Das heiße Fett spritzte. »Mach dich besser nützlich und hole mir Zwiebeln aus dem Garten!« Ihre Stimme klang barsch.

Lieselotte hatte aus dem Augenwinkel zum Vater gesehen. Sie liebte den Garten. Sie liebte es, mit dem Vater aus dem Haus zu kommen, aus den Augen der Mutter.

»Gewiss, die Leute reden viel dummes Zeug«, hatte er gesagt. Seine Stimme klang versöhnlich. Die Mutter nickte. »Lieschen könnte mir helfen«, sagte er. »Der trockene Lauch muss gebunden werden.« Lieselotte betete. Die Alte wird es ihm abschlagen, dachte sie. Die Mutter dachte an den Pfarrer. »Geht«, sagte sie. »Ihr nehmt mir nur die Ruhe.« Lieselotte zog den Vater aus dem Haus. Die Mutter ging in die Kammer zum Beten.

Lieselotte hatte die Hand des Vaters gehalten. Sie war rau von der Werkbank. Sein Gesicht war grau wie die vielen Baracken am Fluss. Das Ende der einen Baracke war der Anfang der nächsten. Die Arbeiter sprachen nur von der Schlange. Morgens verschlucke sie die Männer, hieß es, am Abend spucke sie die Ausgezehrten vor das Tor. Sie trugen Teer an der grauen Arbeitskleidung, an den Händen, auf den Stirnen, als hätten sie das Schwarz ausgeschwitzt, als hätte sich die Finsternis in die Freiheit gefressen.

Der Vater war in den Garten getreten. Er hatte sein Gesicht in die Wicken geschoben. Das Gesicht blühte. Lieselotte erkannte in ihm die Züge des schüchternen Knaben auf dem Konfirmationsfoto in der Wohnzimmervitrine. »Riech mal«, sagte der rissige Mund. Lieselotte zog eine Ranke zur Nase. Die Nase juckte. Lieselotte nieste acht Mal. Der Vater lachte Tränen. Er steckte Lieselotte eine Wicke ins Haar. »Bring deiner Mutter die Zwiebeln hier«, sagte er. »Ich kümmere mich um den Lauch.« Sein Gesicht wurde ernst. Lieselotte hob die zwei Zwiebeln in die Luft. »Zwei? Sie wird schimpfen.« Der Vater hob die Hände wie Schalen in die Luft, um sie abwechselnd zu heben und zu senken. Lieselotte zog die Schultern empor. »Kind, wer das eine will, muss das andere mögen. Heute mag die Mutter zetern, aber morgen oder übermorgen wird sie wieder Zwiebeln brauchen.« Lieselotte verstand.

»Ich verstehe«, hatte die Mutter gesagt und die zwei Zwiebeln in ihrer Hand besehen. Sie hatte gelacht. Das Lachen wurde böse. Die Mutter wandte sich zum Tisch um. Die verwaschenen Veilchen auf ihrem Rücken zitterten vom Lachen. Lieselotte schob ihre Zunge aus dem Mund. Ihr Rot spiegelte sich in der Kasserolle vor der Mutter. Das böse Lachen brach ab. Lauch war durch die Luft gesaust und hatte Lieselottes Wange gepeitscht.

Lange her, dachte Lieselotte. Die Drachen sanken vor dem Wald auf das Feld. Lieselotte schob das geputzte Kreuz in den Fensterrahmen. Sie zählte die Schläge der

Standuhr. »Noch vier Stunden«, flüsterte sie. Eva Nielsen erwartete die Freundinnen. Sie wollten spielen. Lieselotte fürchtete Corinne Marchet. Sie spielte vor dem Spiel. Sie tändelte mit dem Zeigefinger. Er hatte ein fein gefeiltes Ende aus Horn. Der Finger war ein Denunziant. Er suchte Staub auf Bilderrahmen, Lampenschirmen, Tabletts. Der Staub fiel auf Lieselotte zurück. Manchmal stieg er Lieselotte im Schlaf wie schmutziger Schnee bis unters Dach. Lieselotte schreckte dann auf und sprang aus dem Bett. Ihre Füße trugen sie wie von selbst ans Fenster in der Gaube. Erst wenn sie den Garten sah, die Hecke, das Feld, den Wald, konnte sie wieder atmen.

»Das ist ein Zeichen«, hatte Stephanie jüngst zum Traum der Mutter gesagt. »Aber du bleibst. Und das nur, weil es bequem ist, im Haus zu wohnen, das du putzt.«

»Was weißt du«, hatte Lieselotte erwidert. »Eva Nielsens Mann musste gehen. Und der Traum wird gehen.« Lieselotte hatte sich im Zimmer umgesehen, das sie ihre Kemenate nannte. »Glaub mir, hier müssen sie mich mit den Füßen voran raustragen.«

*6. Oktober, 18 Uhr, Platz der Einheit,*
*Staatsarchiv für Geheimdienstunterlagen*

Das ist sie also, dachte Kirsten, die Halle der verkauften Seelen. Sie schaute in den Saal: Die Seelen saßen auf harten Stühlen aus Fichtenholz. Sie schwiegen und blätterten und lasen. Kirsten sah zum Kuppelauge.

Ein totes Insekt kreiselte in einem Kegel aus Dämmerlicht in die Tiefe. Es fiel vor eine alte Frau mit weißem Gesicht und leerem Blick. Die Frau saß wie unter dem Auge des Kyklopen Polyphem. Starr war sie, als hätte ein mythischer Gewitterblitz sie getroffen. Es ist das Blatt, dachte Kirsten. Die Frau hielt das vergilbte Papier Minute um Minute zwischen Daumen und Zeigefinger, hielt es ohne Regung. Als hätte das Blatt sie vergiftet oder erfrieren lassen oder versteinert, dachte Kirsten. Wer hat dich seinerzeit verraten? Ein Pförtner? Ein Gynäkologe? Dein Ehemann? Kirsten fror. Sie schaute zur Uhr.

Der Aktenbote rollte seinen kleinen Wagen durch den Saal. Er lief gebeugt. Sein schmaler Rücken war steif wie Holz. Er brannte jedes Jahr ein wenig mehr. Der Aktenbote schob den Karren wie in Ehrerbietungshaltung durch die langen Tischreihen. Er zählte sie wie die Jahre bis zur Rente. Die Akten in seinen Händen wogen schwer. Sie beugten ihm das Kreuz.

Im Kellerarchiv trösteten sie ihn. »Anderen brechen diese Akten das Kreuz«, sagten sie. »Da reicht allein das Lesen.« »Ihr Asseln müsst es ja wissen«, erwiderte er dann. Wenn der Bote einmal zur Eile anhielt, winkten sie ab. »Du servierst das Unglück früh genug«, sagten sie. »Ich habe es nicht angerichtet«, antwortete er.

Der Aktenbote schaute zur Uhr. Noch drei Stunden, dachte er und: Ein Kreuz ist's. Er schob und zählte. Bei sieben hob er einen Packen Akten auf den Tisch. Auf dem Stapel lag ein Formblatt. »Das müssen Sie ausfüllen und unterschreiben«, sagte er. Seine gelbe

Fingerkuppe tippte in die weißen Spalten. Er hörte das Kratzen der Feder auf dem Papier. Der Aktenbote besah die schreibende Hand. Sie war weiß und zitterte. Die Eulen auf den Umschlagmanschetten über dem Handgelenk zitterten mit, als fürchteten sie den Adler auf der grauen Pappe neben sich. Sein Gefieder war schäbig. Seine Krallen waren abgegriffen. Über seinem Kopf verblasste der Schriftzug »Staatsarchiv für Geheimdienstunterlagen«.

Kirsten dankte dem Aktenboten, ohne aufzusehen. Sie zog den Stapel zu sich heran. Der Aar auf dem Deckel hatte ein totes Auge. Es doppelte sich zwischen Kirstens Lidern und starrte.

Die Asseln sagten, jede Akte stehe für wiederholtes Glück und Unglück, nur träfen sie nun andere – alles im Leben habe seine Kehrseite.

Kirsten spürte plötzlich Glück. Sie glühte.

Der Aktenbote starrte auf ihren Rücken. Die Eulen schwitzen, dachte er. Der Aktenbote hatte viel erlebt. Er trug alles Bizarre den Asseln zu. Im Keller lebten sie tags von seinen Geschichten. Einmal hatte er einen Satan bedient, der sich Aktenblätter in den Mund geschoben hatte. Ein anderes Mal hatte ein Racheengel versucht, das Entgelt zu prellen. Er konnte von einer spuckenden Hexe und einem ohnmächtigen Cherub berichten.

Der Aktenbote musterte Kirsten. Sie war für ihn die Frau mit den Eulen auf dem Leib. Er sah, wie sie das Haar in den Nacken warf, hörte das hohe Räuspern. Was für ein Pfau, dachte er. Die Asseln waren nicht an

Pfauen interessiert, wusste der Aktenbote. Selbst der faustische Abteilungsleiter winkte ab. »Es gibt zu viele von diesen Vögeln«, hatte er eines Tages gesagt. »Für die sitzen wir im Keller. Wir holen für sie nur die Kartoffeln aus der Erde – sprichwörtlich.« Er hatte über das Muttermal mit den zwei Haaren über der linken Braue gestrichen und den Kopf geschüttelt. »Und wer lohnt es uns? Die Aktenschreiber von einst nennen uns heute Verräter. Und den Rest interessieren wir nicht. Denen stinken wir nach den Papieren, die sich hier unten zersetzen. Essigsäure, Benzaldehyd, Hexanal, Furfural und wie ein schwacher Trost eine Note Vanillin.«

Kirsten rieb sich die Nase. Immerhin 778 Seiten, dachte sie. Fuller hatte sie vor schwerer Kost gewarnt. Sie schaute zum Platz der alten Frau unter dem Kuppelauge. Der Stuhl war leer. Auf dem Tisch stapelten sich die Akten. Auf dem Boden lag ein Blatt Papier. Schwere Kost, dachte Kirsten und flüsterte: »Ich wünsche viel Freude beim Auslöffeln, Frau Nielsen.« Sie blätterte. Sie suchte die Signatur, die sie stets an ein Gebirge erinnert hatte, so schwarz, mit aufstrebenden, schroffen Gipfeln. Das Gebirge hieß Nielsen. Kirsten sollte der Schriftzug für die Übeltat stehen. Und die Schuld ließ sie von ihrem alten Stuhl träumen. Kirsten glaubte an den Stuhl über dem Stuhl. Und sie hoffte auf das Amt über dem Amt.

Der Aktenbote gähnte. Er schaute zum Kuppelauge. Der Abend war hereingebrochen. Das Opäum war dunkel wie das Archiv der Asseln. Noch zwei Stunden, dachte der Aktenbote, noch 932 Tage.

*7. Oktober, 15 Uhr, Heiliggeiststraße, Café one*

Die Sonne richtete die Schatten aus. Die Luft dampfte unter ihr. Sie drang durch Corinnes Kleid zur Haut. Corinne saß steif auf dem Stuhl. Sie verlangte Wasser mit Zitronenscheiben und Espresso. Sie sprach die Bestellung am Oberarm des Kellners vorbei, hin zum gelben Haus auf der gegenüberliegenden Straßenseite. Über der Tür thronten graue Horen. Flechten und Taubenkot färbten den Töchtern des Zeus das Haar.

Der Kellner deutete einen Diener an. Seit vielen Jahren dienerte er, nur waren die ersten die besten gewesen. Da war das Land noch klein und die Konkurrenz war klein und Tische in Cafés und Restaurants waren begehrt. Zu jener Zeit konnte er Gäste anweisen, die in einer Schlange hinter einer gespannten roten Kordel neben einem Schild mit der Aufschrift »Sie werden platziert« warteten. Die Gäste waren dankbar. Nach dem Dienst hatte er der Mutter mit einem Bund Scheinen vor den Augen gewedelt, mit Bildnissen von Elsbeth Tucher und Hans Urmiller neben Thomas Müntzer. Das hatte die Mutter zum Schweigen gebracht. Sie dachte nur noch, was er nicht hören wollte: Wart's ab.

Der Kellner steckte den Stift in die linke Brusttasche, als wollte er sein Herz treffen. Und er sagte: »Einen Espresso und ein Zitronenwasser, Frau Marchet.« Er kannte sie, seit die Jahre schlecht geworden waren, und seine Mutter dachte: Du wolltest nicht hören. Er wusste, welche Fenster die Stammkundin beobachtete. Im Café hieß Corinne nur die Laune. Der Kellner schrieb ihr

Trinkgeld für den Nachmittag ab. Er hatte ihr Nicken gesehen, ihren Mund, die Lippen hart und dünn. Das Rot teilte sich und murrte: »Du kommst spät, Betty.«

Die Freundin winkte ab, als würfe sie die Hand zur Tür des Cafés. Die Hand war schnell. Ihr Schatten flog in Corinnes Gesicht. »Du hast doch dein übliches Programm hier«, erwiderte Betty. Sie schaute zum gelben Haus und fächerte mit der Hand. Die Luft stank nach Öl und Ruß. »Dieser Herbst ist die Hölle«, stöhnte sie.

»Deine Sorgen möchte Eva haben, da bin ich mir sicher«, sagte Corinne. Sie schob die Zeitung über den Tisch, die gedruckte Hand mit dem ausgestreckten Zeigefinger im Bild über der Schlagzeile. Der schraffierte Finger zeigte neben der Vase in die Stadt, zum Turm aus Glas und Stahl, woher er stammte, wo der Fingerzeig mehr war als ein Deut, von wo er sich auswachsen sollte, einwachsen sollte wie ein Schandpfahl.

Betty atmete schwer. Sie griff die Zeitung und sagte: »Ich bin im Bild.« Sie wedelte das Blatt. Der druckschwarze Finger auf der Zeitung zeigte zur Erde. »Ich frage mich nur, von welcher Wunde sie schreiben.«

Corinne lachte, wie sie es einst an der Hochschule für Musik gelernt hatte. »Und wenn sie erst eine Wunde reißen müssten, Betty.«

Der Kellner schob die Karaffe auf den Tisch. Die Zitronenscheiben schwebten im Wasser. Der Kellner spürte den Schweiß in seinen Schuhen, den Schmerz in den Fußballen. Er grüßte Betty. Sie war im Café als die Ulk geschätzt. »Die Ulk verschnupft wieder mal die Laune«, flüsterten sie hinter dem Tresen. Zum Glück gibt sie Trinkgeld für zwei, dachte der Kellner. Er lugte zum verlassenen Nebentisch, zu den acht Gedecken, der zerlaufenen Sahne im Aschenbecher. In einem der acht Sektgläser schwammen zwei Zigarettenstummel. Und er sah den dreckigen Groschen Trinkgeld auf der liegen gebliebenen Rechnung.

Corinne hob die Hand. Ihr dünner Zeigefinger war auf Betty gerichtet. »Noch Makronen und Eiskaffee für meinen Gast.«

»Bitte«, fügte Betty hinzu.

Der Kellner dienerte und schenkte der Ulk ein Lächeln.

»Arme Eva«, stöhnte Betty. Sie schwenkte die Karaffe. »Ich erinnere mich nur zu gut, wie sie mich im kleinen Land abgesägt haben …« Betty sah aus den Zitronenscheiben Kerne zu Boden sinken.

»Du hattest schon immer ein loses Maul«, sagte Corinne.

»Und Glück«, erwiderte Betty. »Und es hält mir die Treue. Das Dasein in diesem dubiosen Opferheer hat viele Vorteile.«

»So ist das, wenn Jahrzehnte geltendes Recht zu Unrecht und Unschuld zu Schuld erklärt werden. Nichts für ungut, Betty, aber da schlägt sich gern jemand auf die Seite der Opfer. Oder es soll jemand als Opfermacher herhalten.«

»Für diese Fälle gibt es Männer wie deinen Karl«, flüsterte Betty. Sie schaute zum gelben Haus auf der gegenüberliegenden Straßenseite. Spatzen hüpften in den Gewändern der Horen. Corinne blickte zu den Fenstern über der Haustür. Die Fenster glänzten schwarz.

Die Augen des Kellners waren leer. Er servierte Espresso, Makronen und Eiskaffee.

Corinne nippte. »Der schmeckt ja grässlich. Probiere!«, forderte sie Betty auf.

Die Freundin führte die winzige Tasse zum Mund. Der Mund war wie ein fuchsrotes Siegel. Das Siegel schützte Betty. Sie kannte die Gastronomie zu gut. Sie war als junge Studentin für Jahre Kellnerin gewesen. »Leute von der Uni sollten sich nicht nur den Kopf schmutzig machen«, hatte ihre Mutter gesagt. Betty bediente Gäste wie Corinne. Die bösen Worte der Kundschaft waren wie Schmutz durch die Ohren in ihren Kopf gedrungen und hatten den Groll genährt. Einmal war Betty eine Eiskugel zu Boden gefallen. Der Hund der Chefin hatte daran geleckt und Betty den Rest der Kugel unter einem Berg Schlag einer garstigen Kundin serviert.

Betty ließ das Tässchen sinken. Ihre Zunge war trocken, die Lippen. Schnell leckte sie das Siegel feucht, schob das Porzellan über den Tisch und lobte den Espresso.

»Ekelhaft«, widersprach Corinne.

Betty fingerte eine Zitronenscheibe aus der Karaffe. »Wird Karl Eva vertreten?«, fragte sie und biss ins Saure.

»Weißt du, Betty, Karl ist nicht gut im Verlieren.«

»Wie lange kennen wir Eva. An die vierzig Jahre. Ich würde nicht nur meine Hand, ich würde jedes meiner einhundert Kilo für sie ins Feuer legen«, sagte Betty. Sie kaute, was ihr den Mund ätzte. »Eva ist eine Heroine«, fügte sie hinzu.

»Das schließt Unrecht nicht aus«, erwiderte die Freundin. »Und wenn Eva …« Corinne stockte. Sie zwirbelte an ihrer Halskette und schaute zum Verlagshaus mit seinem Turm aus Glas und Stahl. Sie hob die Zeitung und ließ sie zurück auf den Tisch fallen. »Was, wenn sie doch mit den Herrschaften vom Eibenberg zu tun hatte?«

Betty schob die Hutkrempe aus der Stirn und zog die gelbe Schale aus dem Mund. »Sie war hoch angebunden, Corinne. Jeder Dekan oder Vorsitzender, jede Leiterin oder Direktorin in dieser Stadt bekam irgendwann Besuch vom Berg. Nur Idioten und Scheinheilige versetzt das doch heute noch in Erstaunen.«

Corinne rieb sich den Hals, die Schläfen. »Das ist es ja nicht allein«, stöhnte sie und hielt kurz inne. »Es ist vor allem eine Frage der Zeit. Karls Zeit.«

»Es ist wohl mehr eine Frage des guten Scheins«, sagte Betty. »Du verstehst die Doppeldeutigkeit. Nun, am Geld sollte es wohl nicht scheitern.«

Corinne winkte ab. »Es ist die Zeit«, erwiderte sie. »Er schafft es nicht einmal über die Straße. Um ihn zu sehen, gehe ich hier ins Café.« Corinne zog ein Opernglas aus der Tasche. Sie schaute zum gelben Haus auf der gegenüberliegenden Straßenseite.

Um seine neue Schreibkraft zu sehen, dachte Betty und fragte: »Was wolltest du mir über Evas Haushälterin erzählen?«

»Hör mir auf mit dieser Lieselotte!«

*7. Oktober, 17 Uhr, Käuzchenweg, Haus am Tann*

Lieselotte kauerte vor der Stehlampe. Sie wienerte den Messingfuß in den Glanz und sang. »Schau ich in ihr Antlitz schön, schaut lächelnd sie zurück …« Mit dem Schauen endete das Lied. Mein Gott, dachte Lieselotte, ich poliere Mutters Lippen. Ihre Eckzähne bissen abwechselnd in die rissigen Mundwinkel. Lieselotte spürte, wie sich der Schmerz unter die Schädeldecke zog. »Schau ich in ihr Antlitz«, sprach Lieselotte und blickte auf das Messing. Sie hasste ihr Kinn. Es war ihr zu weich. Sie hasste ihre Stirn. Die war ihr zu hoch. Sie hasste ihren Nasenrücken. Er war ihr zu breit. »Als hätte die Alte ihre Rache in mich gepflanzt«, flüsterte Lieselotte und sah sich die Patina von den Wangen reiben. Sie hauchte sich auf den Mund, ohne den Atem zu spüren, der den fleischgewordenen Erbteil auf dem Messing vernebelte und für Sekunden auslöschte. Lieselotte rieb und rieb und dachte: Selbst das Übel hat seinen Glanz. Dann spuckte sie. Der Speichel spritzte auf das Messing. Er lief in das Spiegelbild von Eva Nielsen. Der Schreck fuhr Lieselotte in den Leib. Das Entsetzen starrte aus ihren Augen.

»Guten Abend«, sagte Eva und lächelte. Ach, Lieselotte, dachte sie, ein Lamm ist an Ihnen verlorengegangen, ein Lämmchen.

Lieselotte sprang auf. Ihre Hände hielten den Leib. Sie hörte, was die Uhr geschlagen hatte. »Früh«, sagte sie. »Sie sind doch recht früh heute. Ich …«

»Keine Sorge«, erwiderte Eva. »Der Spieleabend ist verschoben. Ich brauche Ruhe. Meine Freundinnen und Ruhe schließen sich aus. Sie wissen schon …«

Lieselotte lächelte kurz, als freue sie die Nachricht, der Ton der Vertrautheit, als spürte sie nicht, was sie Ungetüm nannte, den Griff in die Eingeweide, das bodenlose Treiben. Für Lieselotte war das Ungetüm alt, obgleich sie sich nicht erinnern konnte, wann es sich ihrer bemächtigt und begonnen hatte, von ihrer Scham und Furcht zu leben. Lieselotte nannte es Hundsfott, manchmal die, manchmal der, manchmal nur Fott. Sie hatte ein Bild von Fott. Im Traum war es erschienen, ein Schlangenwesen mit dem Kopf einer Dornwanze, wie sie in einer Naturdokumentation beschrieben worden war. Lieselotte sprach mit Hundsfott. Sie bat oder flehte oder predigte oder schalt oder beleidigte. Lieselotte wusste, es gab Ruhe, sobald sie Fott unter das Dach trug. »Hier ist es am schönsten«, sagte sie dann zu Fott und sich und rieb sanftmütig, was sie nicht mehr auseinanderhielt.

»Lassen Sie es für heute gut sein«, bat Eva.

Lieselotte nickte. Sie spürte Fott kneifen und grollen und pressen. Schweiß trat ihr auf die Stirn. »Was ist mit dem Abendessen?«, fragte sie und presste ihre Faust unter den Brüsten auf den Bauch.

Eva winkte ab. »Ich bin nicht hungrig. Wenn ich etwas brauche, dann sind es Ruhe und Schlaf.« Sie lächelte und ging.

Lieselotte hatte indes verloren. Fott spie. Lieselotte fühlte die warme Nässe zwischen den Backen, an den Schenkeln. Sie fluchte im Kopf. Sie presste den Putzlappen in die Hose und eilte mit zusammengekniffenen Schenkeln zur Tür.

Eva kauerte sich in den Sessel. Sie schaute zur Decke und wartete. Wenn Lieselotte die Dielen über dem Lehm leise zum Knarren brachte, beruhigte das Eva. Heute wird das arme Lamm poltern, dachte Eva. Sie hatte Lieselottes Blick gesehen. Und das Gesicht. Es war weiß wie Schnee gewesen. Eva hatte die weiße Faust vor dem Leib gesehen. Die Tür wird krachen, dachte Eva und schloss die Augen.

Lieselotte lief die Giebeltreppe hinauf. Sie polterte über die Dielen ihrer Mansarde, hastete ins Bad und warf die Tür hinter sich ins Schloss.

*8. Oktober, 16 Uhr, Heiliggeiststraße,*
*Anwaltskanzlei Marchet*

Karl Marchet trug eine Stoppelkrone. Sie war flach. Ihre Enden glänzten wie gebürsteter Stahl. Die Leute sagten, Anwalt Marchet habe Nerven wie Drahtseile und all die Enden würden ihm aus dem Kopf wachsen. Unter der Krone alterte die Stirn. Ihre Runzeln nährten das Bild vom Kreuz. Karls Augen sprachen dagegen. Sie waren groß und bübisch, die Krähenfüße darunter vom Schalk genährt.

Karl schob die Zeitung von sich. »Da malt jemand wieder einmal gründlich schwarz«, sagte er. Seine Brauen hoben sich. Seine Hände ruhten auf dem Schreibtisch. Sie waren groß und ebenmäßig. Sie erinnerten Eva an ihren Vater. Sie stöhnte und legte ihre Finger auf sie. »Vielleicht kannst du mir noch einmal helfen, Karl.«

»Deine Scheidung war ein Spiel. Dein Mann war eine Laus«, sagte Karl. »Der Eibenberg ist ein Berg.« Karl hob die rechte Hand waagerecht über sich, über die Krone aus Haar.

So hatte Evas Angetrauter einst die Hand gehoben. Sie war hinabgesaust und hatte Evas Gesicht getroffen. Er weinte, als er vom Richter auf die Schläge angesprochen wurde. Es seien die Tränen eines Krokodils, hatte es in der Stadt geheißen, unter Freundinnen, Anwälten. Das Tier hatte von Evas Vermögen gefressen und von ihrer Würde. Es beschwor die guten Zeiten und Eva beeidete am Ende die schlechten.

»Der Eibenberg«, stöhnte Karl. »Selbst wenn man ihn schliffe mit allen Bürobauten, Baracken, Wohnhäusern, wir kämen ihm kaum bei, nicht zu unseren Lebzeiten.« Karl zog die Zeitung zu sich heran. »Und einige von denen, die den Argus vom Berg erschlugen, haben sich mit seinem Blut infiziert.« Karl tippte auf Evas gedrucktes Gesicht über der Schlagzeile. Der Zeigefinger strich über ihren Namen. »Wem nutzt dein Fall, Eva?« Karl verrieb die Schwärze aus dem Namen zwischen den Fingerkuppen. »Dike«, sagte Karl fest. »Feindin der Ungerechten, doch freundlich gesinnt den Gerechten. Göttin, wohlan, mit edlen Gesinnungen komm …« Karl lachte. Er lachte oft, denn er amüsierte sich gern über die Einfalt der Leute.

»Karl Marchet hat einen Gott zu Fall gebracht«, erzählten sie noch immer in der Stadt, nach vielen Jahren. Und je länger die Geschichte erzählt wurde, desto märchenhafter klang sie:

Der Gott hatte in einem Palast aus Glas gesessen. »Ich habe dem kleinen Land den Himmel gebracht, als es am Ende war«, hatte der Gott erklärt. Der Himmel war in Lastkraftwagen, Waggons, auf Schiffen und in Flugzeugen gekommen. Er bestand aus bunten Karossen, bunten Filmen, bunten Kleidern, buntem Zucker. Das kleine Land zahlte mit kleinem Land. Das kleine Land ist fürwahr ein sehr kleiner Kuchen, dachte der Gott und zog weiter in Richtung Osten. Karl holte ihn mithilfe vieler Halbgötter zurück. »Der Himmel stammt aus dunklen Kanälen«, sagten die Leute. »Er ist subventioniert worden«, sagten andere. Die Richter sprachen mit dem Gott, den Halbgöttern, mit Karl und seinen Kompagnons. Sie verhandelten hinter verschlossenen Türen. Der Gott zahlte ein Almosen und zog fort, verschwand aus dem einen oder anderen Kopf und zog in einen seiner Paläste aus Glas an einem anderen Ende der Welt.

Karl presste die Hände auf seine Krone. »Ich soll Eris und Apate auf viele Kilometer wittern, heißt es unter meinen ehrenwerten Kollegen.« Karl lächelte. »Es sind Schellen, die ich in mir trage, Evchen. Das Bild trifft es vielleicht. Und bei Ungemach läuten sie und das Vibrieren macht mich auf eine seltsame Weise kalt.« Karl warf die Zeitung in die offene Schublade. Er sah Evas Gesicht in die Dunkelheit der Lade rutschen. »Ich denke, das wächst sich aus«, sagte er. Seine Finger rieben die Stirn. Seine Krone richtete sich auf. Karl spürte die Schellen, die Kälte.

»Tu's für mich, bitte.«

Karl blickte auf das gerahmte Foto zwischen sich und Eva. Corinne trug einen geflochtenen Zopf. Er war armdick. »Mit diesem Haar angelt man sich einen Zaren«, hatte Corinnes Mutter zur Kommunion gesagt. Corinne hatte sich den Studenten Karl genommen. »Wenn ihr nichts zu beißen habt«, hatte ihre Mutter geflucht, »dann kannst du einfältiges Ding deinen Zopf verkaufen.« »Mutter singt Arien«, hatte Corinne zu Karl gesagt und ihn geheiratet.

An diesem Morgen hatte sich Corinne zu Karl an den Frühstückstisch gesetzt. Sie hatte mit dem Ende ihres Zopfes über seine Wange gestrichen. »Tu's für Eva«, sagte sie. »Sonst tu's für mich.«

Karl griff Evas Hand. Er stöhnte.

»Fürchtest du, wir könnten verlieren?«, fragte Eva.

»Es gibt Sieger, die mehr verlieren, als sie gewinnen.«

*9. Oktober, 8 Uhr, Käuzchenweg, Haus am Tann*

Lieselotte sah Eva nach. Mein Gott, dachte Lieselotte, dieser Stechschritt. Sie lächelte. Und sie spürte Neid.

Lieselotte dachte an ihre Junglehrerin. »Mädchen können in unserer Republik alles werden«, hatte die gesagt, »Arzt, Schornsteinfeger, Ingenieur, Minister, Soldat.«

Lieselotte schüttelte den Kopf. »Soldat«, sagte sie mürrisch. »Da muss man aus anderem Holz sein. Wie Frau Stechschritt hier.« Lieselotte sah wieder aus dem Fenster. Wo Eva geschritten war, kroch ein Wurm rückwärts in den Herbst. Lieselotte seufzte. Das Bügeleisen zischte. Sein Dampf drang in den knittrigen Bettbezug. Die Wäsche roch nach Sommer. »Der Sommer steckt in der Flasche«, hatte die Verkäuferin gesagt. »Er duftet sieben Wochen, so steht es geschrieben.« Die Verkäuferin tippte gegen die Plastikflasche, auf die Schrift. »Sonst bekommen Sie Ihr Geld zurück.« Ist ja nicht meins, hatte Lieselotte gedacht und genickt.

Lieselotte richtete die Karos auf dem Stoff an der Kante des Bügelbretts aus.

Als Lieselotte zehn Jahre alt gewesen war, hatte ihr Bettbezug rote Vierecke. »Das sind alles unsere Planquadrate«, hatte ihr Bruder gesagt. »Das Bett ist das Meer und unsere Groschen sind die Schiffe.« Ihr Bruder hatte Lieselottes Schiffe versenkt. Er steckte sie in seine ausgebeulte Hosentasche. Die Schiffe klimperten.

»Mit kleiner Pinke fängt es an«, hatte die Mutter gesagt und dreimal das Kreuz geschlagen. Lieselotte war bestraft worden. Die Mutter hatte Wäsche auf die alte braune Bügeldecke geworfen. Sie hatte das Bügeleisen vor Lieselotte geschoben. »Das ist von nun an dein Schiff«, sagte die Mutter, wobei sie das Dein betonte. Wie schwer das Schiff ist, hatte Lieselotte gedacht. Es verfolgte sie in den Schlaf: Sein Bug war schwarz angelaufen. Er schob eine Welle aus Leinen vor sich her. Die Welle war mürbe und der Bug bohrte sich in sie. Er zerriss das Meer und Lieselotte musste es flicken.

Lieselotte fürchtete die Nächte, denn sie waren in ihrem Kopf. Und sie fürchtete die Tage, denn in ihnen war die Mutter.

Jahre später war Lieselotte der Tag zum Freund

geworden. Die Sonne hatte auf das Bügeleisen geschienen. Das Übel gebar eine zweite Seite: Der Bügeltisch stand am Fenster. Hinter seinen Scheiben verlief die belebte Straße mit den kleinen Linden zum Markt. Am Fenster, so schien es Lieselotte, schob sich die Straße in ihren Kopf. Die Blumenfrau pflanzte Lieselotte Vergissmeinnicht in die Augen. Die Blüten waren blau wie die Augen des Kohlenfahrers. »Von seinen irren Augen abgesehen, ist der Mann so schwarz wie seine Seele«, hatten die Leute gesagt. »Wenn er kann, stiehlt er, was er uns ausfahren soll. Und alles andere beschmutzt er. Und je sauberer das Andere, desto lieber.« Lieselottes Mutter nannte ihn den Galgenvogel. Am Tag hatte Lieselotte von seinem Ruf geträumt und eines Nachts war er durch ihren Leib geflogen.

Wenige Stunden später hatte der Kohlenfahrer in Lieselottes Augen gestanden. Sein Gesicht war verschmiert. Sein Mund war eine schmale rote Wunde. Sie schnalzte. Lieselottes Ohren glühten wie ihr Leib des Nachts. »Immerhin wird sie noch rot«, hatte die Mutter gesagt und die schlohweiße Gardine mit einem Ruck zwischen Lieselotte und den Kohlenfahrer gezogen. »Sie wollen alle nur das Eine, du dummes Ding«, hatte die Mutter gesagt. »Denk gefälligst an unseren verdammten Ruf!« Die Mutter hatte an die Dommel gedacht. Sie fror. Sie spuckte dreimal über ihre Schulter. Der Herr bewahre uns vor noch einem Bastard, dachte sie.

Die Mutter war gegangen. Sie hatte das Kopftuch gerichtet. Sein spitzes Ende hob sich über dem fleischigen Nacken. Drei Strähnen wellten sich darunter, aschgrau und am Ende spitz. Sie züngelten in Lieselottes Augen.

Die Mutter hatte den Weg zur Kirche genommen. Lieselotte hatte ihr nachgesehen. Unter dem Fenster hörte sie ihren Bruder Schiffe versenken.

Lange her, dachte sie. Über dem Wald flog ein Keil und tönte. Kraniche, dachte Lieselotte. Sie hob das Bügeleisen in die Luft, bis sein Zischen verebbte, und hielt es sich mit der Unterseite vor das Gesicht. Lieselotte sah Lieselotte. »Lange her«, flüsterte sie und schob das Bügeleisen zurück auf den Bettbezug.

*9. Oktober, 17 Uhr, Unter den Platanen*

Eva hetzte in einer Traube aus Menschen die Straße hinab. Ein Mann mit Augenbinde und Megaphon rief: »Das Ende ist nah.« Über den Menschen rauschten die alten Platanen. Sie warfen Blattgold auf die Ziehenden. »Wohin mit dem Mist?«, schimpfte ein alter Mann und spuckte seinen Kautabak zu Boden. Er stellte den Rechen an die Wand und reckte sich, bis sein schmaler Rücken knackte. Ein Kind trug das Gold an dünnen Stielen, trug es wie eine Fackel. »Nimm alles, kleiner Mann«, murrte der Alte und stieß das Laub mit dem Fuß in die Luft. Die Mutter zerrte das Kind zur Straße. Das Kind verlor seine Blätter, seine Fassung und weinte um den Schatz.

Eva hörte das Rascheln an ihren Füßen nicht mehr. Sie dachte an ihre Freundinnen, an Corinnes Reden und Bettys Widerreden. Eva wollte nicht mehr hören, geschweige denn fühlen. Sie wollte nach Hause. Mein Haus ist mein Himmel, dachte sie. Und sprach Betty sie auf das Alleinsein an, winkte sie ab und dachte an das Lamm in ihrem Haus. Und verlachte Corinne wieder einmal Lieselotte, vergab Eva und sagte: »Nur ein guter Geist ist so scheu, so geübt im Verbergen und doch zugegen.« Eva schätzte das seit der ersten Begegnung.

Lieselotte war in einem alten Wollkostüm zu Eva gekommen. Eine Larve, hatte Eva gedacht. Die Larve war zu groß und roch nach feuchter Erde. Aus ihren Ärmeln ragten raue Finger. Sie griffen ineinander und beteten gegen das Zittern. Das Zittern erinnerte Eva an verstoßene Lämmer.

»Das Trampel wird nur Schaden anrichten«, hatte Evas Mann geraunt, während er die Fremde musterte.

»Der Schaden wäre meiner«, hatte Eva zu sich selbst gesagt. Ihr gefiel, wie sehr die verängstigte Frau ihrem Mann missfiel. Ein Problem weniger, dachte Eva.

Neben Lieselottes Beinen hatte damals eine Einkaufstasche gestanden. Aus dem offenen Rückfach hatte Wermut geragt. Die Blätter hingen wie Zungen über dem abgewetzten Leder. Evas Katze war ins Zimmer geschlichen. Sie hatte Lieselotte begutachtet und am Wermut gerochen. »Das ist Bastet«, sagte Eva. »Sie ist die unumstrittene Königin im Haus.« Die Königin sprang auf Lieselottes Schoß und roch an den betenden Händen. Lieselotte erstarrte. »Bastet«, sagte Eva barsch. Ihre Hand wies zum Boden. Die Königin schaute zu Lieselotte auf und legte sich auf deren Schoß.

»Sie muss schon eine sehr alte Dame sein«, hatte Lieselotte geflüstert. Die Königin leckte an Lieselottes Fingern und schnurrte.

Eva stand in der Allee, im Lärm. Sie sah die Menschen einen Bogen um sie machen. Eine Kehrmaschine röhrte im Schatten der Bäume. Ihre Scharte fraß das Blattgold, ihr Ende spuckte schwarzen Rauch.

Eva konnte Bastets Schnurren hören. Sie sah die Königin auf Lieselottes Schoß, als wäre es gestern gewesen.

Zu Hause, dachte Eva und ging einen Schritt. Eine Meerjungfrau trat Eva in die Ferse. Die Nixe war weiß wie Schnee. Sie trug ihre weiße Schwanzflosse unter dem Arm und auf dem Rücken einen Rucksack mit einer Flasche Wasser und der Schale für das Scherflein. Eva strauchelte. Die Meerjungfrau murrte. Sie musste den vergoldeten Fakir ablösen, bevor ein anderer Schausteller den begehrten Platz am Brunnen einnehmen konnte. Evas Aktentasche schlug auf den Boden. Der Verschluss sprang auf und ein Packen Akten rutschte auf den Gehweg, grau wie der Granit zu Evas Füßen. Die Rathausuhr schepperte. Ihre Zeiger waren ein Spagat. Eva schob die Akten in die Tasche zurück und lief über den Marktplatz. Sie überholte die Meerjungfrau. Sie hörte den Fakir klagen: »Immer dasselbe mit dir!« Er kauerte auf einer verhangenen Obstkiste und wies zur Uhr am Rathausturm.

Corinne zerkaute ein Blatt Minze. Sie schaute auf den Chronometer am Handgelenk. »Eva kommt zu spät«, sagte sie. Zwischen ihren Schneidezähnen hing ein Stück Kraut.

»Sie hat was um die Ohren«, sagte Betty. »Sie hat einen Job.«

»Noch«, erwiderte Corinne und dachte an Karls Worte: Der Fuller heckt was aus.

*9. Oktober, 19.30 Uhr, Nachtigallstraße, Pressehaus*

Fuller lehnte im Türrahmen. Seine Hand strich über die zu lang gebundene Seidenkrawatte. Der Chefredakteur nickte in den Feierabend. Fuller hob die Hand zum Gruß an die Schläfe. Nun schau sich einer den Grauen an, dachte er. »Jeden Tag ein wenig mehr Einsicht, jeden Tag ein wenig fahler.« Dabei warf Fuller seinen lila Binder über die Schulter und wandte sich ab. Der Chefredakteur lugte zur Seite. Er sah den Pfeil auf Fullers Rücken hängen. Richtungsweisend, dachte er und ging.

Der Chefredakteur war vor drei Jahren mit einem Gewitter ins Pressehaus gekommen. Fuller hatte über den Regen geflucht, als er durchnässt ins Büro trat. Die Frau aus der Bildabteilung hatte ein großes Foto in die Luft gehoben. Sie wedelte damit vor Fullers Gesicht. Das Foto donnerte. »Da hast du dein schönes Theater«, sagte die Frau. »Übrigens aus einer der erstaunlichsten Aufführungen, die es hier in letzter Zeit gegeben hat.«

Fuller hatte den nassen Trenchcoat am langen Arm in die Luft gehoben. Der Mantel tropfte wie eine tiefgraue Wolke.

Die Frau war einen Schritt auf Fuller zugegangen. »Der Neue ist da.«

Fuller war stumm geblieben. Er hatte die Tropfen in die Lache fallen hören. Die Lache floss zu seinen Schuhen. »Ich stehe sprichwörtlich im Regen«, sagte er.

»Der neue Chefredakteur.« Die Augen der Frau waren schmal geworden. »Wieder einer von drüben. Wir sind ihnen rote Tücher, glaube ich mittlerweile.« Die Frau hatte Fuller beobachtet. Sie kannte seine Ambitionen. Sie kannte ihn. Die Leute im Verlag sagten: »Der F., der wäre kein geringeres Übel.«

Fuller hatte den Regen geschmeckt. Er hörte das Donnern über dem Haus.

»Der letzte war doch zweite Garnitur, wenn nicht dritte«, hatte die Frau gesagt. »Aber er fällt weiter nach oben. Sie fallen alle nach oben. Und auf dem Weg lassen sie ein paar über die Klinge springen.«

Fuller war blass geworden. Er hatte auf das Foto in der Hand der Frau gestarrt, auf das Theater im Bild, die Bühne. Er sah Octavio Piccolomini mit ausgebreiteten Armen glänzen. Er glaubte, seine Worte hören zu können: »… von den Ränken, den Lügenkünsten hast du keine Ahnung …«

»Aber ich, mein Lieber, ich bin so gut wie raus. Noch zwei Monate, dann können sie mich hier kreuzweise.« Die Frau hatte bei den letzten Worten auch an Fuller gedacht.

Fuller hatte nicht mehr gehört. Er dachte an den Neuen, den Unbekannten, den Feind. Ein weißglühender Blitz war vom Himmel in die Stadt eingeschlagen. Fuller stand im grellen Licht. Die Frau zählte die Sekunden zum Donner.

»Wenn das wahr ist«, hatte Fuller angehoben zu belfern. Er ließ den Trenchcoat fallen und schüttelte das Wasser von der Hand.

Die Frau hatte gelacht. Sie lachte Tränen. »Seit wann trägt Fuller einen Schafskopf?«, fragte sie. »Er ist nur zum Gespräch hier.« Sie presste das Bühnenbild vor die Brust. Ihre Hand bedeckte Piccolomini. »Nichts ist entschieden«, sagte sie. Die Frau hatte es besser gewusst. Sie war die Freundin der Anzeigenchefin. Die Anzeigenchefin war die Geliebte des Geschäftsführers. Der Geschäftsführer war ein Freund des Bewerbers.

Fuller hatte zum Lachen angehoben. Das Lachen steckte in der Kehle. Es brannte. Er hob den Zeigefinger. Die Frau hatte die gerötete Fingerkuppe betrachtet. Sie schob das Foto auf den Schreibtisch. »Viel Spaß noch mit dem Theater«, sagte sie.

Seitdem waren drei Jahre vergangen. Der Chefredakteur stieß wie jeden Abend die Tür mit der rechten Schuhspitze auf und trat ins Freie. In seinem Rücken leuchtete der Turm aus Stahl und Glas. Der Chefredakteur war müde. Er rieb die Schatten unter seinen Augen. Er sah, wie sein Schatten auf sein Auto zulief.

»Drei Jahre«, murmelte Fuller. »Es wird Zeit.« Hinter dem Fenster verfinsterte sich die junge Nacht. Die Uhr tickte vor sich hin. Fuller schaute auf das schwarze Telefon. Fakten, dachte er, Fakten, meine liebe Kirsten! Er blickte zum Mond. »Fakten sind mächtig wie die Flut«, hatte sein Vater gesagt, »es sei denn, deine Gegner sind mächtiger als deine Fakten.« Fuller zog die Taschenuhr an der Kette in die Höhe.

Die Uhr pendelte vor seinem Gesicht. Sie spiegelte den aufkommenden Hader.

Der Mond stieg. Ein gebeugter Mann ging in seinem Licht. Er hatte vor Minuten die Türen zum Staatsarchiv für Geheimdienstunterlagen verschlossen. Er dachte: 929 Tage!

»Kirsten, du nichtsnutziges Weib«, flüsterte Fuller und dachte: Das nenne ich Ebbe.

*9. Oktober, 21 Uhr, Käuzchenweg, Haus am Tann*

Eva kauerte im Sessel. Der Mond war eine Lampe. Der Apfelbaum warf seinen Schatten ins Haus. Er reichte bis auf Evas Schoß. Sie rieb einen Apfel gegen Bauch und Brust, bevor sie die Messerschneide durch die Scheinfrucht zog. Ein Kern fiel aus seiner Kammer zu Boden. Er glänzte wie poliertes Holz.

Jeder Apfelkern erinnerte Eva an ihre Mutter. »Du zerbeißt ihn«, hatte die gesagt, »und dann wünschst du dir etwas, mein Engelchen.« Eva war vier Jahre jung gewesen. Sie hatte sich die daumengroße Puppe aus dem Schaufenster des Kaufhauses gewünscht.

Eva leckte über die Kuppe des Zeigefingers. Sie presste die Fingerspitze auf den Samen. Ihre Zunge leckte den Kern von der Haut. Eva suchte einen Wunsch, wo seit einem Tag ein Satz herrschte: »Das wächst sich aus.« Sie schluckte, doch der Kern klebte am Gaumen.

Den letzten Apfelkern hatte Eva als junge Frau zerbissen. Sie war wieder nicht schwanger geworden. Sie hatte die Bitterkeit mit dem Kern geschluckt.

»Die Greisin am Weiher«, hatte die alte Nachbarin gesagt. Sie sprach betont leise und spähte zu allen Seiten in den Garten. Die Nachbarin zog die Bluse in die Höhe. Ihre Hüfte war narbig. »Gürtelrose«, sagte sie. »Die Tabletten und Salben vom Herrn Doktor waren für die Katz, da bin ich zum Weiher geschlichen.«

Eva hatte die entfärbte Haut besehen. Die Nachbarin zog die Bluse über die Narben. »Leg der Alten einen Geldschein auf die Strohkiste neben der Tür. Ein Fünfer reicht.« Sie tätschelte Evas Wange. »Die Götter in Weiß wissen nicht alles. Und ihre neuen Parolen und Parteibücher machen sie nicht schlauer als gestern«, sagte die Nachbarin.

Eva war noch am selben Tag in die Poliklinik gegangen. Die Gynäkologin war jung. Sie blühte. Ihr Bauch spannte unter dem weißen Kittel. Eva glaubte, das Kind wachsen zu sehen. Die Ärztin sprach zu Evas Bauch: »Ich bin wirklich untröstlich, Frau Nielsen, aber Sie können keine Kinder bekommen.« Eva spürte die Leere in ihrem Leib und trug sie in ihrem Kopf heim.

»Auf eine gewisse Weise haben wir doch Kinder«, hatte Evas Mann gesagt. Er war aufgestanden, hatte sich um sich gedreht und auf seine Gemälde an den Wänden gezeigt.

Eva war noch trauriger geworden. Sie hatte seine Kinder nicht gemocht. Sie sind alle wie Chamäleons, dachte Eva und sagte: »Sie stimmen nicht. Rot sind sie irgendwie, allenfalls in einem Rosé.« Sie suchte nach Worten. »Glatt und fein und brav …« Sie war zur Wand neben der Tür gegangen und hatte auf eines der Bilder getippt. »Hier hast du die Tochter des Bauern gemalt. Aber das ist nun wirklich nicht seine Tochter. Sein Mädchen ist …« Eva stockte, bevor sie fortfuhr. Sie sah sich um, blickte in den Garten. »Sie ist irgendwie grün. Sie ist grün wie Gras, wie eine ungeschnittene Wiese, wild und krautig. Verstehst du?«

Evas Mann hatte gelacht. Er wollte nicht verstehen. Und Eva hoffte, er könne es einfach nicht.

Eva hatte ein grünes Mädchen gewollt. Eines Tages hatte sie ihr Widerstreben gegen den Rat der Nachbarin überwunden und war an den Weiher gegangen. Die Greisin hatte sie mit regungsloser Miene in eine kleine Stube geführt. Der Weiher gluckste. Eva schwieg. Sie verbarg den Fünfer in der Faust. Das Mütterchen legte ihre warme Hand auf Evas Bauch. Die knochigen Finger zitterten. Die Unken schrien und die Greisin sagte: »Ich kann dir nicht helfen.« »Bitte«, erwiderte Eva und suchte ihren Atem. Die Greisin senkte den Kopf. Eva legte den zerknüllten Fünfer auf die Strohkiste und trug ihre Leere aus der Kate. Sie spürte die Hand der Greisin über ihren Rücken gleiten. Eva sah ins Wasser: Dürres Schilf wuchs aus ihrem Leib. In ihrer Jackentasche trug sie den zerknüllten Fünfer heim, ohne es zu wissen.

»Du hast doch dein Kulturhaus«, hatte Evas Mann gesagt. Er tätschelte ihre Schulter und stieg in sein Atelier unter dem Dach.

Eva war in den Sessel gesackt. In ihrem Kopf hatten die Unken geschrien.

Am nächsten Morgen war Eva in das Kulturhaus gegangen. Sie hatte grüne Mädchen aus der Sammlung im Keller zusammengestellt und wenige Wochen später in die Galerieräume gehängt. Das Tageblatt pries die Ausstellung als Offenbarung. Was wisst ihr, dachte Eva, dachte an ihren Mann, der mit keinem seiner Gemälde in die Ausstellung aufgenommen worden war.

Eva schlief im Sessel. Der Apfelbaum hatte seinen Schatten verloren. Wolken zogen in die Stadt. Der Apfelkern klebte an Evas Gaumen.

*9. Oktober, 23 Uhr, Essigstraße, Hinterhofwohnung*

Wie Schnee, dachte Kirsten, Schnee zum Beschmieren, Zerreißen, Verbrennen. Sie hockte im Papier. Die Kopien knisterten an ihren kalten Knöcheln. Hinter der Wand knurrte Napoleon zum Mond. Kirsten suchte auf dem Weiß das Schwarz aus Eva Nielsens Feder. Sie wusste, der Nachname war wie ein kantiger Gebirgszug. Kirsten suchte ihn unter übelwollenden Worten. Sie wusste, nur das Schlechte war ihr gut. Und sie hatte nur Gutgesinntes gefunden. »Ich empfehle Kirsten Densow uneingeschränkt zum Studium der Kulturwissenschaften«, las Kirsten. »Eine spätere Einstellung ist nach erfolgreichem Universitätsabschluss erwünscht.« Kirsten trank Absinth. Es war das fünfte Glas. Die Eiswürfel färbten ihn milchig wie der Nebel in Kirstens Kopf. In den Nebel trat Eva Nielsen wie vor vielen Jahren.

Eva hatte eine graue Broschur in die Luft gehalten. Das Heft hatte wie etwas Totes in der Hand gehangen. Als sei eine Flunder in der Hand verdorrt und habe den Gestank verloren. Aus dem Grau baumelte ein fransiges

Leseband. Sein Rot hatte in Kirstens Augen geglommen. Kirsten spürte es auf ihren Wangen, der Stirn.

»Du hast abgekupfert«, hatte Eva gesagt.

Kirsten war sprachlos gewesen. Sie hatte gegen die Farbe der Scham gerungen. Das Rot zog ihr in Flecken vom Gesicht zu den Schlüsselbeinen. Es blühte unter dem blauen Auge an der Halskette. »Warum das Fahrrad zweimal erfinden?«, hatte sie schließlich gefragt.

»Du kannst wahrlich mehr«, hatte Eva geantwortet. »Mehr als ein bloßes Plagiat in die Welt zu setzen.« Sie wedelte mit dem Beweisstück. Der graue Deckel knickte ein.

Kirsten hatte die Kette um ihre Finger geschlungen. Das blaue Auge kreiste in der Luft. Eva sah seine Kehrseite. Sie sah schwarz. »Keiner kennt dieses alte Ding«, sagte Kirsten. »Ich habe nachgeforscht. Kriegsverlust in allen Bibliotheken.«

»Ich kenne es«, hatte Eva erwidert. Sie presste das Heft vor die Brust. Sie roch aus ihm das Archiv im Keller: Kalk, Leder, Zirbelholz. Der Geruch erinnerte Eva an ihre Studienzeit. Er erfüllte sie mit Wehmut.

»Es könnte dir entfallen«, hatte Kirsten gesagt. Das Auge war in ihren Ausschnitt gerutscht. Seine schwarze Seite schimmerte über der linken Brust durch die dünne Bluse.

»Das wäre dir keine Hilfe, Kirsten. Was du ein Fahrrad nennst, sollte mit Fußnoten versehen werden.«

Kirsten fiel die Flasche aus der Hand in den Schoß. Sie erschrak. Der Nebel war fort. Er hatte Eva Nielsen mit sich genommen. Aus dem Flaschenhals leckte

Absinth. Er sickerte in das Papier, in die Empfehlung, in den Gebirgszug aus Tinte. Kirsten hielt die Flasche an den Mund. Sie leckte die letzten Tropfen vom Glas. Das Brennen im Mund starb so plötzlich vor dem Hals wie der Rausch hinter der Stirn, wo seit Stunden ein dumpfes Pochen plagte. Und eine böse Ahnung.

Kirsten hatte das Übel aus dem Staatsarchiv nach Hause getragen. Die Angestellte aus der Aufklärungsabteilung hatte es gesetzt. Es war der Blick der Frau. Er stach. Es war der Ton ihrer Stimme, der klirrte. »Die Akte ist vollständig«, hatte sie gesagt. Die Angestellte zog Kirstens Nachforschungsantrag hinter das Glas. Ihre Finger waren bleich wie altes Porzellan. An den Kuppen leuchtete blaue Tinte. Die Angestellte stempelte das rosa Vorblatt, die grüne Kopie des Vorblatts, die blaue Kopie der Kopie. Sie klebte eine Nummer auf das rosa Vorblatt, eine weitere auf die grüne Kopie des Vorblatts, die dritte Nummer auf die blaue Kopie der Kopie. Sie schrieb die Nummern in Listen. Sie warf das rosa Vorblatt auf einen Stapel in ihrem Rücken, die grüne Kopie in eine Kiste unter dem Schreibtisch. Sie schob die blaue Kopie der Kopie unter dem Glas vor Kirstens Hand. Die Angestellte bat um Geduld und überhörte den Fluch, bevor sie die Nummer 576 aufrief.

Kirsten schmerzten die Augen. Sie sah auf das Telefon. Sie fürchtete seinen Ton. In ihrem Kopf, ihren Gedanken lief der kalte Draht vom Telefon in die Wand, durch die Stadt in den Turm aus Stahl und Glas. Kirsten dachte, der Draht muss nicht zur Schlinge gebogen werden, um kalt zu machen. »Schwere Kost«, greinte

Kirsten. »Was weißt du schon, Fuller. Was weißt du über drittklassige Feinde.« Kirsten hob ein Blatt in die Luft und fluchte: »Ich habe die rote Ampel ignoriert. Wiederholt. Am Kindergarten.« Sie ließ das Blatt fallen und griff ein anderes. »Ich habe das Essen in der Mensa den letzten Fraß genannt.« Kirsten lachte. »Wie sollte man das Wurstgulasch mit Knorpeln und Fettstücken nennen?« Speichel lief ihr aus dem Mundwinkel. Ihr Fuß stieß ins Papier. »Schnee, nichts als Schnee!« Kirsten warf das Weiß in die Luft. Ihr Zeigefinger brannte plötzlich und begann leicht zu bluten. Kirsten hatte sich geschnitten.

*10. Oktober, 10 Uhr, Am Hain, Dreifaltigkeitsfriedhof*

Lieselotte trug einen Korb. Die unheimlichen Wasserspeier über ihr waren aus Kupfer. In ihren Mäulern vertrocknete das Moos. Es fiel auf die Witwen vor der Kirche. »Das Jahr ist schlecht«, klagten sie, »selbst der gute alte Steinbrech stirbt.« Die Witwen trugen grüne Kannen über den Sand. Ihre schwarzen Schuhe waren grau vom Staub der Friedhofswege. Lieselotte ging auf geharkten Wellen. Die Schuhe der Witwen wiesen zum Ende des Kirchhofs. Sie zeigten auf Lieselotte. Keine Kanne, hieß es, keine Harke. In einem der Münder knirschte Sand.

Lieselotte legte eine Wicke auf das Grab zu ihren Füßen.

Der Blumenladen des Friedhofs stand im Schatten der Kirche. Er lebte vom Tod. Die Witwen befingerten seine Angebote. Fast täglich rieben sie Sternmoos und Steinkraut welk. In ihrem Rücken stapelten sich derweil die Kränze.

Lieselotte kaufte Altarkerzen. Die greise Gärtnerin schlurfte zum Ladentisch. Das Haar hing in dünnen Strähnen über den Ohren. Ihr klobiger Schuh schob einen winzigen Sarg zur Seite. Der Tod ist ein Mensch, dachte sie. Die Augen waren trüb. Sie tränten. Die Alte rollte die Kerzen in Seidenpapier. »Lange nicht gesehen«, sagte sie. Lieselotte nickte. »Ich hielte es gern wie du«, fuhr die Alte fort und nickte vor sich hin. »Weißt du, die Toten sind ja in unseren Köpfen.« Sie tippte sich an die Stirn. Ein Stück Torf klebte über der Nasenwurzel. Lieselotte glaubte, ein schwarzes Loch zu sehen. »Aber ich gehöre hierhin, ich bin hier das Relikt«, murrte die Alte. »Meine Eltern, Geschwister, mein Mann, sie sind alle in meinem Kopf. Und der Tod.« Lieselotte starrte auf das schwarze Loch. »Er straft mich. Und er straft mich vor allem mit denen.« Beim letzten Wort schaute die Alte zu den Witwen. »Weißt du, erst bringen sie ihre Männer ins Grab, dann das Steinkraut.« Sie drehte das Seidenpapier an den Enden zu Spitzen. Lieselotte konnte das Steinkraut riechen. Es duftete süß. Die Witwen standen mit den Schultern zum Ladentisch. Sie flüsterten und zerredeten die Wicke auf dem Grab. Lieselotte spürte ihre Blicke. Sie hörte den trockenen Sand unter den staubigen Schuhen knirschen. Lieselotte zählte das Geld auf den Tisch. Die Alte stöhnte. Ihre Finger waren krumm. Sie harkten die Münzen in die antike Kasse. »Auf Wiedersehen«, sagte

Lieselotte. »Sicher«, erwiderte die Alte und dachte: Der Tod ist grausam. Sie runzelte die Stirn. Lieselotte sah das schwarze Stück Torf abfallen. Es fiel in den kleinen Sarg. Die Witwen schwiegen.

Lieselotte umfasste die Kerzen. Sie dachte an ihre einstige Kollegin. »Altarkerzen und alleinstehende Weiber«, hatte diese vor vielen Jahren gesagt und eine Kerze auf Lieselottes Schoß gerichtet. Deren Augen waren groß geworden, Wangen und Stirn rot vor Scham. »Nicht zu fassen«, hatte sie erwidert. Die Kollegin missverstand.

Lieselotte hob die Kerzen in den Korb und drehte sich zum Gehen. Die Witwen beugten sich über die Kränze und Gestecke. Ihre Schuhe standen auf verendeten Trauermücken. Lieselotte drückte die Tür in den Wind. Sie spürte die trüben Augen in ihrem Rücken. Sie weckten Hundsfott. Lieselotte eilte hinter die Kapelle. Die Kerzen klapperten im Korb. Lieselotte ging in die Hocke, presste die Achillessehne zwischen die Backen und rieb den Bauch, bis Fott sich legte.

Sie atmete tief ein und aus und zählte das Scheppern der Glocke. Die Witwen gingen in ihrem Kopf. Sie trugen Besenheide in die Tiefe des Friedhofs. »Eure Lieselotte ist schon gegangen«, sagten sie zum Grabstein mit der Wicke darauf. Dabei redeten sie über die immergrüne Waldsteinie auf dem Totenmal hinweg über den kraftlosen Efeu. »So sieht heutzutage Dank aus«, sagten sie. »Selbst das Gestrüpp vertrocknet.«

Lieselotte öffnete die Augen. »Ach, Väterchen«, flüsterte sie.

*10. Oktober, 11 Uhr, Straße des Friedens, Bürohaus*

Der Vorstandsvorsitzende zwinkerte Eva zu. In der Stiftung wurde er hinter vorgehaltenen Händen Eminenz genannt. »Lächeln Sie, Eva!«, sagte er. »Die Eminenz reißt Ihnen nicht den Kopf ab. Warum auch.« Der Kopf des Vorstandsvorsitzenden war kahl, der Mund ein bläulicher Strich. »Die Lippen hat der sich für seine Karriere abgekaut«, hatten sie bei seinem Antritt gesagt. Er hörte vom Sagen und dachte: Vor einem unüberlegten Wort beiße der Mensch sich auf die Lippen.

Der Vorstandsvorsitzende tippte auf das Tintenfass der Schreibtischgarnitur, auf den schlafenden Hütehund aus Zinkguss zwischen den Glaseinsätzen. »Warum bin ich dem Ruf ins kleine Land gefolgt?«, fragte er.

Eva schaute zum Fenster in seinem Rücken. Der Himmel war weiß. Ein dunkler Fleck flog durch ihn. Er trug ein Krächzen zur Erde.

»Geld und Einfluss, sagten die Neider.« Der Vorstandsvorsitzende lachte. Sein breiter Mund zeigte keinen Zahn. »Idealismus oder Senilität, sagten Freunde.« Er holte tief Luft. Die Brust hob sich unter der Weste. Auf ihr hob sich ein teigiger weißer Fleck in den Raum. »Unsere Ehe, sagte meine liebe Frau.« Er drehte das Bild auf dem Schreibtisch. Eva sah eine alte Frau in schmutzigen Latzhosen. Die Frau hatte das Gesicht eines Mannes. Sie zeigte aus dem Bild auf die Tür, in der die Sekretärin mit einem Tablett stand und statt des Klopfens ein Räuspern vernehmen ließ. »Eine Unart ist das«, hieß es in der Stiftung. Andere flüsterten von der Nachtigall, die trapst.

Die Sekretärin trat über die Schwelle. Sie brachte dampfenden Kaffee.

»Ich wollte helfen, Eva. Das wollte ich wirklich«, sagte der Vorstandsvorsitzende.

Er rieb mit der Fingerkuppe über den Hund aus Guss. Der Kaffee plätscherte in die Tassen. Er gab langsam das lasierte Herz auf dem Boden der Kanne frei. Es war heiß und warb: »Der Beste!« Über dem Versprechen schwappte der Kaffee. Er dampfte in das weiße Haar der Sekretärin. Ihr Dutt wölbte sich am Hinterkopf wie verwobener Zucker. Eine goldene Feder steckte in ihm.

Der Vorstandsvorsitzende dankte wortlos. Er rührte im Kaffee, rührte die weißen Würfel aus Zucker klein. »Es ist traurig, wie schnell Uneigennützigkeit den Verdacht niederen Interesses weckt.«

Die Sekretärin beugte sich zu ihm vor. Eva sah ihren schmalen Rücken, dahinter das Fenster. Sie hörte noch immer das Krächzen hinter dem Glas. Die Sekretärin wandte sich ab. Der Vorstandsvorsitzende richtete sich auf. Eva suchte den weißen Fleck auf seiner Weste. Die Sekretärin trug ihn unter dem Fingernagel aus dem Zimmer.

»Ich denke oft an Frau Müller, Ihre rechte Hand, wie sie alle hier im Haus nannten«, sinnierte der Vorstandsvorsitzende. »Ich kam und sie ging. Sie erinnern sich. Natürlich, wie könnten Sie nicht.«

Eva sah sie gehen. Oft. Im Traum. Die rechte Hand hatte bitterlich geweint. Sie war vor Gram gekrümmt. »Butter«, hatte sie eines Tages gesagt. »Die sogenannten Epigonen kommen mit ihrer Butter von irgendeinem ihrer Butterberge. Und irgendein sogenannter Aktionskünstler mit Professur unter denen wird uns die Butter in irgendeine Zimmerecke klatschen und es Kunst schreien. Und das werden sie uns genüsslich aufs Brot schmieren. Bis wir gehen. Und wie könnten wir nicht.« Sie war nach Hause gegangen. Sie hatte Stollen gebacken, als hätte Weihnachten angestanden.

Die Sekretärin der rechten Hand hatte jeden Tag an ihrer Tür geklingelt. Sie wartete und klopfte und griff sich ins Haar, das damals noch blond war, doch schon wie verwobener Zucker. Und eine goldene Feder glänzte bereits damals in ihm. Die Sekretärin sprach jeden Tag mit der verschlossenen Wohnungstür der rechten Hand. Sie beschwor eine Zukunft, auf die sie hoffte. Auf der Höhe ihres Mundes sah sie das Holz tränen.

Die rechte Hand hatte nur noch mit den Stollen gesprochen. Sie hatte Puderzucker über die Laibe gestreut. Die Butterstollen stapelten sich wie Leichen nach dem letzten Krieg. Eines Nachts legte sich die rechte Hand zu ihnen in die Küche und blieb liegen.

»Sie konnte im Abbruch keinen Aufbruch sehen«, sagte Eva und rieb die Hände über die Unterarme.

»Aber Sie«, sagte der Vorstandsvorsitzende.

Eva senkte den Kopf, sie besah ihre Hände. »Wie hätte ich sehen können?«, erwiderte sie. »Hoffen konnte ich, nicht mehr, nicht weniger.« Eva hielt inne. »Und arbeiten durfte ich, was plötzlich keine Selbstverständlichkeit mehr war, im Grunde gesetzmäßig. Und schließlich hoffte ich wiederum, dass die Arbeit zählt.« Eva atmete hörbar aus. »Sie zählte, was plötzlich keine Selbstverständlichkeit mehr ist.« Eva drehte die Kaffeetasse am Henkel im Kreis. »Bin ich froh, dass ich diesen Sommer die grünen Mädchen noch einmal aus dem Archiv geholt habe«, sagte Eva. Sie hob die Tasse zum Mund und trank. Der Dampf wärmte die Augen. Die Wärme füllte den Leib. »Ein grünes Mädchen ist ein grünes Mädchen.«

»Ist ein grünes Mädchen«, sprach der Vorstandsvorsitzende den Satz zu Ende. Er zerbiss ein Stück Zucker.

Aber, dachte Eva, meine rechte Hand kann sie nicht mehr sehen.

»Die Stiftung ist heute ein wahres Schwergewicht. Und sie ist es durch Sie, Eva.« Der Zucker knirschte hinter dem Strich. Er löste sich auf und sammelte sich in den Mundwinkeln. »Diese Kirsten Densow, die Frau aus dem Artikel …«, sagte der Vorstandsvorsitzende.

Eva ging zum Fenster. Ihre Hände umfassten die heiße Kaffeetasse.

Eine Krähe kreiste über dem Asphalt. Sie trug Brot im Schnabel.

»Den Stuhl haben ihr damals andere vor die Tür gestellt«, sagte Eva. »Sie hatte aus dem Giftschrank gestohlen.«

»Giftschrank?«

»Er enthielt verbotene Bücher. Publikationen aus dem In- und vor allem Ausland. Philosophische Abhandlungen, Romane, alles, was suspekt erschien.«

»Warum sollen Sie für die Verfehlung dieser Frau zahlen?«, fragte der Vorstandsvorsitzende.

Eva hob die Schultern und sah zur Straße hinab. Ein Hund jagte die Krähe über den Bürgersteig. Er sprang und kläffte. Der Vogel setzte sich in einen Baum und äugte in die Tiefe. Eine schwarze Feder kreiselte zu Boden, vor den Hund.

Der Vorstandsvorsitzende stellte sich zu Eva. Er sprach zur Scheibe. »Ich sehe keinen Handlungsbedarf«, sagte er.

»Sie fürchten kein offenes Messer?«, fragte Eva.

»Ich fürchte nur einen Menschen, und das ist meine Frau«, antwortete er, ging zum Schreibtisch und hob das Bild in die Luft.

*10. Oktober, 13 Uhr, Ungewitterstraße, Wohnbungalow*

Betty betrachtete das Kleid auf der Schwarz-Weiß-Fotografie. Es war schmal geschnitten. Die roten Beeren darauf leuchteten grau. Die roten Schuhe waren anthrazit. Betty zog das Foto zu sich heran. Warum sehe ich schwarz nach all der Zeit?, dachte sie, und ihre Brust wurde noch schwerer. Das Mädchen in dem Kleid war Betty. Das Mädchen hielt Eva eine kopfgroße Nelke vor das Gesicht. Betty hatte sie aus Krepp gefaltet. Der Junge neben Betty war Georg. Er hielt Bettys Schulter.

»Ein schönes Paar«, hatten die Leute gesagt. Die Männer trugen Banner durch die grauen Straßen. Die Frauen schwenkten Fähnchen vor den grauen Häuserfassaden. Der Wind hisste das Rot in der Stadt. Die alten Männer auf den haushohen Tribünen winkten, als seien sie fröhlich. Sie winkten über die Köpfe der Arbeiter und Bauern hinweg. Die Märsche liefen Schleife. Sie dröhnten, und die Vögel schrien aus den Bäumen wie um ihr Leben. Als die Marschierenden die ersten Transparente einrollten, standen die alten Männer noch auf der Tribüne und winkten. Die Leute trugen die Banner in die Keller, Abstellkammern, auf die Dachböden. Sie stellten die Direktiven für das Morgen ins Dunkel und eilten auf die Straßen zurück.

Georg hatte eine weiße Taube getragen. Er hatte sie aus der Zeitung ausgeschnitten und an einen Stock geklebt. Er landete sie auf Bettys Kopf. »Das bin ich. Ich bin dein Frieden«, sagte Georg. »Und dein Haar ist mein Nest.« Betty hatte mit der Nelke um sich geschlagen. Sie lachte. »Ein schönes Paar«, sagten die Leute.

Die Männer hatten die Ärmel hochgekrempelt. Die Frauen hatten die Blusen aufgeknöpft. Der Frühling war in jenem Jahr durch die Stadt geweht. Er schwoll in den Köpfen und fuhr in die Schritte. Die Städter soffen. Sie tanzten den zweiten Abend in den Mai. Sie schoben sich ihr Fleisch ins Fleisch. Die alten Männer standen auf der Tribüne. Sie winkten. Als die Nacht aufzog, zogen die Leute die Fahnen in die Häuser und beteten für gutes Wetter im nächsten Jahr.

Betty und Georg waren in den Morgen spaziert. Er hatte den Frühling gespürt. Es war ein Ziehen gewesen. »Ein schönes Paar«, hatte er gesagt. Betty lachte. Sie hatte mit der Faust gegen seine Brust gestoßen und war gegangen.

Betty hielt sich das Foto vor Augen. Georgs blaues Hemd war anthrazit, die vernähte Sonne auf seinem Ärmel hellgrau.

»Wo hast du das nach all den Jahren ausgegraben?«, fragte Georg und tippte auf Georg im Bild. Er zeigte auf Betty, auf das Mädchen neben Betty. »Wie jung wir waren«, sagte er. Betty sah ihr linkes Auge auf dem Foto zucken. Es glänzte im Himmel. Der Tränensack darunter hing wie eine Wolke.

Betty schickte Georg in die Küche. Sie bat um Tee. »Lass ihn bitte etwas länger ziehen«, sagte sie. Dann bat sie um Zitrone, um Kandis, um Plätzchen. Betty wusste, das brauchte Zeit.

Betty rieb den Finger über das Foto, über das Mädchen neben Betty. Die Tinte über dem Mädchen war verschmiert. Die Tinte war ein Name. Sie färbte Bettys Auge blau. Betty strich über das graue Kleid. Das Kleid war gelb gewesen. Die Mädchen hatten Lore gern den Sonnenschein genannt. Die Alten nannten sie Kanarienvogel. Die Mädchen hatten Lore um das Kleid beneidet. Es war von drüben gewesen, aus dem großen Land. Die Mädchen beneideten Betty um die Freundschaft zu Lore, allen voran Corinne. »Das Lorchen schmückt sich mit fremden Federn«, hatte Bettys Mutter gesagt. »Die macht eines Tages den Abflug«, hatte der Vater geflüstert. Er wies auf die Mauer im Garten, hinter der die Sonne unterging.

Betty rieb Lore blank. Sie rieb über Brust und Gesicht in den Himmel.

Georg trug das Tablett ins Zimmer. Er schaute über Bettys Schulter. »Was aus der wohl geworden ist?«, fragte er in den Dampf.

Ein Traum, dachte Betty.

*11. Oktober, 17 Uhr, Nachtigallstraße, Pressehaus*

Fuller betrachtete seine Nägel. Er rieb ihre kleinen Monde, bis sie glänzten. Fuller ignorierte das Klopfen an der Bürotür. Im Haus kannten sie die Marotte. »Wer's braucht«, hieß es. Nur die Frau aus der Bildabteilung ignorierte das Schweigen und betrat stets unaufgefordert das Büro. »Ich könnte deine Mutter sein«, hatte sie Fuller auf dessen Protest einst erwidert und gedacht, was für ein Albtraum das wäre.

Auf dem Milchglas der Bürotür lag ein Schatten. Fuller sah in ihm eine große dunkle Glocke, die auf einem Klöppel hing. Ihr Mantel schwang, als wäre Wind in ihm. Das zweite Klopfen ließ das Milchglas zittern. Fuller nahm das Telefon. Er wählte seine eigene Nummer und bat mit fester Stimme ins Zimmer. Kirsten presste die Kragenenden des schwarzen Mantels mit der rechten Hand zusammen. Er war feucht vom Nebel und roch nach Muff.

Fuller zeigte dem Besuch den Rücken. Er sprach mit dem Telefon und grüßte kurz über die Schulter.

Kirsten hängte den Mantel an die Wand. Seine Glocke war vernäht. Die Stiche verbanden das Ende von zwanzig Lämmern.

»Du trägst das Leid spazieren«, hatte Kirstens Mutter vor Jahren gesagt. Ihr Gesicht war finster geworden, die Augen stumpf.

»Die Lämmer sind dann nicht umsonst gestorben«, hatte Kirsten gesagt.

Der Mutter war Kälte in den Leib gestiegen. Sie hatte Eis hinter der Stirn gespürt. Sie hatte die Arme um den Oberkörper geschlungen. »Ich spreche nicht von Lämmern«, hatte die Mutter gesagt und mit dem Finger auf den vergilbten Karton gewiesen, in dem der Mantel die Sommer über verstaut wurde. Auf der Pappe stand der Name Salomé Borgenicht.

»Vater meint, Großmutter hat ihn verwahrt«, hatte Kirsten erwidert.

Die Mutter hatte sich abgewendet. »Weiß der Himmel«, hatte sie gesagt. Sie war aus dem Zimmer gegangen. Sie hatte das Kreuz geschlagen. Die Augen tränten, als schmelze Eis in ihrem Kopf.

Fuller zog das Telefonkabel über den Boden. Kirsten zählte vier Schlingen. Fuller wies auf das Sofa. »Du bist mir was schuldig«, sprach er ins Telefon. Kirsten setzte sich neben die Lehne. Fuller zwinkerte in den Raum. »Du weißt, ich bekomme, was ich will«, sagte er.

Kirsten verschränkte langsam die Beine und zog die Aktentasche vor die Brust.

Fuller legte auf und schob das Telefon auf den Tisch. »Bella«, sagte er zu Kirsten. Er sah ihr weißes Gesicht. Er sah das Gesicht unter der Maske. Ihre Augen übten Verrat. Sie waren klein und wund.

»Ich hoffe, du hast es gestern nicht zu oft versucht«, merkte Fuller an und zeigte zum Telefon. »Hier war die Hölle los, Kirsten.« Fuller roch die Glocke. Seine Hand steckte eine Zigarette zwischen seine Lippen, sein Mund zog Feuer in den Tabak. Der Qualm waberte in den Mief. »Ich habe über Stunden telefonieren müssen«, sagte Fuller.

»Die Unterlagen«, sagte Kirsten. »Die Unterlagen sind unvollständig.« Kirsten presste die Aktentasche fester gegen die Brust.

Rauch verhängte Fullers Gesicht. Seine Kiefer knackten. Bedächtig ging er durch das Zimmer. Sein Schatten ging die Wand hoch. Weiber, dachte Fuller, immer das Gleiche; und die hier taugt sicher nicht einmal fürs Bett.

»Die Weiber sind eine Pein«, hatte sein Vater gesagt. »Die Lust sind sie nicht wert.« Er hatte den breiten Ehering über den Tisch gerollt. Es war sein vierter. Der Finger war vom Abziehen geschwollen. An der Stelle des Ringes war die Haut weiß. »Das«, hatte der Vater gesagt und auf das Weiß getippt, »das ist die Farbe der Parlamentärflagge«. Der Ring hatte sich im Kreis gedreht. Er legte sich immer schräger und klimperte. Der Vater hatte mit der Hand auf den Ring geschlagen. »Der Ring bindet nur«, hatte er gesagt, »und am Ende fällt die Lust durch sein Loch.«

Fullers Schatten schrumpfte. Er schrumpfte mit Fullers Groll auf die Frau vor sich. Neben dem Sofa knickte der Schatten ein. »Wir schaffen das«, sagte Fuller. Er betonte das Wir und tätschelte Kirstens Schulter.

Kirsten ließ die Aktentasche sinken. Sie klopfte Fullers Schenkel.

Fuller sah eine Motte aus der Glocke kriechen. Das gottverdammte Ding lebt, dachte er. Er roch es durch den Zigarettenqualm. Und er dachte an die Vergänglichkeit.

*11. Oktober, 19 Uhr, Käuzchenweg,*
*Mansarde im Haus am Tann*

»Es geht um deine Nielsen«, flüsterte Stephanie und sah zum Fußboden, Richtung Untergeschoss. Ihre Hand wedelte mit der Zeitung. Ihre Zunge fuhr über die blassen Lippen.

Lieselotte schwieg und hob den Kürbis in die Luft. Sie hielt ihn vor Stephanies Gesicht. Wo sie gerade noch die Zunge der Tochter gesehen hatte, stand nun ein strohiger Strunk. »Schwarz auf weiß«, hörte Lieselotte. Sie griff den Strunk und ließ den Kürbis an ihm hängen. Sie stellte sich vor, das Gewicht risse den Strunk aus dem Fleisch.

Stephanie schlug die Zeitung in die offene Hand.

Lieselotte stöhnte leise. Sie stach dem Kürbis das Messer in die Seite. Das hölzerne Heft zitterte in der Luft. Lieselotte griff das Blatt und warf es auf den Tisch. Ihr Zeigefinger tippte wahllos auf die Zeitung. »Soll«, sagte Lieselotte. Sie zitierte Eva Nielsen. Am Vortag hatte die am Tisch auf das Blatt gepocht und das Soll in den Telefonhörer gesprochen. »Sie soll, steht da«, murrte Lieselotte. »Das sagt gar nichts, mein Kind. Ich soll als Jugendliche mal ein kleines silbernes Kreuz geklaut haben, einen Kettenanhänger. Hatte ich aber nicht. Ich soll mal etwas mit dem Kohlenfahrer gehabt haben. Hatte ich aber nicht.« Lieselotte schob die Zeitung von sich und wiederholte Stephanies Worte: »Schwarz auf weiß …« Sie schüttelte den Kopf und dachte: Sowas trägt sie mir nun ins Haus. Soll sich doch um ihren Kram kümmern. Lieselotte drückte die Schneide tiefer ins Fruchtfleisch. Die letzten Zentimeter vom Rücken der Klinge pressten sich in ihre linke Hand. Der Ballen schmerzte. Er schmerzte wie der ungläubige Blick der Tochter. »Zeitungen sind gut für das Fensterputzen und den Müll«, schnaubte Lieselotte. Die Worte schüttelten sie plötzlich. Sie waren ihr wie bitteres Kraut, weil sie wusste, es wiederzukäuen. Und weil sie sich an den alten Gedanken erinnern konnte: Nie werde ich wie meine Alte. Und weil sie sich erinnern konnte, beim Anblick der Mutter an das Wort »Kuh« gedacht zu haben.

Eine Fliege kreiste um Lieselotte, um ihren Kopf. Die Fliege summte ihre Leier.

Lieselotte zerrte am Messer, während sie den Kürbis gegen ihren Leib presste. Sie hätte gern geschrien, so wütend war sie. Der letzte Satz aus ihrem Mund steckte in ihrem Schädel wie das Messer im Kürbis.

»Weißt du was, vergiss es einfach«, sagte Stephanie und schob die Mutter zur Seite. Sie hob den Kürbis am Messer in eine Plastiktüte und ließ sie wie selbstverständlich aus der Höhe auf den Boden schlagen.

Lieselotte lugte ungläubig zur Tochter. Langsam hob sie den gespaltenen Kürbis auf den Tisch und schabte den Brei aus den Hälften. Er roch Lieselotte nach dem letzten Sommer. Die Fliege kreiste wie versucht über ihm. Der Sommer war dem Tier fremd.

»Das ist doch alles lange her«, murrte Lieselotte. Sie warf den Brei auf die Zeitung. Er klatschte auf den Mann aus der Werbung, auf sein Schild mit dem Versicherungsnamen darauf. Der Brei suppte in das Versprechen des Mannes, alles zu regeln. Alles, so stand es schwarz auf weiß. Lieselotte griff zum Messer. Sie viertelte die Hälften, halbierte die Viertel, die Achtel.

»Und wenn die große Dame doch keine weiße Weste hat?«, fragte Stephanie.

»Menschen wie Eva Nielsen fallen nach oben«, erwiderte Lieselotte. »Früher oder später. Stell dir vor, da hat so ein Unternehmer früher für Millionen Steuern hinterzogen, dann haben sie ihn auf Bewährung verurteilt und heute sitzt er im Parlament. Das hast du wohl nicht gelesen. Stand in der Zeitung.« Lieselotte schob die Kürbisstücken vom Brett in die Schüssel. »Und so wird es auch der Nielsen gehen. Glaube mir«, sagte sie.

Die Fliege wanderte auf dem Brei.

»Und wenn nicht?«, fragte Stephanie. »Wenn sie gehen muss? Wenn sie hier selbst putzt?«

Lieselotte warf das Messer auf den Tisch. Es knallte. Die Fliege floh an die Decke. Stephanie beugte sich zurück und hielt den Atem an.

»Mein Gott«, fluchte Lieselotte. »Haushaltshilfen sind gefragt. Immer suchen die Leute. Wüsstest du, wenn du mal in die Stellenanzeigen schauen würdest. Aber die sind dir wohl fremd.« Sie starrte auf die Klinge. »Überall könnte ich putzen«, murrte sie. Lieselotte sah sich in die Augen. Auf dem Stahl dräute Angst. »Überall«, wiederholte sie und dachte: Aber einen alten Baum verpflanzt man nicht. Sie spürte den Herbst, den sie den ihren nannte. Er lebte zu jeder Jahreszeit in ihrem Kopf, in ihrer Brust, in ihren Gebeinen. Gelegentlich glaubte sie, ihre Knochen seien hölzern wie das Heft vom Messer neben dem zerstückelten Kürbis, nur älter und spröder und morsch. Ein Schwächling bin ich, dachte sie.

»Helden sind Eichen«, hatte Lieselottes Tante gesagt. »Mein Bruder, dein Vater, der ist eine Fichte. Er hat es von seinem Vater und der wieder von seinem. Der Krieg hat die Eichen zermalmt, weißt du? Und nach dem Krieg haben die Weiber genommen, was noch ein Ja sagen konnte. Das war das Pech für deinen Vater. Das war dein Glück, abgesehen davon, dass du nach ihm geraten bist.« Die Tante hatte Lieselotte bei den letzten Worten scheel gemustert. Sie hatte den Kopf gewiegt, als wollte sie ihren Worten nicht trauen. »Wie auch immer«, sagte sie. »Das ist dein Pech.« Lieselotte hatte mit der Totgeburt ihres ersten Kindes vor der Tante gesessen. Sie weinten. Lieselottes Mutter hatte im Schlafzimmer gekniet. Sie betete für sich.

Stephanie hörte in die Stille. Sie hörte die Fliege. Die Leier zog die Zeit. Stephanie sah die Mutter auf das Messer starren. »Wusstest du, dass der Kürbis eine Beere ist?«, fragte Stephanie plötzlich. Die Fliege setzte sich auf das Messer.

Lieselotte fuchtelte über der Schneide. Der Handrücken traf die Fliege. Die Fliege taumelte zum Fenster.

»Bevor ich mir eine neue Stellung suchen muss«, sagte Lieselotte, »solltest du dich erst einmal um Arbeit kümmern. Noch besser wäre allerdings eine Berufsausbildung.«

Die Fliege wollte mit dem Kopf durch dic Scheibe. Sie pochte gegen das Glas. Sie wollte in den Herbst.

»Ich habe ja wohl ein Kind, das mich braucht«, erwiderte Stephanie.

»Wir sind damals nach wenigen Wochen wieder arbeiten gegangen und es ging auch«, sagte Lieselotte. Sie füllte den Kürbisbrei in die Tüte. Der Schleim hing an den Fingern. Er hing an Lieselotte wie die Erinnerung an die letzte Nacht.

Stephanie schwieg. Sie wartete auf die eine Frage der Mutter. Lieselotte hatte sie oft gesagt: »Und hat dir die Krippe geschadet?« Stephanie kannte die Antwort nicht. Sie glaubte allenfalls, die Frage mit einem Ja beantworten zu müssen.

»Damals ging es auch, mein Kind.«

»Das ist alles lange her«, erwiderte Stephanie, wendete sich ab und ging Richtung Tür. Sie verharrte für einen kurzen Augenblick am Fenster. Ihre flache Hand schlug auf die Fliege. Die Leier verstummte.

*11. Oktober, 23 Uhr, Käuzchenweg, Haus am Tann*

Eva zog die Bettdecke bis zu den Augen. Der Schlag der Uhr war in ihr. Eva wusste, wo der Mond hinter der geschlossenen Fensterjalousie stand. Er war wie der Mund des Vorstandsvorsitzenden. Er war ein gebogener Strich. »Ich glaube an Sie«, hatte er gesagt. Der Glaube ist der Bruder des Zagens, hatte Eva gedacht. Sie dachte, was ihr Vater einst gesprochen hatte.

Eva war aus dem Dom gekommen. Zu Hause hatte sie ihre winzige rote Brottasche geöffnet und dem Vater ein Lackbild zugeschoben. Ihr kleiner Zeigefinger tippte auf den Engel. Der Engel trug ein rosa Gewand und hielt ein Kreuz aus Gold. Auf seiner Wolke klebte silberner Glitter.

»Ach, Kind«, hatte der Vater gestöhnt. »Was machst du nur? Du sollst doch nicht mehr in die Kirche gehen.«

Er strich über Evas Schopf. Das Haar knisterte unter seiner warmen Hand und hob sich. Der Vater sah das Sträuben voraus und das Warum aus dem Mund der Tochter.

Der Vater war auf die Knie gegangen. »Wir brauchen keinen Gott, keine Apostel, keine Engel«, hatte er mit versöhnlicher Stimme gesagt. »Wir können uns selbst helfen.« Er hob den Himmelsboten in die Luft. Der Engel lächelte. »Wir Menschen haben auf der Erde alles, was wir für unser Glück brauchen.« Der Vater ließ den Engel fallen. Der Cherub glitt über seinen Oberschenkel zu Boden.

»Aber …« Eva hielt inne und atmete tief aus. Sie hielt den Kopf schief und starrte aus dem Fenster. »Aber wir haben doch Kirchen auf der Erde«, fuhr sie fort.

Der Vater rieb sich die Schläfen, während er Evas Gesicht in die Hände nahm. »Die haben Menschen gebaut, die glauben, wir könnten uns nicht selbst helfen«, antwortete er sanft und dachte mit Groll an den Diener Gottes, an gesalbte Reden und Tand.

Eva hob den Engel auf und schob ihn in die winzige Brusttasche ihres Kleides. Die lackierte Wolke stand über dem Kreuzstich am Saum.

»Die Leute werden sagen, wenn die Eva vom Nielsen in die Kirche geht, dann glaubt ihr Vater nicht an unsere Sache.«

»Dass wir uns selbst helfen können?«

»Richtig.«

Eva hatte an die Beerdigung gedacht. Ihre Mutter hatte unter einem Berg Rosen gelegen. »Sie war ein

Engel«, hatte die Nachbarin zur Nachbarin gesagt. »Was hat die arme Frau sich gequält«, sagte die eine. »Sie hat heimlich wieder angefangen zu beten«, flüsterte die andere. Die Frauen rochen vergebens an den Rosen. Sie warfen die Blumen auf die Kränze und Gestecke. Eine Nachbarin hielt den Mund an das Ohr der anderen: »Manchmal denke ich, es kann keinen Gott geben.«

Eva hatte die Brottasche an den Haken gehängt. »Schade«, sagte sie mit gesenktem Kopf zum Vater. Sie ging und legte den Engel in die Kiste unter ihrem Kinderbett. Sie legte ihn neben drei Glasmurmeln, einen winzigen Fingerring mit emailliertem Marienkäfer und den Gekreuzigten. Er hatte ihrer Mutter gehört. Evas Vater hatte ihn wenige Tage nach der Beerdigung in den Mülleimer geworfen. Sie hätte ihn gern gefragt, warum er den Mann am Kreuz fortwarf, schließlich hatte er sein Gesicht. Doch Eva schwieg, weil das Gesicht des Vaters nur noch traurig aussah.

*12. Oktober, 13 Uhr, Ungewitterstraße, Wohnbungalow*

Betty saß am Fenster. Auf ihrem Schoß lag ihr abgewetztes Adressbuch. Seit Tagen schlug sie das winzige Verzeichnis auf und zu. Immer blätterte sie bis zur Seite mit dem silbernen D in der rechten oberen Ecke. Ohne zu schauen, wusste sie, wo die Namen von Dorothea und deren Tochter standen. Sie waren wie die Telefonnummern daneben mit Bleistift geschrieben. Wer weiß, hatte Betty vor Jahren gedacht und dabei den Radiergummi am Stift gemustert. Neben dem Namen

Dorothea stand Kuratorin auf der Linie notiert, in Klammern.

Betty sah aus dem Fenster. Im Beet furchte ihr Mann. Georg riss die Jungfern im Grünen aus der Erde. Ihr Pastellblau blühte ihm seit Wochen im Schlaf, und die schwarzen Samen rieselten in sein Bett, bis er zu ersticken glaubte. Ein Albtraum ist das, dachte er immer an den Morgen danach. Eines Nachts werde ich tatsächlich keine Luft mehr bekommen, oder mein Herz setzt aus.

Bettys Hände umschlossen das alte Telefon. Sie wusste, die Stille darin war endlich wie ihr Kleinmut. Betty fürchtete dieses Ende, da es mit einer Lüge am anderen Ende einhergehen konnte. Sie war sich sicher, jeder Winkelzug, jede Beschönigung könnte die Freundschaft zu Dorothea beenden.

»Die allerbesten Freunde«, hatte Georg vor seinen Albträumen bei jeder Gelegenheit angemerkt, »die blühen dir aus der Erde, der fremden wie der eigenen. Es gibt nun mal nichts Echteres, Ehrlicheres, nichts Schöneres.« Oft hatte Betty nur genickt. Einmal hatte sie auf den wuchernden Erdrauch neben der Haustür gezeigt. »Der ist nützlich«, hatte Georg erwidert und in das Grün gegriffen. »Hilft gegen Verstopfungen.«

Betty sah Georg im Garten die Jungfern mit Augentrost aus der Gärtnerei ersetzen. Und Georg dachte gegen seine Zweifel an: Möge es helfen. Er klatschte in die schlammigen Hände. Die Erde flog. Sie war aus dutzenden Fetzen. Sie war schwarz wie der Schlaf, den er mehr und mehr fürchtete.

Betty schlug das Adressbuch auf. Sie klopfte mit dem Radiergummi am Ende des Bleistifts auf den Buchstaben D, ohne den dumpfen Ton zu hören. Die Erinnerung an ihr Reden löschte ihn aus. »Ich hoffe zutiefst«, hatte sie zu Eva und Corinne gesagt, »Dorotheas Enkel sind tatsächlich an Persephones Stelle getreten.«

»Dorotheas Tochter ist nicht im Lande«, hatte Corinne erwidert.

»Da muss die Großmutter ran. Das versteht sich doch von selbst«, hatte Eva die Freundin und sich beschwichtigt und den guten Geist aus dem Vorzimmer ihres Büros

Betty wollte verstehen. Und mehr als glauben wollte sie wissen und wählte die Nummer von Dorotheas Tochter. Betty sah Georg die Jungfern durch den Garten tragen. Georg warf die Blumen auf einen Haufen. Auf dem Rückweg trat er ihre schwarzen Früchte tief in den Schlamm.

Betty hörte Dorotheas Enkel. »Tante Bettina«, riefen sie, »Tante Bettina ist am Telefon.« Betty wünschte sich, Dorothea zu hören. Sich Lügen strafen zu müssen, wäre ihr ein willkommenes Glück gewesen.

Dorotheas Tochter lachte über die Kinder ins Telefon. »Mutter?«, fragte sie, »Mutter ist doch zur Erholung ans Meer gefahren.« Mehr wollte Betty nicht wissen.

Im Garten loderte das Feuer in den vertrockneten Jungfern. Georg dachte an eine Zeile in seinem Gartenlexikon. »Blumen der verschmähten Liebe« stand unter den Jungfern geschrieben. Georg schüttelte den Kopf und lachte.

*12. Oktober, 19 Uhr, Kaiserswerther Straße, Albertinen-Karree*

»Und hütet Dorothea nun die Enkel?«, fragte Corinne. Sie hütet den Verrat, dachte Betty und zog die Schultern in die Höhe, weil Evas Gesicht ohnehin bleich war, die Augen klein und der Mund verzagt.

»Einmal Kinder, immer Kinder«, sagte Corinne. »Und irgendwann fressen sie dich auf.« Corinne schob die Schüssel mit den Kartoffelchips zu Betty. Sie roch das Fett. Ihr Mund wässerte. »Eine Sparbüchse«, sagte Corinne, »das wirst du für die Brut.«

Eva biss ins Ausgebackene. Es krachte in ihrem Kopf. Das Krachen vertrieb die grünen Mädchen aus ihren Gedanken.

»Sie halten nur die Hand auf«, stöhnte Corinne.

»Früher haben wir für ein paar Groschen Kartoffeln sammeln müssen«, sagte Betty. »Wisst ihr noch?«

Eva nickte.

Corinne schwieg. Ihre Mutter hatte ihr Entschuldigungszettel geschrieben. »Wofür gibt es Bauern«, hatte die Mutter gesagt. »In diesen liederlichen Genossenschaften verlässt sich einer auf den anderen. Wir sind von Gut und Böse verlassen. Saufen, das können sie alle. Selbst die Weiber saufen. Und haben die faulen Nichtsnutze kein Futter fürs Vieh, das sich vor Hunger die Seele aus den Leibern brüllt, fahren sie mit der Schubkarre zum Bäcker. Sie kaufen das billige Brot für die Schweine und schütten es in die dreckigen Ställe. Der Landgraf muss in seinem Grab rotieren. Die ganze Wirtschaft ist nur noch ein einziger Saustall.«

Betty träumte. Ausgebackenes klebte an ihrer Wange und fiel in ihren Schoß.

»Bettina«, hatte die Lehrerin auf dem Feld gerufen, »ihr nehmt die letzte Furche.« Betty hatte gestöhnt. Die Kartoffeln waren rar gewesen. »Das ist eine beschissene Furche«, sagte ihre Mitschülerin. Bettys Hände waren steif von der Kälte. Die Erde hing verkrustet an ihren Fingern. Es nieselte.

Die Lehrerin hatte den Mädchen ein paar Kartoffeln in den Korb geworfen. Sie war übellaunig. Ihr Liebhaber hatte ein Motel gebucht und wartete. Seine Frau war auf Dienstreise.

Betty hatte den Korb über die aufgeweichte Erde gezogen. »Im vorigen Jahr haben sie unsere Nachlese vergammeln lassen«, flüsterte ihre Mitschülerin. »Ich habe den Berg hinter den Ställen gesehen. Überall stinkender Matsch und Schimmel.« Sie zog die Kiepe zum Wagen. Der Boden schmatzte. »Die ist noch nicht ganz voll«, flüsterte Betty. »Sagt wer?«, fragte die Mitschülerin.

»Die Kiepe ist noch nicht voll«, sagte der junge Bauer. Er lehnte mit verschränkten Armen am Wagen. In seinem Mundwinkel wippte eine Zigarette.

Die Mitschülerin lächelte. Sie leckte mit der Zunge über die Zähne, über die Lippen. Der junge Bauer griente. Er packte die Kiepe und schleuderte die Kartoffeln auf die Ladefläche. Betty nahm die blecherne Wertmarke aus der Hand. »Ich muss mal«, sagte die Mitschülerin. Betty trug die Kiepe zur Furche zurück.

Die Mitschülerin hatte sich hinter die Hecke gehockt. Das Rinnsal zwischen ihren Stiefeln dampfte. Sie sah den jungen Bauern aus dem Augenwinkel. Sie winkte ihn mit der linken Hand heran. Ihre rechte bedeckte ihren Schritt. »Fünf Marken«, sagte sie, »dann kannst du sie dir ansehen.« Der Bauer zählte ihr die Marken in die linke Hand. Die rechte hob sich wie ein erdbeschmierter Vorhang. Der Bauer schnalzte. Er streckte seine zitternde Hand aus. Die Mitschülerin schlug auf seine Finger. Sie zog die Hose in die Höhe. Der Bauer blieb in der Hocke. Er presste die Hand auf seinen Schritt. »Man sieht sich«, sagte die Mitschülerin.

Betty hatte die Erde von ihren Fingern geschüttelt. »Mach langsam«, sagte die Mitschülerin. Sie hielt Betty die Blechmarken vor das glühende Gesicht. »Ich gehe nachher noch mal pinkeln, dann gibt es wieder fünf. Vielleicht auch mehr. Meine Freunde nennen mich übrigens Usch.«

*13. Oktober, 11 Uhr, Straße des Friedens, Bürohaus*

Eva befingerte die blauen Kronblätter des Natternkopfs. Die Blüte war welk. Sie lag neben der alten Akte, als wäre sie aus den Unterlagen. Der Tintenstrich auf dem Aktendeckel war schwarz. Er schien sich wie feiner Draht zum Namen Densow zu biegen. Frau Müller, die rechte Hand aus Evas Vorzimmer, hatte ihn vor vielen Jahren geschrieben und den Strich hinter dem letzten Buchstaben in die Länge gezogen. Eva sah das schwarze Ende zum Natternkopf zeigen.

»Dass uns beiden am Ende nichts blüht«, hatte der Vorstandsvorsitzende beim letzten Zusammentreffen gesagt. Der Zucker hatte in seinem Mund geknirscht. Er tippte auf die fingerdicke Personalakte. Das Konvolut klang hohl.

Eva lüftete den Deckel. Das Lächeln von Kirsten Densow wellte sich mit dem Foto. Sie trug einen geflochtenen Kronenzopf. Eva dachte an Frau Müller. Ihre rechte Hand hatte die Frisur ein Vogelnest genannt. »Dieses Mädchen«, hatte sie zu Eva gesagt, »das piept nicht richtig.« Frau Müller hatte sich an die Schläfe geklopft.

»Sie ist doch noch grün«, hatte Eva erwidert.

Die Zöpfe auf Kirstens Brust waren aus schwarzen Maschen. An den Armen waren sie weißes Gestrick. Sie hingen wie verdrehte Seile von den Schultern bis über die Manschetten der blauen Bluse, die auf dem Foto anthrazit war. Unter dem linken Ärmel ging die vernähte Sonne auf, dachte Eva. Zog sich die derbe Wolle, gaben die großen Maschen ihr Gelb frei.

»Sie verbirgt sie«, hatte Frau Müller geflüstert. »Sie schämt sich für die Sonne.« Die rechte Hand war traurig geworden. »Die jungen Leute kennen das Dunkel nicht«, hatte sie gesagt. Das Dunkel war in ihrem Gesicht aufgezogen.

»Sie lernen«, hatte Eva gesagt. »Ihre Jugend stirbt heute später. Aber auch sie stirbt zu früh.«

Die rechte Hand hatte geschluchzt und die Tränen verwischt.

Eva ließ den Aktendeckel auf das fotografierte Gesicht fallen.

Hinter der Tür hob sich das Knarren. Die lärmende Diele war ein Omen. Fremde traten auf ihr Holz. Die

Sekretärin wich ihr aus. Trat sie dennoch einmal auf die Diele, trug sie Sorgen im Kopf, wusste Eva. »Kaffee?«, fragte die Sekretärin durch den Türspalt. »Und die Zeitung«, bat Eva. Die Sekretärin fasste sich ans Ohr. Sie zog sein Läppchen in die Tiefe. Eva kannte den Griff. Noch ein Omen, dachte sie und fasste sich in Vorsorge. »Ein Leserbrief«, sagte die Sekretärin. Eva hielt die Hand auf. Sie schaute auf die Akte. Sie glaubte, das Lächeln durch den Pappdeckel sehen zu können. Das ist endlos, dachte Eva.

*13. Oktober, 17 Uhr, Nachtigallstraße, Pressehaus*

Kirsten stand am Fenster. Das Glas spiegelte Fuller. Auf seinem Mund glühte ein winziger Punkt. Aus seinem Kopf quirlten weißgraue Schwaden. Kirsten schaute durch Fuller auf den grünen Zweig hinter dem Glas. Er war dünn und trug eine Knospe. Der Tropfen am Ende des Zweiges zitterte. Kirsten wartete auf seinen Fall.

»Gut Ding braucht Weil«, sagte Fuller. Er schaute zur Tür. Er wartete auf einen Schatten hinter dem Milchglas.

Kirsten dachte an gut Ding: Die junge Frau war vor vielen Jahren an einem grauen Wintertag zu ihr in das kleine Land gekommen. Gut Ding hatte Kirstens Augen, Kirstens Nase, Haare, Stirn gehabt. Es hatte Kirsten seine Hand gereicht. Die Haut war rau gewesen. Kirsten hatte in das Gesicht vor ihrem Gesicht gesehen. Kirsten hatte Kirstens Augen nicht trauen wollen. Es gibt mich zweimal, dachte sie. Kirstens Augen waren feucht geworden. Gut Dings Augen blieben stumpf. »Es muss dir hier grau vorkommen«, sagte Kirsten zu ihrer Doppelgängerin aus dem großen Land. Gut Ding nickte. Es kann überall grau sein, dachte es. »Selbst die Leute sind hier irgendwie grau«, sagte Kirsten. Gut Ding rieb seine geschundenen Hände. Es gab Kirsten seine Jacke, die geflickte Hose, Schuhe. »Kaufst du dir von dem Geld für deinen Pass ein neues Auto?«, fragte Kirsten. »Oder reist du um die Welt?« Die junge Frau zog die Schultern empor. Sie rechnete Kirsten abermals um. Kirsten zählte fünf Jahre Putzen im Supermarkt. Für die Schwester der jungen Frau zählte Kirsten mehr als zweihundert Freier im Salon Rouge. Kirsten hielt die Hand auf. Gut Ding legte ihren grünen Reisepass auf sie. »Das fühlt sich an, als dürfte ich in den Himmel«, sagte Kirsten und hüpfte kurz auf und ab. Gut Ding lächelte freundlich. Sie sah aus dem Fenster zu den Wolken. Grau trieben sie über die Schlote in den Westen. »Denk dran«, sagte die junge Frau leise, »du bist jetzt ich. Du bist Klara Reuschnick, zweiundzwanzig und eine einfache Putzfrau.«

Der Grenzsoldat hatte in einem Häuschen aus Glas gesessen. An seinem Schlüsselbund hatte ein winziger Feuerstein gehangen. Der Hühnergott war vom Strand des kleinen Landes aufgelesen worden. Der Grenzsoldat langweilte sich hinter seinem leeren Gesicht. Er ordnete den Ausreisenden in seinem Kopf Reiseziele zu. Er schickte sie bis ans Ende der Welt. Dachte er an tropische Regenwälder oder arktisches Eis, wurde er schwermütig.

Der Grenzsoldat hatte Kirsten mit Klara angesprochen. Er hatte nach ihrem Beruf gefragt. Seine Schwermut wurde mit ihrer Antwort kleiner. Er dachte an seinen letzten Urlaub. Er sah Klara in seinem Meer baden, nur etwas nördlicher, nur wenige Kilometer entfernt von ihm und seiner Frau, seinen Kindern und der trennenden Grenze.

Kirsten hatte gegen die Woge aus Angst gekämpft. Sie sah Kirsten auf dem Glas. Sie sah den Schweiß auf Kirstens Stirn. Sie spürte Wasser zwischen Kirstens Brüsten. Die Woge nahm ihr die Luft.

Der Grenzsoldat hatte mit der Hand gewedelt, als wollte er eine Fliege fortjagen. Kirsten war als Klara durchgegangen. Ihre rechte Ferse schmerzte. Klaras Schuhe waren zu klein. Die Blase barst und die Ferse begann zu bluten.

»Prinzessin«, hatte Kirstens Vater hinter der Grenzkontrolle gesagt. Er hatte sie an sich gedrückt. Der Rittersporn in seiner Hand war auf ihrem Rücken zerbrochen. »Ist dein zweites Ich nicht sein Geld wert?«, hatte er gefragt und in die Hände geklatscht. »Gehen wir. Suchen wir dir einen Prinzen.«

Ein Schatten pochte an Fullers Tür. Das Pochen fuhr Kirsten in den Leib. Der Leib schwitzte dic alte Woge aus. Und Kirsten spürte den alten Schmerz in der rechten Ferse.

Der Schatten reichte Papier ins Zimmer. Fuller schwenkte es im großen Bogen durch den Dunst. Das Rascheln nannte er Musik. Kirsten roch das Schwarz der Zeilen. Sie witterte fremdes Pech. Fuller las und zog mit dem Finger das Schwarz der Zeile auf dem Papier in die Länge: »Rechnen wir mit den letzten Überresten der Diktatur ab …«

Kirsten dachte an die Diktatur vor der Diktatur, an die Großmutter, die ihre Doppelgängerin Klara Reuschnick bezahlt hatte, die Großmutter, die zeitlebens mehr über das Reich gewusst hatte, als der alten Frau lieb gewesen war, so wie mehr als der halben Straße, mehr als der halben Stadt, mehr als dem halben Land. Eine Filmdiva war in einem Vernichtungslager aufgetreten. Sie hatte ein Kleid aus nachtblauer Seide getragen. Sie hatte für die Mörder gesungen. Die Mörder hatten die Erschießungen für den Nachmittag eingestellt. »Verdoppeln wir die Exekutionen am nächsten Tag«, hatten sie gesagt. »Sollen die armen Teufel etwas von unserem Liedgut in die Hölle mitnehmen.« Das Reich war untergegangen. Viele Mörder arbeiteten in ihren alten Berufen als Schuster, als Versicherungsvertreter, Krankenschwestern, Lehrer, Beamte, Politiker. Die Filmdiva von einst war im großen Land ein großer Star geblieben. Die Mörder hatten sie ins Herz geschlossen, Leute wie die Großmutter, Leute, die nach dem Reich geboren wurden.

Das nachtblaue Kleid hing im Heimatmuseum. Kirsten hatte es gesehen. Sie hatte die Lieder der berühmten Filmschauspielerin im großen Land gehört. Sie hatte Stimmen gehört, die das Sagen hinter vorgehaltener Hand beklagten, die Lieder seien aus der Hölle.

Fuller hob den Finger. Die Kuppe war schwarz. Sie roch pestig. »Die einstigen Handlanger der Diktatur sitzen noch immer an entscheidungserheblichen Hebeln. Das ist ein Skandal«, las er. Die schwarze Kuppe kreiste in der Luft. Sie erinnerte Kirsten an eine Schmeißfliege.

»Ich fahre zum Staatsarchiv«, sagte Kirsten. »Gleich morgen. Sie müssen die fehlenden Unterlagen finden. Ich weiß es, die Akte ist nicht vollständig.«

»Es ist dein Wagen, der da rollt«, sagte Fuller und fügte nach einer kurzen Pause hinzu: »Wenn wir vom Rollen sprechen können.«

Das Fenster knackte. Der Wind hob an. Der Tropfen fiel vom grünen Zweig.

*13. Oktober, 18 Uhr, Käuzchenweg, Haus am Tann*

Es dämmerte. Die Korkspindel ließ ihr rotes Laub auf den Gehweg fallen. Wenn Eva die Augen verengte, sah sie kleine Flammen an ihren Knöcheln züngeln. So ein schönes Lohen, dachte sie, und ohne jeglichen Schmerz.

Lieselotte stellte den schweren Topf mit der Suppe auf den Herd. Sie sah Eva regungslos vor dem Haus stehen.

Eva fühlte sich kopflos. Und sie konnte den Bauch nicht spüren, der ihr am Nachmittag geschmerzt hatte. Sie fühlte allein die Akte unter dem Arm. Das Bild von Kirsten lächelte auf der Höhe des Ellbogens. Der Mund war eingeknickt.

»Ich möchte der Farbe unserer Fahnen glauben«, hatte der Mund einst gesagt. Er war jung und weich gewesen. »Aber unter der Fahne wurde so viel Blut vergossen. Und unsere Befreier immer vorneweg. Die wedelten mit der Fahne vor sich her und hinter ihr, erzählte meine Großmutter, schändeten sie, wen sie in die Hände kriegen konnten. Manche Mädchen erstachen sie. Andere erschossen sie. Einige verbluteten. Wer den Mut aufbrachte, ging mit Steinen in den Taschen zum See, um sich zu ersäufen.«

Eva hatte Kirsten in den Arm genommen. Eva hatte Feuer in ihrem Rachen gespürt. Es brannte ihr bis unter die Schädeldecke. Ihr war, als würden die Flammen die Gedanken verbrennen. Später am Tag waren die Gedanken zurückgekehrt und Eva zu Kirsten. »Recht gegen Rache«, hatte Eva gesagt.

Kirsten war trübsinnig geworden. Sie hatte den Mund verzogen. »Wir legen noch immer das Tuch des Schweigens über die Toten. Und es ist rot«, hatte sie erwidert. Sie verschwieg das Reden der Großmutter: »Es ist die Farbe der Schildläuse, und glaube mir, mein Kind, die sie tragen, sind oft nichts als Läuse.«

»Das Tuch des Schweigens wird gelüftet«, hatte Eva gesagt. »Dafür werden Menschen wie du sorgen. Wenn die Zeit reif ist.«

Eva stand vor der Haustür. Sie stöhnte leise. »Und was heutzutage nicht alles gelüftet wird.« Sie presste die Akte in die Hüfte und fingerte nach dem Schlüssel. Ihr Portemonnaie fiel zu Boden, ihr Kalender. Ein Nachtfalter flog aus dem Laub und in ihr Gesicht. Die Hände schleuderten den Frostspanner in die Höhe. Die Akte fiel zu Boden. Der Wind riss sie auf und trug das Foto samt Lächeln in die Luft. Eva sah den Mund in den Apfelbaum fliegen. Sie schrie Lieselottes Namen und kniete sich ins Laub der Korkspindel. Die Hände pressten das flatternde Papier zu Boden.

Lieselotte trug den Schrei im Ohr, trug ihn vor die Tür. Eva warf das Papier in den Flur und zeigte zum Apfelbaum. Lieselotte lief auf Strümpfen ins Laub. Sie zog das Lächeln aus der Krone und presste es vor den Leib.

Eva kroch auf den Knien durch den Vorgarten. »Kein Blatt darf fehlen«, rief sie. »Nicht eines!« Ihre Hand griff in den Feuerdorn. Kein Blatt, dachte sie. Der Dorn zerriss ihre Haut. Sein Fruchtkleid hing Eva im Nacken.

Die Nachbarin stand hinter dem Fenster. Sie spähte durch das gemusterte Netz. Es war geklöppelt. Durch das Netz hatte schon ihre Mutter geäugt, ihre Großmutter, Urgroßmutter. Mein Gott, dachte sie, diese Weibsbilder. Die Nachbarin zog den schwarzen Kragen in die Höhe. Er war hart wie dünner Karton. Seine Enden zeigten auf die flache Brust unter dem geerbten Kreuz aus Akazienholz. »Das alte Haus drüben kommt nicht zur Ruhe«, hatte ihr Mann gesagt. »Immer neue Menschen. Immer neue Fahnen. Die hängen wie Zungen heraus. Und keiner ist zu trauen.«

Eva jagte wie ein Vierfüßiges. Sie spürte weder Schmerz noch Blut. Es gab nur den von ihr verfluchten Wind, das beschriebene Weiß in ihm und ihr Klagen.

Lieselotte starrte durch den Seidelbast. Sie trauerte um die schönen Netze. Eva hatte sie zerrissen. Am Morgen hatte der Tau in ihnen gehangen. Die Sonne hatte sich in den Tropfen gespiegelt. Sie leuchteten wie winzige Kerzen neben den Toten.

Lieselotte zog Eva vom Boden. »Es ist kalt«, sagte sie und lugte zum Nachbarhaus. Sie sah das Netz im Fenster zittern. Sie sah Evas Blut an ihren Händen.

*13. Oktober, 18.30 Uhr, An der Kolonnade, Markthalle*

Corinne spürte den Hunger nicht mehr. Sie hatte ihn mit einer Tasse Kaffee am Morgen und einem Glas Tee zum Mittag bezwungen. Vor dem Einkauf war sie in die Küche gegangen und hatte einen halben Apfel gegessen. »Du darfst nie mit leerem Magen auf den Markt gehen«, hatte ihre Mutter ihr ein Leben lang gepredigt.

Corinne klopfte die Melone. Der tief schwingende Ton drang in ihr Ohr. Er fuhr ihr zwischen Brust und Bauchhöhle. Corinne rang nach Luft. Sie sah den Einkaufswagen doppelt, die Obstwaage, die Melone. Die froschgrüne Panzerbeere erinnerte Corinne an Platée, die Froschnymphe aus ihrem ersten Engagement, und hinter ihrer Stirn wuchs die Probebühne in den Taumel: Die greise Gesangslehrerin hatte die Froschnymphe bei der Generalprobe getätschelt. »Mein Platée«, hatte sie zum Tenor in der grünen Larve gesagt. Die Froschnymphe tändelte. Corinne hockte als Junon in einem Sumpf aus braungrünen Plastikbahnen. Die üppige Lehrerin beschaute sie mit erhobenem Haupt. »Wie konnte Jupiter dich zur Frau nehmen«, flüsterte sie. Ihr Blick traf den Regisseur. Die Matrone griff Corinne. Sie presste ihr die Kralle auf den Bauch. »Stütze, meine liebe Junon«, sagte sie. »Dir hilft hier nur die Stütze. Kein Regisseur, kein rotes Parteibuch.« Den letzten Satz raunte sie. Die

Stimme war wie dunkler Rauch gewesen und Corinne hatte nach Luft gerungen.

Die Matrone hatte einen langen weißen Schleier von der Seitenbühne gegriffen und war über die Bühne gewirbelt. Der Tüll glich einer Wolke. Sie knisterte. Aus der Wolke schallte plötzlich Lucia di Lammermoor. »Der süße Ton«, raunte es aus der Tiefe zwischen Bühne und Zuschauerraum. Im Graben erhob sich das Orchester. Die Froschnymphe schluchzte. Das Grün tropfte von ihren Wangen auf das Jabot. Lucia sang den Wahnsinn. Am Ende der Arie sackte die Wolke zusammen. Stille. Erst der Sturm aus Beifall schien sie wieder vom Boden der Bühne zu heben.

»Wie die olle Schabracke euch die Jugend neidet«, hatte Jupiter geflüstert. Er zwickte Corinne. Er fühlte die dünne Haut unter ihrer Maske.

Die Wolke hatte sich wieder und wieder verbeugt. »Sie war eine Göttin, zugegeben«, raunte Jupiter. »Sie haben mich im Käfig gehalten, hat sie mir einmal gesagt. Nur weil ich der Partei nicht zum Munde gesungen habe, hat sie gesagt. Ihr seid jung. Ihr werdet den Käfig wohl noch offen sehen. Ihr werdet in die weite Welt fliegen und Nachtigallen sein. Ich werde dann schon lange verbuddeltes Gebein sein, das irgendwann bricht. Ein Knacken werde ich sein, in der Unterwelt.« Jupiter seufzte. »Nun schau uns Nachtigallen an«, flüsterte er Corinne ins Ohr. »Inzwischen wächst auch uns der Käfig ins Fleisch.«

Die Froschnymphe hatte derweil die Wolke aus Tüll umarmt. Die Wolke hatte grüne Flecken von Platée. Die

Matrone lächelte. Die Froschnymphe rieb ihr Moosgrün auf die welken Wangen der Matrone. Corinne applaudierte gebührlich. Sie sah die Wolke ihren kleinen Hut ziehen. Die Froschnymphe zog Junon aus dem Sumpf. Junon hielt den grünen hässlichen Kopf.

»Sie ist wie weggetreten«, sagte eine Frau am Obststand und rief die Verkäuferin. Die Verkäuferin rief: »Frau Marchet! Ist alles in Ordnung? Frau Marchet?« Corinne sah das Grün aus ihrer Hand gleiten. Sie stürzte mit der Melone in die Tiefe. Sie sah das Grün bersten. Das Fleisch in ihm war Rot. Es spritzte ihr ins Gesicht. In seinem Saft schwammen schwarze Kerne. »Die Nymphe«, stöhnte Corinne und schlug mit dem Kopf auf den Boden, »die Nymphe ist falsch.«

»Einen Arzt«, schrie die Verkäuferin, »schnell, ruft einen Arzt!«

*13. Oktober, 19 Uhr, Käuzchenweg, Haus am Tann*

»Vier Blätter«, stöhnte Eva. Sie griff den Mantel. »Es fehlen noch vier«, rief sie zur Küche und lief wieder aus dem Haus. Der Steinkauz ruderte im Flug über die Hecke. Sein Ruf gellte. Hinter dem geklöppelten Netz wurde das Kreuz geschlagen.

Lieselotte träumte, während sie in der Suppe rührte. Der Geruch erinnerte sie an ihre Jugend.

»Stellen Sie sich vor, Sie rühren die Früchte der Sonne«, hatte die junge Lehrerin in der Haushaltsschule gesagt. Sie hatte entrückt geschaut und sprach wie zu sich selbst: »Da wird die Küchenarbeit doch zur Freude.«

Lieselottes Mitschülerin war mürrisch geworden: »Kürbissuppe. Kürbiskompott. Kürbis mit Butter. Kürbisauflauf. Kürbispudding und wieder Kürbissuppe. Mehr gibt es hier doch nicht. Kürbis, Kohl, Kartoffeln. Möhren, Kürbis.« »Es gibt keine unguten Zutaten«, hatte die alte Direktorin geschimpft, »nur schlechte Köchinnen.«

Was die junge Lehrerin an die Sonne erinnert hatte, war groß wie ein Wagenrad. Zwei Mädchen hatten das Ungetüm an Griffen auf den Herd hieven müssen. Sie stöhnten. Die Direktorin hatte wie eine Bogenlaterne danebengestanden. Sie sei erloschen, hieß es in der Schule. Sie spüre allein Stiche wie vom Strom im Kreuz.

»Für den Liebsten geht es selbstverständlich kleiner«, hatte die junge Lehrerin gesagt. Die Mädchen kicherten. Sie warfen Salz in den Dampf und gossen Öl in das satte Gelb.

Die alte Direktorin war an das Fenster geschlurft. Sie hatte Salz in der Kehle gespürt. Sie dachte an den Liebsten. Er war an der Ostfront verhungert oder erfroren. Als die Sonne den Boden aufgetaut hatte, war er verscharrt worden. Die Nachricht vom Tod war mit dem Reichsadler gekommen. Er sei im Vorwärtsstürmen ein leuchtendes Beispiel gewesen.

Lieselotte hörte Eva im Vorgarten fluchen. Sie tauchte den Löffel in die Suppe. So klein bist du geworden, liebe Sonne, dachte Liselotte, und kein Mann weit und breit. »Gott sei Dank«, flüsterte sie. Die Suppe wallte und spritzte auf Lieselottes Arm. Lieselotte fluchte auf Gott und Kürbis und hielt den Arm unter kaltes Wasser.

Die Haustür krachte. Eva trug ein Rotes Ordensband ins Haus. Der Falter hing wie eine Brosche auf der Höhe ihrer Brust. Eva sackte auf den Stuhl. Lieselotte eilte in den Flur. In ihrer Hand hielt sie den Suppenlöffel wie ein Zepter. »Nichts«, sagte Eva. Sie hob die Schultern. Lieselotte sah das Ordensband. Es kroch und öffnete die grauen Flügel. Lieselotte sah seine roten Bänder. »Vielleicht haben die Seiten schon gefehlt?«, fragte sie zaghaft. »Selbst wenn, wer würde mir das glauben«, erwiderte Eva. Lieselotte schwieg. Sie dachte an die Worte der Tochter: »Und wenn die große Dame doch keine weiße Weste hat?«

Eva blickte in die Küche. Sie sah die verteilten Blätter. »Die Akte«, sagte sie. »Was machen Sie mit der Akte?« Die Stimme war hart und laut. Die Augen waren starr.

Lieselotte hörte den Steinkauz schreien. Sie trat einen Schritt zurück. Das Zepter sank. Evas Gesicht glitt durch seine Mulde. »Ich wollte sie bügeln«, antwortete Lieselotte, »die zerknitterten Seiten. Ich …« Die Stimme zitterte. Lieselotte spürte Fott.

Eva presste das Gesicht in die Hände. Sie suchte die Tränen. Das Rote Ordensband flatterte zur Lampe. Es stieß gegen das Glas. »Entschuldigen Sie, Lieselotte.« Eva spürte Scham. Sie erinnerte sich an das Gefühl. Es war alt. Eva hatte vor Jahren einen Geldschein unter einen Sessel gelegt. Corinne Marchet war auf die Idee gekommen. Lieselotte hatte den Schein schweigend auf den Tisch gelegt.

Lieselotte rührte sich nicht. Sie hörte den Nachtfalter

unter der Lampe. Sie wünschte sich in ihre Kemenate darüber.

Eva erhob sich vom Stuhl. »Verzeihung«, sagte sie und presste die Hände wie zum Gebet vor der Brust gegeneinander. »Das ist alles etwas viel, selbst für mich.«

Lieselotte nickte, ohne zu verstehen.

Die Frauen schwiegen, bis Eva sich räusperte. »Es riecht nach Ihrer köstlichen Kürbissuppe«, bemerkte sie.

Lieselotte nickte, ohne zu riechen.

»Essen wir einen Teller?«

Lieselotte mochte nicht. Sie wollte in ihr kleines Reich unter dem Dach. Und doch nickte sie.

*13. Oktober, 19.30 Uhr, Essigstraße, Hinterhofwohnung*

Die weiße Kugel flog. Sie traf einen Engel im Gemälde über dem Sofa. Es zeigte den Höllensturz. Die Kugel aus Papier fiel zu Boden und rollte durch das Zimmer. Sie raschelte in Kirstens Ohren. Der Engel blies in das goldene Heerhorn. »Wartet nur«, flüsterte Kirsten. »Ich werd's euch zeigen.« Die Feder stand auf dem Papier, die Tinte in der Feder.

»Ein Satz kann mehr anrichten als ein tausendköpfiges Heer«, hatte ihr Vater gesagt. Er war an seinen Schreibtisch getreten. Er hatte die Spitzfeder vom Füller auf die Nasenwurzel getippt. Ihr Messing blitzte. »Du musst hinter die Stirn«, hatte er gesagt, »ob Freund, ob Feind. Stell dir vor, ich war hinter der Stirn des Brigadiers. Ich sah die vermaledeite Saat in seinen kleinen feinen Windungen und wusste, die darf nicht aufgehen.« Kirstens

Vater hatte den Federhalter wie einen winzigen Marschallstab um seine Finger wirbeln lassen. »Also habe ich dem Brigadier ein Blatt in die Schreibmaschine gespannt, nachdem er zu einem Termin gegangen war. Das Schwarz vom Farbband war pures Gift, jedenfalls nach meinem Tippen. Es galt dem ahnungslosen Direktor, jede schmutzige Zeile. Und wie von mir erwartet, trug die neugierige Sekretärin ihm das Gift aus der Schreibmaschine zu. Das Blatt in ihren Händen war, wie soll ich sagen, es war wie ein Präsentierteller. Und der Direktor griff zu. Er machte sich die Hände schmutzig. Und ich gelobte ihm, ein besserer Brigadier zu sein als der von ihm gefeuerte.«

Kirstens Mutter hatte von Schande gesprochen. »Dein Vater redet vielleicht wie ein Philosoph«, hatte sie gesagt, »aber er ist nur ein Schwein.« Sie hatte das steife Tischtuch in die Luft geschlagen. Das Weiß krachte, bevor es wie Reif sank.

»Eins schließt das andere nicht aus«, hatte der Vater erwidert.

»Schande«, hatte die Mutter wiederholt.

»Sie stecken den Eseln in den Fabriken lackiertes Blech an die Brust«, hatte der Vater erwidert. »Das ist die Schande, mein liebes Weib. Die Esel sind so ausgezehrt, dass ihnen die Nadeln der Orden bis an ihr Herz reichen könnten. Wer Glück hat, den schicken sie für zwei Wochen unter die Sonne im Osten. Da, wo die Kerle auf den Öfen dösen und die Weiber die Straßen flicken müssen.« Der Vater hatte am Bier genippt. Schaum hing an seinen Lippen. »Nein, nein, hier haben wir keine Zukunft.«

Die Mutter hatte über die Bügelfalten gestrichen. Sie hatte den eisigen Wind aus dem Damast gerochen. Er war Wochen zuvor aus dem Westen gekommen. »In Wolkenkuckucksburg warten sie nicht auf dich«, hatte die Mutter gesagt. Sie hatte das Tranchiermesser in die Luft gehoben. Es blitzte. Die Spitze zeigte zur Wand hinter der offenen Tür. »Die Nachbarin sagt, gern gesehen ist nur der Kratzefuß in Wolkenkuckucksburg. Den Leu, den geben die Leuen selbst.«

»Ein Löwe ist ein Löwe«, hatte der Vater gesagt, »hüben wie drüben.«

Die Mutter hatte sich in den Rücken gegriffen. Sie spürte das Wetter. Brüllen macht keinen Leu, hatte sie gedacht und einen Topf mit vier Tauben auf den Tisch geschoben. Das weiße Fleisch fiel von den Knochen. Die Brust schwamm in der dünnen Brühe. »Getauscht gegen eine Sammeltasse«, sagte die Mutter. »Sie war einmalig schön. Myrtenweiß. Blüten wie unter Schnee.«

»Du wirst nichts mitnehmen können«, hatte der Vater gesagt und in eine der kleinen Brüste gebissen.

Die Mutter hatte einen stechenden Schmerz unter den Rippen verspürt. Sie hatte zur Vitrine geschaut. Sie sah die Lücke. »Sie lassen eh nur den Mann oder die Frau fahren, hat die Nachbarin gesagt.«

»Die ist nicht sauber«, hatte der Vater geflüstert. »Also sieh dich bloß vor.«

Die Mutter war wütend geworden. »Hältst du mich für blöd?« Sie hatte den Kopf geschüttelt und abgewinkt. »Wir wollen ja nicht abhauen, habe ich der Nachbarin erzählt. Fährt nur einer zum achtzigsten Geburtstag. Sie hat gesagt, drüben ist es hart.«

Der Vater hatte das Gebein aus der dünnen Keule gedreht. Die Schneidezähne nagten am Knochen. Das weiße Fleisch hing zwischen ihnen.

»Die Nachbarin sagt, die drüben sind gerissen. Die kaufen von uns nur, was wir selbst nicht haben. Tomaten und Gurken aus unseren Gewächshäusern. Und ihre schütten sie einfach auf den Müll. Und alles nur, dass wir sehen, wie beschissen es hier läuft. Die Nachbarin sagt, die würden uns das Licht abkaufen, wenn sie könnten, das Licht, Regen, Wind und Schnee.« Die Mutter dachte an die Sammeltasse. Sie glaubte, das Weiß hinter der Wand sehen zu können.

»Schnee! Die erzählt Schnee«, hatte der Vater gesagt. Er hatte das Gabelbein mit den Daumen und Zeigefingern in die Höhe gehalten. Es brach. Der Vater hielt der Mutter das große Ende vor Augen. »Siehst du?«, hatte er gefragt. »Das nennt man Glück.«

Wäre der Alte doch noch am Leben, dachte Kirsten. Sie seufzte. Kirsten wollte Schnee schreiben und einen fremden Namen daruntersetzen. »Wollen doch sehen, ob wir die Nielsen nicht kalt machen können.«

Die Feder stand auf dem Papier, die Tinte in der Feder.

*13. Oktober, 20 Uhr, Käuzchenweg, Haus am Tann*

Lieselotte sah die Nacht in Evas Rücken, hinter dem Fensterkreuz. Der Steinkauz saß auf dem Dach. Er hatte einen Zaunkönig im Schlaf geschlagen.

»Der Herbst macht mich in diesem Jahr wehmütig«, sagte Eva. Sie dachte, ihn im Kamin zu hören. Es war ein leises Heulen im alten Gemäuer. »Aber das bunte Laub ist ein Trost. Finden Sie nicht auch, Lieselotte?«

»›Mutter Natur ist müde und deckt sich zu‹, hat mein Vater jeden Herbst gesagt.« Lieselotte sprach leise, ohne aufzusehen. »Besonders liebte er die Blätter vom alten Fächerahorn. Der stand neben unserem Gartenhäuschen. ›Das ist das schönste Rot‹, hat er immer gesagt. Und es sei das ehrlichste Rot auf der Erde«, wiederholte Lieselotte, ohne es zu verstehen. Sie sah auf, sah Evas Mund etwas offen stehen. Der Löffel verdeckte die Unterlippe. »Das ist wirklich bezaubernd, Lieselotte.«

Der Steinkauz auf dem First würgte. Eine zimtbraune Feder schwebte vom Dach. Sie war alles, was vom Zaunkönig blieb. Der Steinkauz schluckte. Sein Gesichtsschleier hob und senkte sich.

Eva sah zum Papier auf dem Bügelbrett. Lieselotte betrachtete Evas Hand, die den Löffel hielt. Die Hand zitterte. Eva verspürte keinen Hunger. Sie löffelte für Lieselotte. »Köstlich«, sagte sie und versuchte zu lächeln. Lieselotte blickte in die Schüssel und erstarrte. Das Rote Ordensband lag ohne Regung in ihrer Suppe. Lieselotte drückte es mit dem Löffelrücken in die Tiefe.

»Vor langer Zeit habe ich einmal gelesen, der Herbst sei Schlaf und Sterben zugleich«, sagte Eva. Sie spürte, wie schwer ihr die Zunge war, die Glieder müde. »Unsere schöne Morgenröte neben dem Holzschuppen wird braun. Haben Sie gesehen? Die Köpfe zeigen schon zur Erde.«

»Mein Vater sagte immer, die Ringelblumen würden ihre Kinder ablegen, also die Samen, wissen Sie? Er meinte, es gebe keine besseren Blumen, weil sie so fleißig und schön seien.« Lieselotte suchte nach weiteren Worten des Vaters und erinnerte sich an das Reden der Mutter: »Die machen nur Arbeit.« Sie hatte den Satz gekeift, während sie die Ringelblumensalbe abseihte. »Sie machen erst einen Garten«, sprach Lieselotte die Widerworte des Vaters und sah kurz zu Eva auf.

»An Ihnen ist eine philosophierende Gärtnerin verloren gegangen.«

»Eine Gärtnerin?«, hatte Lieselottes Mutter einst den Vater gefragt. Lieselotte war vierzehn Jahre alt gewesen. Die Mutter hatte den Kopf geschüttelt und gegrinst. Sie wies auf den gusseisernen Topf. Lieselotte schaute über seinen Rand. Der Topf war ihr wie ein schwarzer Schlund. »Mehlschwitze«, verlangte die Mutter. Lieselotte sah das Schwarz im Mund der Mutter. Ein Grollen drang aus der Tiefe. Es roch sauer. Die Mutter strich Butter am schwarzen Topfrand ab. Der Schlund zischte. »Verhungern würdest du«, sagte sie. Sie sah in das Lehrbuch auf dem Tisch. »Darwin«, las die Mutter. Ihr Finger tippte auf das Bild. Das Gesicht auf dem Papier sog das Fett vom Finger. Es wurde dunkel. »Ich habe nie von diesem Darwin gehört und lebe auch.« Mehl stob. Lieselotte sah, wie die Mutter im Schlund rührte. Sie hörte sein Brodeln, sie sah, wie er die Hand der Mutter fraß. »Windet die Gärtnerin ihrem Mann nach einem harten Arbeitstag bunte Blumenkränze zum Abendbrot?« Die Mutter lachte in den Dampf.

Eva fasste Lieselottes Hand. Lieselotte erschrak. Ihr Löffel fiel in die Suppe. Die Mulde füllte sich und sank neben das Rote Ordensband.

»Ist alles in Ordnung?«, fragte Eva. Sie hörte den Steinkauz. Der Schrei zerriss die Stille.

Lieselotte hörte das Lachen der Mutter. Es war dumpf. Lieselotte nickte und antwortete: »Ich bin nur etwas müde.« Die Sichelmonde unter ihren Augen waren dunkler als üblich. Sie zuckten.

»Gehen wir«, sagte Eva. »Für heute ist es genug. Aber Sie müssen mich die Tage ins Gärtnern einweihen. Wer weiß, vielleicht habe ich bald viel Zeit.« Eva fühlte sich erdig. »Sehr viel Zeit«, fügte sie hinzu.

Lieselotte schauderte. Sehr viel Zeit, dachte sie. Lieselotte trug die Unruhe unter das Dach. Sie dachte die Worte der Tochter: »Wenn sie gehen muss. Wenn sie hier selbst putzt.« Lieselotte spürte Fott erwachen.

Eva dachte an ihren Vater und spürte Groll. »Kind, für einen Garten habe ich gar keine Zeit«, hatte er zu ihr gesagt und war zur Parteiversammlung gegangen.

*13. Oktober, 20.30 Uhr, Am Wall, Schloßpark-Klinik*

Karl sah Corinne ins Gesicht. Er streichelte das violette Blau über der rechten Wange. »Das Veilchen, heißt es, ist die Blume der Bescheidenheit und Demut«, sagte er sanft.

»Das Veilchen brennt«, erwiderte Corinne. Sie betrachtete die Schläuche auf ihrem Leib. Ihre Enden steckten in einem schwarzen Kasten. Sie verrieten

Corinnes Leib. »Reine Vorsichtsmaßnahme«, sagte Karl. Der Kasten piepte. Karl drehte die Vase. Sie war ein runder Turm aus bemaltem Glas. In seinem Dach steckten Anemonen. »Du bist …«, er hielt inne und holte tief Luft. »Unterernährt, du bist unterernährt, hat mir der Professor gesagt.«

Corinne griff in die Schläuche und ordnete sie über der Brust. »Soll ich enden wie Betty?«, fragte sie. Corinne hielt sich die Bettpfanne wie einen Spiegel vor das Gesicht. Die hohlen Wangen schimmerten auf dem Boden aus Metall. Die Bettpfanne stand zwischen Karl und Corinne. Karl sah seine Trauer. »Du zehrst dich immer mehr aus, meine Liebe. Das kann dich Jahre kosten. Uns …« Der Kasten über Corinne piepte. »Er zählt Richtung Tod«, sagte Corinne, »jedem.«

Karl nahm Corinnes geflochtenen Zopf. Am Haar hingen Erinnerungen. Er nannte sie goldig. »Rapunzel«, flüsterte Karl.

Corinne wich seinem Blick aus. Sie sah zum Turm aus Glas. Sie richtete die Windröschen in seinem Dach. Hinter der aufgemalten Tür wusste sie das Wasser. Davor zitterte ihr Finger. »Da bin ich«, erklärte Corinne. »Ich bin die alte Gothel am Fuße des Turms.« Corinne tippte an das Fenster unter dem Dach, unter den violetten Blüten des Hahnenfußgewächses. »Zu diesem Fenster rufe ich heutzutage hinauf. Ich rufe nach dem Zopf.« Der Turm bebte. Die Anemonen zitterten. »Das junge Ding in deiner Kanzlei«, fuhr Corinne fort, »die ist nun das Rapunzel hinter diesem Fenster.«

Es klopfte. Ein junger Arzt polterte ins Zimmer. Er trug Grün. Er war stattlich. Ein Baum, dachten Corinne und Karl gleichzeitig.

Corinne richtete sich auf, hob das Kinn und nahm den Zopf aus Karls Hand. Bedächtig legte sie ihn zwischen ihre Brüste und strich mit geraden Fingern über sein Ende, das einem Haken glich.

Der junge Arzt trug ein Lied im Kopf. »So ist jede schöne Gabe flüchtig wie des Blitzes Schein.« Das Lied lebte in seinen Augen. Es öffnete die Nacht in seinem Kopf. »Alles bestens«, sagte der Mann in Grün. Er schaute auf den Kasten. Die Wellen fluteten seine Augen. Sie störten das Lied. »Sie müssen erst einmal zu Kräften kommen, Frau Marchet«, sagte er. »Meine Mutter schwört auf die gute alte Hühnerbrühe, die selbstgekochte, nicht die aus irgendeinem Pulver in einem Plastikbecher. Aber wem erzähle ich das.«

Karl dankte. Corinne sackte zusammen und warf den Zopf hinter sich. Der Grüne trug seinen Gruß und das Lied aus dem Zimmer.

Karl tippte an die Tür auf der Vase. »Der Prinz dort«, sagte er belustigt, »das ist dieser junge Arzt.« Karl schob seine Hände unter Corinnes Hemd. Er rieb ihre harten Knie, streichelte ihre kalten Schenkel. »Aber wir«, sagte er, »wir sind inzwischen König und Königin.«

»Wir sind alt«, erwiderte Corinne. Sie sprach zum Turm. Die Staubbeutel der Anemonen puderten sein Glas gelb. Dein Königreich ist die Kanzlei, dachte Corinne, Eva hat die Stiftung, Betty das Schreiben, und ich? »Alt«, stöhnte sie.

»Reif«, sagte Karl und streichelte Corinnes Brüste. »Sie sind wunderbar«, flüsterte er.

»Sie sind ja auch erst zwei Jahre alt«, sagte Corinne. Sie versuchte zu lächeln. Sie spürte neues Wetter. Die Narben unter ihren Brüsten zogen.

»Ich habe auch die alten geliebt«, sagte Karl. »Das weißt du.«

*14. Oktober, 8 Uhr, Käuzchenweg, Haus am Tann*

Eva saß am Fenster und schaute in den Himmel über der Hecke. Sie hatte den Kragen ihres schiefergrauen Mantels aufgestellt. Er verdeckte ihren Nacken, den halben Hinterkopf. Der Morgen erhob sich wie roter Sandstein über den Eiben. Seine Farbe erinnerte Eva an das Brautkleid ihrer Mutter und sie dachte, wie grausam der Morgen in seiner Schönheit sei, ohne Laut und kalt. Eva fror. Ihre Hand hielt eine der Rippen des Heizkörpers. Sie spürte den heißen Fluss unter dem alten Metall.

Lieselotte schlurfte in die Diele. Sie gähnte in den Dämmer. Eine feuchte Strähne teilte ihr Gesicht. Plötzlich sah sie, wie sich das Felsgrau vor dem Morgenrot in die Höhe schob. »Gott«, schrie sie und schlug die Hände gegen die Brüste unter der Schürze. Der Name des Herrn hallte im Zimmer, in Evas Ohr. Das Wort war bis in den Vorgarten zu hören.

Evas Mund beschwor des Himmels Willen. »Ich bin es doch«, fügte sie hinzu. Ihre müden Augen sahen einen Riss in Lieselottes Gesicht. Ihre Hand zitterte an der Rippe.

Lieselotte presste die Faust auf Fott und beugte sich vor. Ihr Atem hauchte sich für Sekunden matt, bis ein Kichern in ihm anhob. Sie schüttelte den Kopf. Ihr Haar schaukelte. Und während das Kichern abnahm, steckte es an, und Eva lachte, lachte in die kalte Hand.

Eva sackte auf den Stuhl zurück und schob den Mantel von den Schultern. Lieselotte sah das Felsgrau schrumpfen. »Die letzten Tage sind mir eine grässliche Last«, stöhnte Eva. Die Worte klangen hart. Sie trafen Lieselotte, die kein Klagen aus diesem Mund kannte. Und Lieselotte brauchte den Fels. »Es geht mich ja nichts an«, sagte sie, »aber vielleicht …« Sie stockte. »Vielleicht sollten Sie Ihre Ärztin aufsuchen«, fuhr sie zaghaft fort und dachte: Sie wird wie üblich abwinken.

Eva winkte ab. »Ruhe kann ich mir selbst verordnen. Dafür brauche ich keine Götter in Weiß.«

Lieselotte kannte den letzten Satz, Eva Nielsens Halsstarrigkeit.

Eva hatte Schleim aus dem Hals gewürgt. Er war grün gewesen. »Sie gehören ganz sicher ins Bett«, hatte Lieselotte vorsichtig gesagt. »Ich bin zäher als er«, hatte Eva erwidert. Eva war mit einem L aus Gips am Bein vom Arzt gekommen. »Warum arbeiten Sie nicht hier?«, hatte Lieselotte gefragt. »Ich bin härter als das hier«, hatte Eva geantwortet und mit der Krücke gegen den Gips geklopft.

Wäre ich ein Baum, hatte Lieselotte damals gedacht, ich wäre eine Fichte. Die Nielsen, die ist eine Eiche. Mehr noch, sie ist ein Fels.

Eva saß gebeugt neben den weißen Rippen. Die Zeitung vom Vortag machte ihren Kopf schwer, die knarrende Diele in ihrem Sekretariat, das Lächeln in der Akte, Persephone.

Lieselotte sah auf Eva hinab, die hängenden Schultern, den schmalen Rücken. Selbst ihr Schatten ist geschrumpft, dachte Lieselotte und trat einen Schritt auf ihn zu. »Sie sollten vielleicht etwas an die frische Luft.«

Eva nickte. Lieselotte zweifelte am Nicken. »Ich werde in den Wald gehen«, sagte Eva. Sie zog den Mantel über die Schultern zurück. »Keine Angst, ich bin Ihnen nicht im Weg.«

Lieselotte schüttelte den Kopf und log: »Aber nein, das sind Sie nicht.«

»Als ich ein Kind war, half meine Tante oft im Haushalt«, sagte Eva. »Meine Mutter starb früh, also kam die Schwester meines Vaters ins Haus. Sie brachte oft meinen verwöhnten Cousin mit. Eines Tages erklärte er, uns helfen zu wollen. Er gab das Geschirr in die Schüssel und goss alles Spülmittel aus der Flasche hinzu, wirklich alles. Stellen Sie sich das vor, dann steckte er den großen Kochlöffel in die Schüssel und wollte rühren. Meine Tante fluchte und jagte ihn mit dem Kochlöffel aus dem Haus.«

Die Frauen lachten, sie lachten sich Farbe in die Gesichter.

»Ich versuchte, der Tante zu helfen. Sie sagte nichts. Aber ich sah ihre Augen. Wie unwohl ich mich dann fühlte, Sie glauben es nicht, Lieselotte. Hausarbeit ist Sisyphosarbeit. Meine Tante war Persephone und ich war Sisyphos mit dem Stein.«

Lieselotte verstand den letzten Satz nicht. Allein den Sinn glaubte sie zu fassen. Sie betrachtete Evas Gang zur Tür. Er war schwer. Ein Stein zum Auswringen, dachte sie und wurde traurig.

*14. Oktober, 11 Uhr, Am Volkspark, Golfplatz*

Fuller hatte den Abschlag im Rücken. Er zielte auf die goldene Krone unter dem Lack des Golfballs. Der Mann neben Fuller verschränkte die Arme und kaute Klee. Er glaubte, das Glück zu schmecken. Er hörte, wie die Luft zerriss. Die Krone rotierte über den Golfplatz. Sie war schneller als der Wind. »Du beherrschst den bourgeoisen Müßiggang äußerst gut«, sagte der Mann. Der Klee hing an seinem Gaumen. Der Mann rieb das Muttermal mit den zwei Haaren über der linken Braue, während er einen Fuchs beobachtete. Das Tier schlich geduckt um den Grünbunker. Es öffnete das Maul und streckte die Zunge heraus, während der Mann Fullers Stimme hörte.

»Ich habe meine ersten Bälle gegen eine Matratze geschlagen. Kannst du dir das vorstellen? So war das im kleinen Land. Ich hatte nur ein abgelegtes 9er-Eisen. Aber irgendwie musste ich ja die unterschiedlichen Schlagbewegungen lernen.«

Der Fuchs hob die spitze Schnauze. Er schaute über seine Schulter zum Mann neben Fuller.

»Man musste sich zu helfen wissen. Und glaube mir, nichts habe ich schneller gelernt.«

»Gewieft«, erwiderte der Mann mit monotoner Stimme. Der Klee schmeckte ihm herb. Der Mann lief neben Fuller zum Loch. Er spuckte ins Gras, schlug und zählte wortlos seine Strafschläge. »Die Gewieften waren wohl auch bei euch meist weit oben«, sagte der Mann neben Fuller. »Und wer bei euch weit oben war, fällt bei uns recht tief, heißt es.« Er stockte. »Bis heute«, fügte er hinzu.

Der Fuchs hob den Fang. Er siebte die Luft. Er witterte den Mann – Saures, Benzaldehyd, Hexanal, Furfural, Vanillin.

»Weißt du, der Reiz von buntem Blech an der Brust und Ehrenwimpeln auf dem Schreibtisch war mir immer fremd«, sagte Fuller.

Fuller sah sich im Gestern. Das kleine Land hatte die nächste Ernte ausgerufen. Fuller war zum Redakteur gegangen. Er hatte die Kartoffel über den Schreibtisch gerollt. Sie polterte. Ihre Spur war aus Sand. Die Kartoffel rollte zur Medaille des Redakteurs. Fuller las den Schriftzug auf dem Silber: »Meine Feder ins Waffenverzeichnis«. Fuller rieb den Sand von den Händen auf den Tisch. »Zwei Jahre«, sagte Fuller, »zwei Jahre Rüben, Kartoffeln, Weizen und Sand.«

Der Redakteur hatte die Kartoffel genommen. Er hatte ihr den Sand aus den Augen gerieben. »Ich kenne die Furche«, sagte der Redakteur. »Ich war auch einmal jung.« Die Augen der Kartoffel waren grün und stumpf. Sie hüteten den Trieb.

Der Redakteur hatte ein dünnes Büchlein aus dem Schub gezogen. Es war von tiefem Rot gewesen. Der Händedruck auf ihm war geprägt. Der Redakteur warf das Mitgliedsbuch auf den Sand der Kartoffel. Fuller sah das Passfoto des Redakteurs auf einer der Seiten. Der Hinterkopf war gestanzt. Er trug eine Öse aus Metall. Die zweite Öse hielt die rechte Schulter.

»Rot ist die Lösung?«, hatte Fuller gefragt.

»Ginge es um die Farbe an sich«, hatte der Redakteur geantwortet, »könnte diese Kartoffel 'ne Lerche sein.« Er hatte die Knolle in die Luft geworfen. Die Kartoffel stürzte zu Boden. Sie riss. Der Redakteur putzte sich die Hände. Er warf das Mitgliedsbuch in den Schub.

Fuller hatte geglaubt, verstanden zu haben. Er hatte im Schub das Dunkel gesehen. Das rote Büchlein mit dem geprägten Händedruck sollte seine Leiche im Keller sein und das Dunkel sein Schutz. Ich muss mit dem Mitgliedsbuch ja nicht hausieren gehen, dachte er.

Fuller hatte dem Redakteur seine Hand gereicht. Sand rieb sich zwischen ihnen. »Nun denn, das Spiel ist das meine«, hatte Fuller gesagt, »werde ich Parteimitglied.« Der Redakteur informierte seinen Verbindungsmann. Er berichtete ihm von Fullers Spiel. Der Verbindungsmann sagte es dem Chefredakteur. Der Chefredakteur sagte es dem Parteisekretär.

Die Partei hatte Fuller abgesagt.

Der Fuchs sträubte im Laufen das Fell. Er peitschte die Lunte.

»Lassen wir es für heute gut sein«, stöhnte der Mann neben Fuller. »Du hast schon gewonnen. Gehen wir besser einen trinken.« Der Klee hakte zwischen seinen Zähnen. Er wurde bitter.

Fuller klopfte dem Mann auf die Schulter. »Kopf

hoch, alte Assel!« Fuller rieb über die Krone auf dem Ball. Sie hatte einen Kratzer.

Der Fuchs zog zum Sumpf.

*14. Oktober, 12.30 Uhr, Platz der Einheit,*
*Staatsarchiv für Geheimdienstunterlagen*

Kirsten lief. Sie überholte alle, die an diesem Nachmittag auf vier Räder gesetzt hatten. Nur der Wind war schneller. Als hätte er ein Ziel, als hätte er ein Bestreben – wie den Ruß aus der Stadt zu tragen oder das Hupen und Geschrei durch die Pappelkronen in den Himmel zu heben. Kirsten stemmte die Schulter gegen die Eichentür. Die Scharniere knarrten in ihr drittes Jahrhundert. Kirsten trug die blaue Kopie der Kopie des Nachforschungsauftrags in das Vestibül.

Die Marmortreppe war breit. Der Sisal auf den Stufen dämpfte den Schritt. Unter der Decke schwebte Mars im Streitwagen. Er war ein Vierteljahrtausend alt. Er war zweimal gesäubert worden, vom Ruß der Kerzen unter dem ersten Kaiser, vom Blut aus dem Osten nach dem Führer.

Kirsten trug die Zeitung unter dem Arm. Das anstehende Jahrhundert mache Hoffnung, schrieb die Gazette. Es sei voller Verheißungen.

Kirsten sah die Wölfe vor Mars' Streitwagen. Sie zeigten die Zähne. Mars' Speer blitzte. Er zeigte zur übergroßen Flügeltür. »Das Kirchtürmchen aus unserem Dorf passt durch sie«, hatten die Befreier aus dem Osten gesagt. Die Rotarmisten hatten die Venus aus dem Kapitell geschlagen. Sie hatten ihre Brüste mit ihren zerschlissenen Stiefeln zertreten. Sie schossen auf das Türschloss und flogen mit dem verminten Portal zum Mars.

Kirsten ging durch Flure, durch Türen. Die fünfte war ihr Ziel. In das Messing neben der Tür war »Ermittlungsstelle« graviert worden. Auf dem Sprelacart darunter hieß es »Registratur«.

Im Raum saß eine Frau mit Haut wie Pergament. Sie trug eine Schnecke aus Haar auf dem Kopf. Ihr Hals war dünn, die Nase spitz. Kirsten erstarrte. Sie kannte die Frau. Sie kannte sie aus der Registratur. Die Frau ist nie aufgestanden, dachte Kirsten, sie sitzt seit einem Vierteljahrhundert in diesem Raum. Die Frau weiß vielleicht gar nicht, wie weiß ihr Haar geworden ist.

Die bleiche Frau spitzte den Bleistift. Sie stach sich in den Zeigefinger. Sie spürte sich wieder und fragte beim Aufschauen: »Wie kann ich Ihnen helfen?«

Der Staub schwebte vom Fenster zur Frau. Die Sonne schaffte es noch wenige Tage zum Schreibtisch. Sie brachte den Tee im Glas zum Leuchten. Später hing das Licht wie ein Segel in der Ecke des Zimmers. Weihnachten passte es dort in die Hand der Frau.

Kirsten trat einen Schritt vor. Sie roch den Muff. »Meine Akte ist unvollständig«, sagte sie. Kirsten betrachtete das unbewegte Gesicht der Frau. Kreidegeweißtes Pergament, dachte Kirsten, nur dünner als damals. Ihr war, als hätte sie durch die Haut sehen können, in die Blutleere.

Die Frau sah zur Wand hinter Kirsten. Die Uhr war ein Teller mit Zwiebelmuster. Zehn Minuten, dachte die Frau, dann ist Mittag. Sie nahm die blaue Kopie der Kopie und suchte den Namen Densow. D wie Dorsch, dachte sie, Dorade, Döbel, Dill. Der Fluss unter der Zunge der bleichen Frau trieb. Sie schluckte ihn in den dünnen Hals. Der Fisch schwamm ihr hinter den Augen im Kopf herum.

Die Suchanfrage ist raus, erklärte die Frau. Sie sprach fest. Sie fiel ihrem Magen in den Laut.

»Ich brauche die Unterlagen«, sagte Kirsten. »Und ich brauche sie jetzt!« Sie hörte das Ticken im Rücken und vernahm das Knurren im Leib der Frau. Es war rau und tief.

»Sollte es einen zweiten Teil der Akte geben, so …« Die Frau konnte den Satz nicht beenden.

»Sollte?«, schnarrte Kirsten und reckte sich. Ihr Absatz zog den roten Sisal in die Höhe. Der Schuh rutschte von der Ferse. Der Fuß trat auf den Läufer. Er spürte die Stiche durch den Strumpf. »Sollte?«

»Das hier ist meine Westentasche, und zwar seit Jahren«, erwiderte die Frau und sah sich im Büro um. »Glauben Sie mir, Akten fehlen in der Regel ganz oder gar nicht.« Sie starrte über den Brillenrand und stach sich die Mine in den Mittelfinger. Das Gesicht blieb regungslos. Die Frau kämpfte gegen das Brennen im Schlund. Der Magen schob Saures in ihn. »Dennoch suchen wir«, sagte sie, »aber das kann dauern.«

»Aber ich habe keine Zeit.«

»Niemand hat heutzutage Zeit«, erwiderte die Frau. Sie verrieb das Bleigrau auf den Fingerkuppen. Sie suchte den Fisch in ihrem Kopf.

Kirsten griff die blaue Kopie der Kopie. Sie ging durch den sinkenden Staub. »Hier hat sich gar nichts geändert«, fluchte sie und warf die Tür hinter sich zu.

Die Frau legte den Bleistift in die Schublade. Sie trug das Magenknurren zur Tür. Die grauen Fingerkuppen drehten den Schlüssel im Schloss. Die Frau richtete die weiße Schnecke auf dem Kopf. Sie wollte Fisch essen.

*14. Oktober, 14 Uhr, Ungewitterstraße, Wohnbungalow*

Betty zog den Wagen zum Anschlag. Die Schreibmaschine krachte in die Stille. Betty schaute aus dem Fenster, in die Ferne. Die Wolken stoßen sich nicht, dachte sie, ein Himmel aus Watte. Sie schlug den Tastenhebel in die Tiefe, in den Lärm.

Georg betrachtete Betty über den Rand der Zeitung. Das Papier teilte die Augen. Unter ihnen standen Flachfeuergeschütze im Bild. »Betty«, sagte Georg fest. Betty sah die Kanonen auf Georgs Schoß sinken. Sie zwirbelte an den Schluppen der Bluse, bevor sie die Schleife über der Brust langsam klein zog.

»Deinem Leserbrief wird Bedacht fehlen«, sagte Georg. Er biss in den Fürst Blücher. Der Apfel war klein. Als passte der lange Sommer nicht in sein Fleisch.

»Seit wann gebe ich einen so wichtigen Brief an dem Tag in die Post, an dem ich ihn aufsetze?«, erwiderte Betty. Die Schleife zerfiel über ihrer Brust. Die Maschine krachte erneut. »Du weißt, mein Lieber, erst füttere ich damit die Schublade.« Ihre Finger schnippten gegen das Blatt. Die Punkte darauf waren Löcher. Jedes

Satzende ein Loch. Das Licht fiel durch sie. »Nach zwei Tagen ist der Brief wieder mein, dann dein, dann mein, dann ihrs.«

Georg zerbiss Fürst Blüchers Gehäuse. Die Kerne schmeckten bitter. »Für wen schreibst du?«, fragte Georg.

Betty griff in die Obstschale. »Für Eva«, antwortete sie, »und für Betty – ich gebe es zu.« Sie nahm zwei kleine Äpfel zwischen die Zeigefinger und Daumen. Sie hielt sie sich vor die Augen. Auf der Höhe ihrer Pupillen sah Georg gerissenen Schorf. »Erinnerst du dich noch an unseren Studentensommer?«, fragte sie.

Betty hatte vor ihrem ersten Semester auf der Obstplantage Äpfel gepflückt. Der Sommer war im kleinen Land heiß und trocken gewesen. Die Früchte waren vor den Hundstagen in den Sand gefallen. Der Rest an den Zweigen war mickrig geblieben.

»Das geht nicht«, hatte der Journalist gesagt, »ganz und gar nicht!« Er hatte zwei kleine Äpfel zwischen seinen Daumen und Zeigefingern in die Luft gehoben. »Damit wirft mich mein Chef schnurstracks aus der Redaktion!«

Der Brigadier hatte Betty über die Plantage geschickt. Sie hatte zwei Stunden die größten Äpfel gesucht. Der Journalist war zufrieden gewesen. Betty hatte den Korb mit den großen Früchten vor die Brust gehalten. Unter ihrem Foto hatte die Schlagzeile gestanden: »Studenten fahren erneut Rekordernte ein.« Der Brigadier hatte sich die Hände gerieben. Betty war ungehalten gewesen. »Das würde es im Westen nicht geben«, hatte sie gesagt.

»Du erinnerst dich«, stellte Betty fest. Georg lachte. Ein Stück Apfel fiel aus seinem Mund. Es fiel auf die Zeitung. Der Saft suppte durch das Wort »Frieden«. Er befleckte die zerschlissenen weißen Fahnen wie die Kanonen. »Was haben wir gelernt, Betty. Nichts nährt das Behagen der Triumphatoren länger als die Geschichte der Verlierer.«

»Noch hat Eva nicht verloren«, erwiderte Betty. Sie drehte die Schluppen zum Strick. »Und ich zähle zu den Opfern«, fuhr sie fort. »Vielleicht schenken sie mir eher Gehör.«

»Einem Opfer, das nach Vergeltung ruft, schenken sie Gehör«, merkte Georg an. Seine Hand winkte ab. Er nahm den Apfelstiel zwischen die Zähne und biss auf sein Holz. »Sieh dich doch im Land um«, nuschelte er, warf die Zeitung zum Müll und erhob sich. Besseres Wissen trieb ihn an, unter die Wolken. »Ich mache mich lieber im Garten dreckig«, sagte er und ging.

*15. Oktober, 9 Uhr, Nachtigallstraße, Pressehaus*

»Denken wir an die Zahlen«, sagte Fuller. Die Hände hielten die Enden der Revers. Die Arme waren auf der Brust verschränkt. Der Chefredakteur sah in ihnen ein Malkreuz. Es potenzierte ihm das Ungemach.

Die Zahlen verdarben dem Chefredakteur den zweiten Tag, die letzte Nacht. Er glaubte, die Zahlen durch das Holz der Schreibtischplatte sehen zu können. Sie standen in Reih und Glied. Der Chefredakteur hatte sie im Schlaf marschieren sehen. Sie hatten ihm gesungen: »Wohlan, die Zeit ist gekommen.« Er hatte den Marsch ausgeschwitzt, das Lied, die rote Zahl am Ende der Kolonne. Das Bett war nass gewesen. Der Morgen war kalt.

Der Chefredakteur war an den Kleiderschrank getreten und hatte seine Glückskrawatte umgebunden. »Die macht dich an mich denken«, hatte seine Frau gesagt. Sie war im Westen geblieben. »Das ist meine Heimat«, hatte sie gesagt, »da drüben, das ist ein fremdes Land, daran ändert auch dieselbe Sprache nichts.« Jeden zweiten Sonntag legte sie ihm drei Flaschen Wein in die Reisetasche. Der Rote schmeckte nach dem Hang unterhalb des Hauses, nach dem Fluss am Ende des Hangs. Jeden Abend schmeckte der Chefredakteur den Hang in der Fremde, den Fluss, das Heimweh. »Komm doch zurück«, sagte seine Frau, »sollen sie den Rest selbst aufbauen.« Der Chefredakteur dachte dann an Fuller. »Der ist jung«, sagte die Frau des Chefredakteurs, »er wird dich überleben, so oder so.«

Fuller beugte sich leicht über den Schreibtisch des Vorgesetzten. Er schaute auf die lehmbraune Krawatte des Grauen, auf die schwarzen Ranken darauf. Sie schlängelten sich über dem Brustbein bis um den Hals. »Die Zahlen«, sagte Fuller, wobei er das letzte Wort in die Länge zog, »die sprechen ihre eigene Sprache.«

Der Vorgesetzte hörte das Marschlied. Er hörte die Zeilen: »… drei Jahre muss ich noch warten, drei Jahre sind bald herum.« Er schob sich am Schreibtisch in die Höhe. Er sah das Kreuz vor Fullers Brust. Als würde es diesem Lumpen das Herz ausstreichen wollen, dachte er. Sein Kinn kam auf der Höhe von Fullers Scheitel zum Stehen. »Zerbrechen Sie sich bitte nicht meinen Kopf«, sagte der Chefredakteur. Seine Stimme war kalt wie der Morgen.

Fuller glaubte den Frost in seinen Ohren treiben zu hören, ein Knacken wie dünnes Eis. Er beugte sich behutsam zurück. »Die Nielsen-Geschichte bringt Leser«, merkte er an. Seine Stimme klang breiig sanft. »Ich lebe von ihnen. Wir.«

Der Vorgesetzte schob den Finger zwischen Knoten und Hals. »Heutzutage«, sagte er, »kann es eine Zeitung teuer zu stehen kommen, einfach mal so den Stab über jemanden zu brechen. Die Leser sprechen von Gerechtigkeit, doch die Gerichtsbarkeit spricht Recht. Es gibt Journalisten, die das nicht begreifen.« Der Chefredakteur nahm den Leserbrief. Die Klebestreifen vom Kuvert waren unbenutzt. Die Briefmarke war nicht gestempelt. Ihr Fond leuchtete rot, ihre Zähne weiß. »Ich war nicht im Haus, als die Sache Nielsen losgetreten wurde«, sagte der Vorgesetzte. »Natürlich nicht«, fügte er hinzu und hob die Brauen. Er löste die lehmbraune Schlaufe am Hals. »Wenn ich dazu noch etwas hören oder lesen möchte, Fuller, dann ist es die Version der Nielsen. Im Übrigen wird in diesem Brief hier nichts angeführt, das nicht schon im ersten Artikel gegen die Frau vorgebracht wurde.« Der Chefredakteur reichte Fuller das Kuvert.

Fuller hob zur Rede an. Er reckte sich. Die Schuhe knarrten.

»Wir verstehen uns?«, fragte der Vorgesetzte.

Fullers Augen wurden klein. Sie fixierten die Enden der lehmbraunen Krawatte auf dem Leib des Chefredakteurs. Fuller spürte ein Kribbeln in den Händen, und noch bevor er den Mund öffnen konnte, sagte der Vorgesetzte: »Wir verstehen uns.«

Fuller hob die offenen Hände in die Luft und ging. Die rote Zahl soll dir im Hals stecken bleiben, dachte er.

*15. Oktober, 11 Uhr, Straße des Friedens, Bürohaus*

Eva trat in das Vorzimmer ihres Büros. Die Dielen glänzten wie Spiegel. Sie stellten Eva die Stühle auf den Kopf, den Tisch, die Sekretärin, als wüsste sie, wer auf sie wartete. Das Gesicht der Sekretärin mit dem aufgemalten Mund wirkte hölzern. Die Augen waren weit. Sie wiesen zur offenen Bürotür. Hinter der Zarge wippte ein kleiner Fuß. An den Zehen hing eine Pantolette. Der Mund der Sekretärin formte das Wort »Presse«. Die Pantolette fiel auf die Dielen. Der Fuß schob sich eilig in das Leder, in die Tür. Seine Spitze wies auf Eva. »Ein kurzes Interview«, sagte die kleine Frau im Rahmen.

Eva sah den Kaugummi im Mund der Frau und wie die Zunge ihn hinter die Zähne schob. Er erinnerte sie an eine kleine weiße Wolke. Eva presste die Knöchel aneinander, bis sie brannten. Sie kannte das Brennen von Fahnenappellen auf dem Schulhof, der Einstellung als Staatsangestellte, den Befragungen durch den Sicherheitsdienst. Ich kann heute »Nein« sagen, dachte Eva. Der Professor schüttelte den Kopf hinter Evas Stirn. »Ein Nein muss bezahlt werden«, raunte er in ihren Gedanken.

»Es wäre hilfreich gewesen, hätten Sie sich zuvor angemeldet«, sagte Eva. Sie sah die grauen Augen der Frau. Sie erinnerten Eva an Schleifsteine, hart und grob.

Die kleine Frau wiegte den Kopf. Die ziselierte Silberdistel auf ihrer Jacke kippte zur Seite. Ein Dorn wies auf Eva. »Wir wissen nie, wann es brennt«, sagte die Frau. Sie lachte. Sie hustete.

Eva glaubte, Schwefel zu riechen. Sie sah die zerkaute Wolke vom Gaumen der Frau fallen. »Ich muss den Vorstand hinzuziehen, das verstehen Sie sicher.«

»Ich warte gern«, erwiderte die kleine Frau. Sie trat einen Schritt vor, in die Sonne. Die Stirn hatte kein Ende. Sie glänzte unter dem dünnen Haar. Die Strähnen schwebten über dem Kopf wie verdorrtes Federgras. Sein Schatten lag vor den Füßen der Sekretärin. »Der Vorstand ist heute nicht im Haus«, log die.

Eva hörte die kleine Frau mit den Schneidezähnen knirschen. »Bauschen wir die Angelegenheit nicht unnötig auf, Frau Nielsen«, erwiderte sie und schob die Wolke hinter die Schneidezähne zurück. Sie waren groß und grau. Der Kaugummi schimmerte weiß durch die Lücke. »Es gab nach dem letzten Artikel in der Angelegenheit sicher interne Absprachen in Sachen Presse.«

»Dann müsste ich Sie nicht vertrösten«, sagte Eva. Sie sah die Distel, den langen Dorn. Sie glaubte, den Stich im Voraus zu spüren. Er wanderte von den Augen unter die Schädeldecke.

»Der Vorstand ist nicht an Sie herangetreten, Frau Nielsen? Das kann ich mir nun beim besten Willen nicht vorstellen.«

»Das habe ich auch nicht behauptet«, erwiderte Eva. Sie spürte das Pochen im Kopf, wie es sich auswuchs.

»Also ist der Vorstand an Sie herangetreten.« Die Frau zog einen winzigen Block hervor. An der Bindung hing eine Schnur, an der Schnur ein Stift. Er war kurz. Er war zerbissen, ähnlich dem Kaugummi im Mund der kleinen Frau.

»Ich kontaktiere den Vorstand und melde mich morgen«, sagte Eva. Sie schaute auf die Dielen. Sie erinnerten Eva an den See im Wald, an sein verockertes Wasser, an die Ruhe an seinem Ufer.

»Morgen?« Die kleine Frau ließ den Stift fallen. Er schwang zwischen den Frauen wie das Pendel einer Uhr. »Ich arbeite für die Presse, nicht für eine Behörde. Beklagen Sie sich nicht, wir hätten lediglich der Gegenseite Gehör geschenkt, Frau Nielsen.«

Die kleine Frau hustete erneut. Sie schmeckte Teer. Sie spuckte den Kaugummi mit dem Schleim in ein graues Papiertaschentuch.

»Ich stehe morgen zur Verfügung«, sagte Eva.

Die kleine Frau lächelte. Sie trat über die Schwelle. Sie tritt auf das Omen, dachte Eva. Die Diele knarrte. Die Sekretärin starrte zu Boden. Sie sah Eva auf den glänzenden Dielen Kopf stehen.

*15. Oktober, 16 Uhr, Pestalozzistraße, Plattenbau*

»Es schmerzt nicht«, stöhnte Stephanie leise. Blut schwamm im Auge. Im Blut wurde Lieselottes Fingerkuppe groß. Sie wollte das Lid betasten. Stephanie wandte sich ab. Sie zog mit dem Kind den Schlaf aus dem Korb und presste den kleinen Kopf der Tochter vor die Brust. Lieselotte betrachtete den Fleck an Stephanies Hals. Er war frisch. Er blühte sich vom Rot ins Blau.

»Als ich so jung war«, sagte Lieselotte.

»Mutter«, unterbrach Stephanie und zeigte Lieselotte den Rücken. Ihr Lid schob sich über das Blut. Der Schlaf an ihrer Brust brach ab. Das Kind in ihrem Arm knöterte.

Lieselotte fror. Sie spürte den Kloß im Hals. Er wuchs und presste den Schmerz in die Augen. Sie sah das Weh im Glas der Vitrine. Es schaute aus den Augen ihres Vaters.

Die Stadt war ahorngelb gewesen, die Dächer, Markisen, Steige. Dass der Weg zur Hölle so schön sein würde, hatte Lieselotte gedacht. Sie war ans Ende der Stadt gegangen. Ihre Mutter hatte den Sonntagsstaat angelegt. Ihr Vater hatte den gelben Gehweg grau gefegt. Sie waren hinter die Gardine getreten und schauten durch die weißen Sterne aus Garn. Sie zählten die fünfzehn Schläge der Uhr, jeder für sich. »Man lässt uns warten«, hatte die Mutter gesagt. Sie wartete auf den Mann, der Lieselottes Mann werden sollte. »Er wird nichts taugen«, hatte die Mutter gemurrt. »Sie zieht das an.«

Lieselotte war durch die vorangegangene Nacht gelaufen. Ihr Zukünftiger war wie so oft nicht nach Hause gekommen. Sie war im Morgengrauen mit der Wange am Fenster eingeschlafen. Die Scheibe tränte. Der Mann hatte sich bierselig auf den Teppich-Läufer im Flur gelegt. Lieselotte war von seinem Schnarchen aufgewacht. Sie hatte in das aufgedunsene Gesicht geschaut. Ihr schien, sein Fleisch hätte die schönen blauen Augen verschlungen, die Wangenknochen begraben.

Lieselotte hatte den Badeofen geheizt, Kaffee gebrüht, das gute Hemd gebügelt. Das kleine braune Haus an der Wand tickte. Die braunen Tauben auf seinem Dach sahen zum Giebel. Die braune Tür flog auf. Der Kuckuck schrie in den Herbst. Er schrie Lieselotte ins Gedärm und weckte Fott. Ich ziehe das an, hatte Lieselotte gedacht, und Fott spie.

Lieselotte hatte dem Mann im Flur an die Schulter getippt. Sie rüttelte an ihr. Sie wiederholte seinen Namen, bis ihr die fünf aneinandergereihten Buchstaben fremd wurden. Sie lief ins Bad, schöpfte Wasser aus der Wanne und kehrte zurück in den dunklen Flur, wo sie es über den Mann schüttete. Seine Faust flog durch die Luft wie ein Stein. Lieselottes Kopf fiel ins Zimmer. Sie wusste nicht, ob sie das gleißende Licht in ihrem Kopf oder vor Augen hatte. Das Blut rann in den Rachen und spritzte wieder heraus.

»Er ist also krank«, hatte die Mutter gesagt. Sie griente. Sie räumte das eierschalenfarbene Geschirr vom Tisch. Lieselottes Vater hatte sein Sakko in den Schrank gehängt. Das Sakko baumelte auf dem Bügel wie ein Gehängter.

»Am Regal gestoßen«, sagte die Mutter. Sie starrte auf Lieselottes Gesicht. »Du ziehst das an, Liese.« Sie zog den weißen Damast vom Tisch.

Lieselotte hatte auf das Bild an der Wand geschaut, auf den Schleier, den Brautstrauß, in die stumpfen Augen des Vaters.

Die Mutter schob das karierte Wachstuch auf den Tisch. Der Vater war in den Garten gegangen. Er hatte das neu gefallene Laub geharkt. Die Blätter waren rot wie Lieselottes Augen. Ein Zischeln war im Laub. Der Vater karrte es hinter die Gartenlaube und trug es in den Ohren nach Hause.

Lieselotte hatte die traurigen Augen des Vaters durch die Stadt heimgebracht. Der Mann in ihrer Küche sah die Augen. Er schämte sich. Er versprach, das Saufen für Lieselotte aufzugeben. »Hoch und heilig«, sagte er. An Allerseelen, nur zwei Wochen später, war er bezecht in einer Pfütze ertrunken.

Lieselotte strich der Enkelin über den Kopf. Sie sah in die Augen des Ertrunkenen. Sie zog die Wohnungstür auf und blickte über die Schulter. »Wenn du reden möchtest, ruf mich an«, sagte sie.

»Weil ich mich gestoßen habe?«, fragte Stephanie.

Lieselotte nickte.

*15. Oktober, 17 Uhr, Kaiserswerther Straße, Albertinen-Karree*

Corinne steckte die Zweige vom Spindelstrauch in die Vase. Die Pfaffenhütchen schaukelten am Holz. »Ich dachte, etwas Farbe wird dir gefallen«, sagte Eva. Sie klopfte gegen Corinnes Wange. Sie schwieg zur Blässe im Gesicht der Freundin. Corinne schwieg zum Schwarz auf dem Weiß der Zeitung zu ihrer Rechten. Sie griff die silberne Kanne und sagte: »Die kleinen Freuden.«

Aus der Tülle floss Tee. Er dampfte aus den Schalen. »Silbernadel«, sagte Corinne, »aus Fuding.« Sie lachte. Die Blase auf dem Tee zeigte ihren Mund. Sie trug das Lachen ohne Ton zum weißen Schalenrand. Corinne sah ihren Mund platzen. Er fragte nicht nach der Journalistin mit den abgetragenen Pantoletten. Er sagte nicht, was Eva ohnehin wusste. Die Journalistin war vor Jahrzehnten vom kleinen Land in die dritte Welt geschickt worden, um in ihrem Metier auszubilden. Und die Wahrscheinlichkeit war groß, dass die Frau sich nicht allein der Völkerfreundschaft verschrieben hatte. »Alle wurden vom Eibenberg durchleuchtet, ohne Ausnahme«, hatte Karl zu Corinne gesagt, »nur die Hundertprozentigen wurden eingesetzt. Und die meisten von denen haben bei Horch und Guck unterschrieben.«

»Zucker oder Honig?«, fragte Corinne. Eva schüttelte den Kopf. Sie hielt ein winziges Pfaffenhütchen vom Strauch zwischen Daumen und Zeigefinger. Sie hob die Frucht wie eine Kostbarkeit in die Luft: »Wir haben uns früher über wenig freuen können. Aber das muss ich dir ja nicht erzählen.« Sie beugte sich über die Teeschale. Der Dampf roch nach Lenz. »Im Januar bekam ich einmal den Mai geschenkt«, fuhr Eva fort. »Die Wirtschaftsleiterin hatte weißen Flieder erstanden. Beim heutigen Überfluss würde das niemanden mehr verwundern. Aber damals machten wir große Augen.« Eva blies kleine Wellen auf den Tee. »Ich hatte mit Frotteehandtüchern gerechnet, diesen flauschigen, die es so selten zu kaufen gab.«

Corinne nippte. Die heiße Silbernadel schmerzte die Lippen. Farbe stieg in ihrem Gesicht auf. Die Hände fuchtelten vor dem Mund. »Weißt du noch?«, fragte Corinne, »wir haben mal gemeinsam Schlange gestanden.« Eva wusste.

Es war ein arktischer Winter gewesen. »Was gibt es diesmal«, hatte Corinne gefragt. Sie war von der Probe gekommen und hatte sich nicht abgeschminkt. Sie hatte das Gesicht der Marketenderin Rose getragen. »Handtücher oder Bettwäsche«, hatte Eva geantwortet. Der Frost war ihr in die dünnledrigen Schuhe gezogen. Weißes Geriesel hatte ihr Haar eingestäubt. »Ich habe noch Premierenkarten«, hatte Corinne geflüstert. »Eine der Verkäuferinnen ist immer ganz wild darauf, in der ersten Reihe zu sitzen. Gleich neben dem fetten Kulturnatschalnik.« Eva hatte abgewinkt. »Dann vergolde ich sie zu einem Stück Lende vom Rind«, hatte Corinne gesagt.

Die Schlange aus Frauen war stetig gewachsen, von der Tür des Kaufhauses vorbei an der Bäckerei, der Jugendmode bis zum Haus der Solidarität. Die Schlange hatte nach Knoblauch und Maiglöckchen gerochen. Sie trug rotes Gold auf der Haut. »Die fühlen sich bei den Temperaturen wie zu Hause«, hatte Corinne gesagt. »Wie in Sibirien.« Die Frauen der Befreier hatten auf Corinne gestarrt, als hätten sie verstanden. Die Maske hatte gelacht.

Eva war für einen Moment heiß geworden. »Wir kaufen ja auch in ihrem Magasin«, hatte sie gesagt. Eva sah die Schlange wie in Zeitlupe in das Warenhaus kriechen. Nach über zwei Stunden war ein Murren aus ihr zu vernehmen gewesen. Dann war sie zerfallen. »Die Hälfte der Ware liegt garantiert noch unter dem Ladentisch«, hatte Corinne gesagt, »die wartet darauf, gegen ein Stück Lende eingetauscht zu werden, gegen Opernkarten, auf die Frau vom Kulturnatschalnik oder jemanden vom Eibenberg.«

Corinne war in das Warenhaus gegangen. Eva hatte vor der Auslage den Schnee zertreten. Die Puppengesichter hinter dem Schaufensterglas hatten Risse. Sie waren älter als das kleine Land. Die Augen der Schaufensterpuppen waren verblasst. Eva sah sie in die graue Stadt starren. Corinne war nach drei Minuten wieder auf die Straße getreten. »Wir sollen zum Hinterausgang kommen«, hatte sie gesagt. »Da suchst du dir was aus.«

»Lange her«, stöhnte Eva leise. Sie trank die Silbernadel. »Die Königin des Tees«, sagte Corinne. Eva schmeckte sie nicht. Sie dachte an die Handtücher. Sie roch den weißen Flieder. Sie wollte die Zeitungen neben Corinne nicht sehen.

*16. Oktober, 10 Uhr, Essigstraße, Hinterhofwohnung*

»Wir haben andere Zeiten«, sagte Kirsten. Sie zog den Bogen Papier über den Couchtisch. Die Finger waren lang, die Nägel falsch. Sie sahen wie Fangzähne aus, weiß und spitz. Die Frau am Tisch sah an Kirsten vorbei. Sie schaute zum Fernseher, zur schwankenden See auf dem Bildschirm. »Ich weiß nicht«, erwiderte die Frau. »Für kleine Tiere ist jede Zeit irgendwie schwer.« Sie sah auf das Meer. Es war still und tief. Es spiegelte Kirstens Rücken.

»Die Einstellung macht zum kleinen Tier«, antwortete Kirsten. Die Frau hörte die Worte aus dem Kopf auf dem Meer. Sie waren kalt wie sein Wasser. Sie brandeten in den Ohren der Frau. Kirsten hob das Papier ins Licht. Der weiße Nagel tippte auf das Briefende. »Deine Unterschrift fehlt«, sagte Kirsten.

Die Frau zog einen Stift aus der Tasche. Sie schrieb ohne Tinte. Bezeichnend, dachte die Frau und hauchte auf die Minenspitze. »Nimm meinen«, sagte Kirsten. Die Frau kritzelte vier Kringel auf das Papier. »Ich habe im Brief ganz allgemein Aufarbeitung angemahnt«, sagte sie. »Ich möchte niemanden namentlich erwähnen.«

»Nielsen«, sagte Kirsten, »sprich aus, was du nicht schreibst.« Sie stockte. Ein Schnüffeln war hinter der Tür. Kirsten schlich durch das Zimmer zur Tür und linste durch den Spion. Ihr Fuß schlug gegen das Holz des Türblatts. Napoleon sprang in die Mitte vom Flur. Er kläffte. »Eine Journalistin hat mich um ein Interview gebeten«, fuhr Kirsten fort. »Stell dir vor, die Nielsen hat zuvor abgelehnt. Ist das zu glauben? Schneidet die sich doch tatsächlich ins eigene Fleisch.«

Die Frau rührte im Kaffee. Die Kirchturmuhr läutete in die neue Stunde. »Hast du keine Angst?«, fragte die Frau. Sie zögerte. »Ich meine, nur benutzt zu werden, Kirsty?« Die Stimme klang dünn und besorgt.

Kirsten riss die gestreckte Hand empor. Die Finger standen wie ein Schild vor dem Gesicht der Frau. Als schöben sie den Satz in den offenen Mund zurück. Die Frau hielt den Atem in der Brust. Der Schreck hielt sich in ihrer Miene. Kirsten schlich zum Spion zurück. Sie schlug den Fuß ein zweites Mal gegen die Tür. Dem Krachen folgte das Belfern. Es füllte den muffigen Flur und zog über die dunklen Treppen unter das undichte Dach. Kirsten hob den Mittelfinger zur Tür, in die Luft. Sie trug ihn zum Tisch. »Ich will Gerechtigkeit«, sagte sie. »Für damals.«

Die Frau atmete wieder. »Nielsen war gut zu uns«, sagte sie kleinlaut und nippte am Likör. »Du hast damals gemopst, Kirsty«, fügte sie hinzu. »Und darüber bist du schließlich gestolpert.« Die Hand der Frau griff wie verstohlen in die Luft, schloss und drehte sich. Sie steckte das Nichts in die Tasche des Kleides. »Das ist der einzige Grund, und du weißt es.«

»Ich hätte ja in den Laden gehen können«, erwiderte Kirsten. Sie lachte sich die Wut aus dem Hals, lachte sich Tränen in die Augen und in den Zorn auf die Frau vis-à-vis. »Ich hätte ja einfach nach dem Buch fragen können. Ich hätte fragen können, warum es ›Die Schule der Diktatoren‹ nicht unter dem Ladentisch gibt. Sicher hätte ich Gelegenheit bekommen, mich auf dem Eibenberg zu erkundigen, warum eine Komödie so viel Angst verbreitet.«

Die Frau schaute zum Fernseher. Das Wasser auf dem Bildschirm reichte Kirsten an den Hals. Die Frau hatte die Stimme von Kirsten im Ohr. Sie schwimmt, dachte die Frau und: Sie schwimmt auf der Stelle, wenn sie die Wahrheit hört.

Kirsten schob sich vom Hocker in die Höhe, aus den Pupillen der Frau. Hinter ihren Knien schlängelte ein Aal durch das Bild. »Sie haben uns betrogen«, schimpfte Kirsten, »auch dich, meine Liebe!«

»Ich habe mich nicht am Giftschrank vergreifen müssen, um im Bilde zu sein«, sagte die Frau. Sie zeigte auf ihre Ohren, ihre Augen. »Wir wussten doch, was los war.«

»Und wohin hat es uns gebracht?«, fragte Kirsten und dachte: Wer will schon wie du als Hausfrau enden. Sie rieb den Knöchel. Schmerz war in ihm. Er war stark wie der Groll im Kopf.

»Ich kann nur für mich sprechen, und ich bin, wohin ich gehöre«, antwortete die Frau. Sie verschwieg den Rand der Stadt, den kleinen Garten, das kleine Haus. Sie wollte ihr Glück nicht erklären. »Ich muss gehen«, sagte die Frau und wies auf die Uhr. Sie presste die Handtasche vor den runden Bauch, vor das zweite Kind. In der Tasche winkte ihr Mann vom Foto. »Ich wünsche dir jedenfalls viel Glück«, sagte die Frau. Sie sprach zum Fernseher. Sie sah den Aal durch den Abspann in den Schriftzug »Ende« gleiten.

Zum Glück gibt es Leute wie Fuller, dachte Kirsten.

*16. Oktober, 17 Uhr, Grenadierstraße, Hochhaus*

Fuller blätterte im Fotoalbum. Er blies Rauch auf die Kinder im Passepartout. Ihre Gesichter konnten nicht altern. Die Kindergärtnerin hinter dem Qualm lachte in die Ewigkeit. Sie trug einen schwarzen Hut über dem weiß geschminkten Gesicht. Die Nase des Schneemanns war eine rote Tüte, die von einem dünnen Gummiband gehalten wurde. Fuller rieb über Fuller. Sein Kopf passte unter seine Fingerkuppe. Über dem Fingernagel standen zwei schwarze Hörner, drei goldene Haare. »Der Teufel gibt den Teufel«, hatte der Schneemann zur Holle gesagt. Sie hatte sich dabei an die Nase gefasst und die rote Tüte zerknickt.

Fuller lachte. Er zog das Spinnenpapier über die Gesichter und erinnerte sich an die graue Wand von damals.

Er hatte als Kind mit dem Gesicht zu ihr gestanden. »Du weißt, warum«, hatte die Kindergärtnerin in seinem Rücken gesagt. Fuller war stumm geblieben. »Du hast in unsere Milch gespuckt.« Fuller hatte auf den rauen Putz gestarrt. Er kannte ihn gut, seine kleinen Hügel, seine Täler. Sie waren seine Prärie. Eine winzige Spinne war durch ein Tal gekrochen. Sie zog einen Faden zur Anhöhe. Fullers Daumen war der Sheriff. Sein Zeigefinger war der Hilfssheriff. Sie zerquetschten die Spinne. Sie warfen sie in die Tiefe.

Die Sonne hatte ihr Licht über die Prärie gleiten lassen. Das Lachen der Kindergärtnerin hatte Hügel und Täler erfüllt. Fuller war wütend geworden. Er hatte Sheriff und Hilfssheriff in seinen Ärmel geschoben. Sie marterten den Oberarm. Fuller biss auf die Zähne. Sheriff und Hilfssheriff trieben Fuller Tränen in die Augen.

Die Erzieherin hatte Fuller ins Zimmer gerufen. Sie hatte auf das Glas Milch gewiesen. Fuller setzte sich. Er trank. »Warum erst das Theater«, sagte die Kindergärtnerin. Fuller stierte. »Trink bitte aus«, sagte die Erzieherin. Sie hielt die Burattino-Puppe vor dem Leib. Sie spürte die lange Nase im Bauch. Fuller hatte gewürgt. Das Weiß war aus seinem Mund geschossen. Es rann über den Tisch und tropfte auf die neuen Halbschuhe der Erzieherin.

»Das war Absicht«, hatte die Kindergärtnerin zu Fullers Mutter gesagt. Sie zeigte auf die Schuhe. Das beige Wildleder hatte dunkle Flecken.

Fuller hatte zu Boden gesehen. »Sie hat mich gequält«, sagte er zur Mutter. Der Hilfssheriff schob den Ärmel in die Höhe. Der Sheriff wies auf die roten Flecken am Oberarm. Die Kindergärtnerin war erstarrt. Ihr Mund war eine offene Höhle. Sie zog Luft. Die Luft machte die Zunge kalt.

»Geh und zieh dich an«, hatte Fullers Mutter gesagt. Fuller ging. Der Sheriff zeigte im Schutz der Jackentasche zur Decke. Die Kindergärtnerin hatte auf Fullers Kinderstuhl gesessen. In ihren Augen stand die graue Wand. »Haben Sie ihn angefasst?«, fragte Fullers Mutter. Ihre Stimme klang nahezu sanft. Die Kindergärtnerin schüttelte die Leere im Kopf. »Er hat es auch bei mir versucht«, sagte Fullers Mutter. »Bei meiner Mutter, bei meiner Schwester.« Sie sah an der Kindergärtnerin vorbei. Sie sah das Spielen der Kinder.

Die Kinder hatten in einem Kreis gesessen. Ein Mädchen im gelben Kleid sagte: »Ich sehe was, was du nicht siehst, und das ist rot«. Die Kinder riefen durcheinander. »Burattinos Mütze«, sagte das Mädchen mit der Schleife im Haar. »Die Arbeiterfahne«, rief ein Junge.

Die Kindergärtnerin hatte leise geweint.

*17. Oktober, 15 Uhr, Käuzchenweg, Haus am Tann*

Das Waschbecken war wie ein flacher Topf ohne Henkel. Lieselotte schaute auf seinen verchromten Boden. Das Loch in der Mitte ist mein Mund, dachte sie und sah sich Scheuermilch in das Gesicht spritzen. Sie schrubbte über die Stirn, die Wangen, bis die Finger brannten. Lieselotte sah den milchigen Schaum in ihren Mund aus Chrom rinnen. Ein tiefes Gurgeln stieg in die Höhe. Das dunkle Rohr, dachte sie, das reicht mir bis in den Kopf. Ein Knäuel aus Haar moderte in ihm. Jedes Haar war für Lieselotte ein Faden. Alle endeten in diesem Dunkel. Manchmal zog Lieselotte das Knäuel mit der Pinzette in das Licht. Sie würgte dann, als zöge sie es sich aus dem Hals.

»Wir bringen es zu nichts«, hatte Lieselotte am Vortag zur Tochter gesagt. Ihr Fuß hatte auf dem Hals von Stephanies Schatten gestanden. »Aber dein fauler Strick bringt es nicht einmal zu dieser Einsicht.« Lieselotte sprach, was sie von ihren Ahnfrauen gehört hatte. Stephanie erhob sich. Der Schatten stand Lieselotte bis zum Hals. Er fuchtelte. »Was geht dich denn mein Freund an«, sagte Stephanie.

Lieselotte hatte die junge Lieselotte gehört. Stephanie hatte das Bild vom Strick in ihrem Kopf durch den Tag getragen.

Lieselotte beugte sich vor. Sie sah ihr Spiegelbild im Klobecken und spuckte. Der Kopf im Becken schwankte. Er war schwer von den faulen Stricken hinter der Stirn. Sie erstickten den alten Trost aus fremdem Mund: »Wie hätte ich mich auf einen Strick stützen können«, hatte Eva Nielsen nach der Scheidung gesagt. Sie hatte mit sich und dem Abend gesprochen.

Nur Monate zuvor hatte der Geschiedene mit Lieselottes Schenkeln geredet. Er war hinter ihr ins Schlafzimmer getreten. »Ihre Schürze«, hatte er gesagt. Lieselotte war zusammengefahren. Sie hatte über die Schulter geblickt. Sie hatte seine gierigen Augen gesehen. Er lachte. Seine oberen Schneidezähne legten sich über die Unterlippe. Lieselotte hatte an der Schürze hinabgeschaut. Ihr geblümter Stoff hatte schief an ihrem Leib gehangen. Eines seiner Enden steckte in der Unterwäsche.

»Sehr nett«, hatte er gesagt. Seine Arme waren über dem Bauch verschränkt. Sie waren eine Linie, Lieselottes Richtschnur. Lieselotte hatte sich gedrillt. Sie sah nie auf das Unten, denn sie fürchtete dessen unmissverständliche Regung.

Lieselotte hatte den Saum der Schürze in die Tiefe gezogen. Sie war starr vor Schreck und Verlassenheit und Fotts Erwachen gewesen, als sich das Dunkel vom Türspalt in ihren Augen weitete. Bastet schlich in das Zimmer. Die Königin stellte sich an Lieselottes Bein auf. Sie mauzte. Lieselotte zog Bastet vor die Brust. Die Königin schnurrte Lieselotte in den Leib. Das Schnurren gab Fott Schlaf. Lieselotte spürte das Glühen auf der Brust verenden, unter dem Blusenkragen. »Unser alter Streuner«, sagte sie und begriff den doppelten Sinn selbst erst nach dem Sprechen, nach dem Mann.

Lieselotte hatte Bastet aus dem Zimmer getragen. Sie hatte den Mann stehen lassen. Bastet leckte ihre Brust. Lieselotte ging ins Bad und verriegelte die Tür. Bastet saß auf dem Fensterbrett und schnurrte. Lieselotte hatte die Zahnbürste des Mannes genommen. Sie war auf die Knie gegangen und hatte damit das Klo gescheuert.

*18. Oktober, 20 Uhr, Kaiserswerther Straße, Albertinen-Karree*

Die Sonne war klein wie eine Münze. Sie hing an einer Kette um Corinnes Hals und tickte. »Wo bleibt sie denn nur wieder?«, fragte Corinne und öffnete die Uhr. Sie sah den großen Zeiger unter dem Glas zucken.

Betty zerbiss einen gebackenen Buchstaben aus Eischnee, Zucker, Kakao und Mehl. Corinne äugte zur Freundin. Sie hörte das Krachen durch Bettys Wange. Es hatte den Takt der Sonne. Es zog Corinne die Haut unter dem aufgesteckten Zopf klein. »Wie kannst du in einer solchen Situation essen, Betty?«

»Eva ist sicher gleich hier«, antwortete die Freundin. Sie kaute das Ende des Schriftzeichens. Sie kaute und schmeckte und schmeckte das kleine Land nicht mehr. »Das Gebäck ist seinen alten Namen nicht wert«, sagte sie. »Heute hauen sie da noch irgendeine Stärke rein, Sirup, alles, was billig ist. Und dann nennen sie das Zeug

Patience.« Betty winkte ab. »Erinnerungen lässt man besser Erinnerungen sein«, fügte sie hinzu.

»Etwas stimmt nicht«, sagte Corinne. »Ich habe diese Schelle im Magen, so wie Karl.« Corinne hielt die Hand auf den Bauch. »Sie mag ohne Laut sein, aber glaube mir, sie stößt an. Wieder und wieder.«

Bei dir ist das der Hunger, dachte Betty, als der Türgong im Flur schallte. »Deine Schelle ist gut«, sagte Betty. »Ich kann sie hören.« Corinne fuchtelte mit dem erhobenen Zeigefinger vor dem Gesicht der Freundin. »Lach du nur«, raunte sie und ging zur Tür. Betty griff in die Gebäckschale. Sie hob ein zerbrochenes O in die Höhe und warf es zurück.

»Ich musste mit dem Vorstand reden«, entschuldigte sich Eva.

Corinne hielt die kleine Sonne in der Hand, das Ticken. Die Sonne wurde warm. »Karl wird dich vertreten«, sagte Corinne und spürte die Schelle im Leib. »Falls notwendig«, fuhr sie fort, »und trotz aller Widrigkeiten, hat Karl gesagt.«

Eva rieb sich den Mund, rieb ihn groß, die Finger rot. Die Lippen unter der Farbe blieben schmal und hart.

Betty kannte das Reiben. »Dauert es länger als drei Sekunden«, hatte sie Georg einmal gesagt, »dann kannst du von einem Menetekel sprechen.« Betty zählte. Bei fünf sagte sie: »Nun spuck endlich aus.«

Eva fühlte einen Stein im Mund, grau wie die Angst vor dem Sagen, dem Hören, dem Fühlen. »Ich hatte Kontakt zum Sicherheitsdienst«, sagte sie schnell und fest. Der verschmierte Mund zitterte.

Corinne rang nach Luft. Sie klopfte sich die Fäuste gegen den Leib. Ein dumpfer Ton erhob sich. »Habe ich es nicht gesagt?«, kreischte sie. »Ich habe es doch gesagt, Betty.« Sie schlug noch einmal zu. Die kleine Sonne bebte auf der Brust.

Betty war starr. »Das kann alles heißen«, flüsterte sie. Ihre Hand tastete nach der Gebäckschale auf dem Tisch.

»Zwei Männer kamen damals in mein Büro«, sagte Eva. »Unangemeldet. Ich wusste, woher sie kamen, bevor sie sich vorstellten. Sie sahen wie einfache Buchhalter aus. Doch von ihren Gesichtern und Händen abgesehen war alles an ihnen dunkler als ihre Schatten. Ihr wisst, wie sie waren, wie Schornsteinruß, überall und unbezwingbar.«

»Jetzt keine Prosa«, unterbrach Corinne. Ihre Stimme klang barsch. »Jeder weiß, wie die Herrschaften von Horch und Guck aussahen. Also komm besser gleich zur Quintessenz, Eva!«

»Die Männer interessierte der Kollege Provaßka. Ich sagte, ich wisse nichts aus seinem Privatleben. Sie schwiegen. Ich sagte, er käme weder zu Betriebsausflügen noch zu Geburtstagsfeiern. Aber das wussten sie bereits. Sie kamen fünf oder sechs Mal. Sie fragten immer nach Provaßka. Der hatte sich irgendwann ins Ausland abgesetzt. Sie blieben. Sie fragten. Ich hob die Schultern. Ich berichtete über seine Arbeit. Sie winkten ab. Sie wussten es schon. Ich musste ein Protokoll unterschreiben. Und sie blieben fort.«

Betty schluckte ein O. »Wer etwas zu sagen hatte«, sagte sie, »der hatte diese Leute im Haus. Wer das im kleinen Land nicht gewusst haben will, kohlt. Und das aus gutem Grund.«

Corinne rieb sich den Leib. »Die Unterschrift«, stöhnte sie. »Mehr wird am Ende nicht zählen.« Sie suchte in der Schale ein M, ein F, ein S. Die Sonne auf ihrer Brust zeigte ihre Kehrseite. Sie war angelaufen und grau.

»Und die Densow?«, fragte Betty.

Eva rieb den Mund blass. »Spielte gar keine Rolle«, erwiderte sie und schmierte das Rot vom Mund auf die Bluse über der Brust.

Betty winkte ab. »Ich hatte eine Kollegin an der Uni, die nannten wir Frau Igel. Sie hatte so stoppeliges Haar. Eines Tages zog sie mich zur Seite. ›Die vom Eibenberg kommen‹, flüsterte sie. Sie bat mich, dabei zu sein. Es vergingen keine zwei Stunden und die Dekanin lud mich aus. Die vom Eibenberg fragten Frau Igel nach zwei Studentinnen. Sie waren Kirchgängerinnen, was Frau Igel in der Unterredung erfuhr. Ich kannte die jungen Frauen. Sie waren unauffällig. Sehr angenehm. Sehr fleißig. Die Kollegin sagte nie wieder ein Wort zu der Angelegenheit. Aber sie verlor das Haar. Sie hatte überall münzgroße kahle Stellen. Kolleginnen munkelten, die Stoppeln wüchsen ihr in den Kopf. Das sei auch der Grund für ihre Weinattacken. Ich danke der grässlichen Dekanin noch heute. Stellt euch das vor. Ich wäre heute eine Täterin.«

»Evas Unterschrift«, stöhnte Corinne.

»Die Frage ist doch, was daraus erwachsen ist«, sagte Betty.

»Als käme es heutzutage überhaupt noch darauf an«, erwiderte Corinne.

*18. Oktober, 21 Uhr, Am Nadelöhr, Kellerbar Unterwelt*
Fuller hockte in der Unterwelt. Eine schmale Treppe führte von der Straße in den Dunst der Bar hinab. Fuller saß mit dem Bauch zur Lehne. Seine Hände ruhten auf den Oberschenkeln. Er wirkte wie auf einem zu klein geratenen Ross mit dürren hölzernen Beinen. »Du kennst die Zeitungsartikel«, sagte er. »Nun? Was hältst du von der Geschichte?«

Der junge Mann vor Fuller haderte. Er paffte Ringe und zerriss sie bedächtig mit dem Zeigefinger. »Nichts für ungut«, sagte er schließlich, »aber die Geschichte ist doch nun wirklich lahm. Die würde mein Boss 'ne Mähre nennen.«

Die Kellnerin teilte den Dunst. Sie trug schwarz. In der Düsterkeit war sie ein Bild aus Gesicht, Dekolleté und zwei Händen. »Unser Engel«, stöhnte Fuller zum Dekolleté. Die Kellnerin servierte Whisky. Sie trug einen Heiligenschein aus flüchtigen Schwaden. Ihr Busen hob und senkte sich in Fullers Augen.

»Die Nielsen«, sagte der Mann, »die Nielsen hat doch nicht mehr als etwas Tinte an den Händen.«

»Auch Tinte tötet«, erwiderte Fuller.

Der Mann nickte und senkte den Blick. Er hatte den Tod gesehen. Die Tinte steckte in ihm. Seit jenem Tag steckten die Tinte und der Tod im Mann. »Eine Verwandte hat sich an der Werkbank verbraucht«, sagte er. »Sie war nur noch ein Schatten ihrer selbst. Sieben Jahre, hat sie gesagt, dann gehe ich in Rente. Sechs Jahre. Fünf.« Der Mann schwenkte das Glas. Er roch Rauch, Rinde, Torf. Und er roch den Tod. »Vor einem Monat bekam sie den blauen Brief. Stell dir das vor, nach fast vierzig Jahren.« Der Mann sah das Zittern im Glas. Das Zittern war in seiner Stimme. »Sie hing am Strick«, sagte er. »Sie hatte sich den Brief in den Mund gesteckt.«

Fuller ließ ein Stöhnen hören. Es klang barmherzig. Er klopfte dem Mann auf die Schulter. Er klopfte ihm für einen Moment den Mund der toten Frau aus dem Kopf, den Schatten. »Muss Kirsten Densow erst am Strick hängen?«, fragte Fuller. Seine Stimme war weich, war mild wie die Blume im Glas. Fuller reichte dem Mann Feuer. Er winkte dem Engel.

Der Mann schmauchte. Er trank und trank sich matt. »Weißt du, Fuller, eine Aufseherin vom Eibenberg zieht beim dumpfen Volk. Ein Flintenweib, eine Hyäne«, sagte er. »Aber die nette Nielsen an ihrem Schreibtisch und mit all den schönen Bildchen in ihren Ausstellungen …« Er stockte und verzog den Mund. »Die verreckt mir als Geschichte.«

Fuller legte die Stirn auf die Lehne. Er schloss die Augen und ächzte. Seine Ohren warteten auf den Mann.

Der Engel blieb stehen und schlich rückwärts. Die Hacken gingen voran. Der Engel hatte den gesenkten Kopf von Fuller gesehen, die geschlossenen Augen, er hatte das Ächzen gehört und gedacht: Soll der seinen

Gast beißen, nicht mich. Der Engel stieß die Kollegin an. »Usch«, sagte sie, »kennst du den?« Die Augen fassten Fuller. »Der hat heute teuren Whisky geordert.«

Die Kollegin nahm zwei Nüsse aus der Schale. Sie rollte sie dem Engel vor die Brust. Sie tippte auf die große. »Das«, sagte sie, »das ist, was du gerade daheim auf dem Sofa vor dem Fernseher sitzen hast.« Sodann tippte der Finger auf die winzige Nuss. »Und das, das ist der müde Reiter da drüben.«

Der Engel schmollte. Er schob die Nüsse in den Mund. »Ach, Usch, ich bin ein blindes Grottenvieh«, sagte der Engel und zerbiss die Früchte. Die Säure brannte in seinem Mund.

»Du bist jung«, erwiderte die Kollegin. »Und noch eins.« Sie zeigte dem Engel den kleinen Finger.

»Der müde Reiter?«, fragte der Engel. Die Kollegin schmunzelte. »Woher weißt du das, Usch?« »Die Zweitschicht hatte das Vergnügen. Sie ist noch jünger als du«, sagte sie. »Und weißt du, wie er die kleine Schlampe genannt hat? Gänseblümchen.« Die Frauen lachten. Jede roch die Alkoholfahne der anderen.

Fuller richtete sich auf. Das Holz der Stuhllehne hatte sich in die Stirn gedrückt. Fuller zog das Portemonnaie. »Ich kann nicht glauben, dich ausgebildet zu haben«, sagte er. »Das Radio hat dich weichgespült, mein Lieber.« Fuller warf einen Schein auf den Tisch.

»Warte«, sagte der Mann. »Mein Großvater hätte zu mir gesagt: ›Was wir in der Hand haben, wiegt wie zwei Hände voll Zorn.‹« Fuller winkte ab. »Mir steht der Sinn nicht nach philosophischen Ergüssen. Komm auf den Punkt. Und erzähle mir bitte nicht, dein Großvater hielt den Zorn für einen schlechten Berater.«

»Das ist er zwar«, erwiderte der Mann, »aber nichts zählt mehr, als was zu fassen ist.« Seine Hand griff in die Luft. Sie griff ins Leere.

»Frag Fuller«, sagte Fuller. Er zog einen Umschlag aus der Aktentasche und fingerte daraus einen Bogen.

Der Mann bekam weite Augen. Der Adler war in ihnen. Die Krallen spreizten sich über dem Wort »Staatsarchiv«. »Ich frage nicht, wie du an die Papiere gelangt bist«, flüsterte der Mann, »aber du verschenkst bekanntlich nichts.«

»Wenn du wüsstest, wie lange danach gewühlt werden musste«, stöhnte Fuller. »Aber nun zum Prozedere: Bring es, sobald ich den Daumen hebe. Das ist mein Gewinn.«

*19. Oktober, 17 Uhr, Käuzchenweg,*
*Mansarde im Haus am Tann*

Lieselotte hockte auf dem Sofa. Sie zog einen Faden in die engmaschige Rose, dunkler als das verwaschene Gestrick auf ihren Beinen. »Meine schöne Decke«, stöhnte sie. »Warum fressen die Motten nicht meinen Staub?« Der Regen wusch das Fenster. Er plätscherte Lieselotte wie Trost. Sie nahm die Nadel zwischen die Zähne. Der Faden zog die gestrickten Rosen zur Brust. Lieselotte schaute durch die Maschen in ihren Schoß.

»Du wirst nie stricken lernen«, hatte Lieselottes Mutter auf dem Sterbebett gesagt. Ihre Stimme war matt gewesen. »Es erinnert dich zu sehr an mich.«

Lieselotte hatte drei Hände Sand auf den Sarg der Mutter geworfen. Der Sand war ihr feuchter erschienen als ihre Augen. Er war schwer und schnell gefallen und dumpf auf den Sargdeckel geschlagen. »Klingt für mich wie das Klopfen am Höllentor«, flüsterte eine Nachbarin zur anderen. Lieselotte hatte den Sand von den Fingern gerieben. Sie war vom Friedhof in den Wollladen gegangen. Sie hatte daheim den roten Faden um den Finger gewickelt. Die erste Rose wuchs. Lieselotte sah den Faden tanzen, als sei er fröhlich. Das Knäuel wurde klein, die Kissenhülle groß. Lieselotte begann einen Sesselschoner. Die Knäuel lösten sich auf. Sie verschwanden auf ihrem Schoß, hinter ihrer Stirn. Aus dem Sesselschoner wurde eine Bettdecke.

Der rote Faden war verblasst wie die Rosen und die Erinnerung. Die Blüten wärmten die Beine. »Irgendwie wärmen sie mein Herz«, hatte Lieselotte der Tochter gesagt. »Sie und Bücher.« Stephanie hatte sich umgesehen. Sie war an das Regal mit dem alten Porzellan getreten und hatte auf die vier Bücher im unteren Fach gezeigt. »Bei deinen Großeltern gab es diese zwei Rezeptbücher, den Atlas und die Bibel«, hatte Lieselotte gesagt. »Aber Frau Nielsen besitzt eine Bibliothek, die reicht von einer Wand zur anderen.« Lieselotte verstummte. Die reicht bis an mein Ende, dachte sie.

Lieselotte war in einem Dezember auf die Leiter der Bücherwand gestiegen. »Wollen Sie sich das vor dem Fest antun?«, hatte Eva gefragt. Lieselotte zog den Zeigefinger über einen Buchdeckel. Sie ließ eine hellgraue Flocke zu Boden schweben. Der Zeigefinger hatte grüne Augen entstaubt. Sie gehörten einer Baronin. Sie verfolgen mich, dachte Lieselotte. Weiß Gott, dachte sie, sage einer, Augen könnten nicht sprechen. Das Grün erinnerte Lieselotte an Bitterkraut. Sie hob das Buch aus dem Regal und schnippte eine verdorrte Fliege von der Brust der Baronin. Das tote Insekt kreiselte in die Tiefe, als sei Leben in ihm. Lieselotte las das Leben der jungen Frau. Sie vergaß den Spinnbesen. Sie überhörte den Uhrschlag. Sie dachte an die Baronin, dachte, ich bin doch nicht die Trostloseste unter der Sonne.

Lieselotte legte die Nadel auf den Beistelltisch. Sie hob die gestopften Rosen von den Beinen. Die Wolken hatten den Regen mitgenommen. Er stand wie eine Wand über dem Wald. Lieselotte öffnete das Fenster. Sie roch den Schauer. Sie dachte an das Buch auf dem Tisch in ihrem Rücken. Die Frau auf dem Buch saß auf einer Schaukel. Sie hing im Himmel. Lieselotte wollte das Buch ein zweites Mal lesen. Sie wusste, Lieselotte würde über Effi Lieselotte vergessen.

*20. Oktober, 11 Uhr, Straße des Friedens, Bürohaus*

Eva fühlte sich übermüdet. Selbst der Sonne war sie müde, des Rotkehlchens mit seinem Herbstgesang. Eva wünschte sich das Grau eines Regentages. Stattdessen teilte die Sonne das Büro. Der Schreibtisch hatte eine dunkle Seite wie der Mond an der Wand. Eva saß im Schatten. Die Füße standen im Licht. Die Spitzen der

Schuhe zeigten zur Tür, als würden sie das Gehen herbeisehnen.

Eva hatte schlecht geträumt: Jede Nacht flog der Kauz durch ihren Kopf und setzte sich in den alten Apfelbaum. Unter den schwefelgelben Augen kroch Eva durch den Garten. Sie sammelte Aktenblätter, ohne ein Ende zu finden. Jede Nacht würgte der Kauz. Das Gewölle fiel mit dem Regen vor Evas Knie neben den Baumstamm. Es war ein offenes Grab aus Federn und Knochen und Schnäbeln. Es saugte den Regen und die Tropfen aus Evas Gesicht. Die Tropfen waren ohne Salz, denn Eva hatte seit Jahrzehnten nicht mehr geweint.

»Die Mutter hat Evas Tränen wohl mit ins Grab genommen«, hatte die Kindergärtnerin geflüstert. Sie hielt eine Puppe am Hals. Die Arme und Beine baumelten neben ihrem nackten Knie.

»Du kannst ruhig weinen, Eva«, hatte die Frau in der Poliklinik gesagt. Sie war vor Eva auf die Knie gegangen. Eva hielt den abgegriffenen Bären vor der Brust. Er roch nach ihrer Mutter. Seine Arme standen zwischen Eva und der Frau im weißen Kittel. »Hast du schon um Mutti geweint?«, hatte die Psychologin gefragt.

Eva hatte das Weinen verschwiegen. Sie fühlte sich unwohl. Der Mann im Wartezimmer hatte miaut. Er hatte den Handrücken geleckt. Er strich mit dem Handrücken über seinen Scheitel. »Der Mann ist krank«, hatte Evas Vater leise gesagt.

»Bin ich auch krank?«

»Auch gesunde Menschen gehen zum Arzt«, hatte ihr Vater geantwortet, »dass sie nicht krank werden.«

Die Sonne wanderte. Eva schob sich am Schreibtisch in die Höhe. Sie ging behäbig ans Fenster und schaute ins Licht. Eva suchte die Tränen. Sie hörte den Kauz aus den Träumen und das Knarren hinter der Tür. Noch ein Omen, dachte sie und hielt sich den Hals. Sie schaute zur Tür, zum Griff aus Messing. Eva wartete auf sein Kippen. Sie wartete auf den dunklen Spalt in der weißen Wand, während sie das Bitte zur Tür rief.

Die Sekretärin zog den Spalt groß. Unter ihrem Fuß begann die Diele ein zweites Mal zu knarren. Verflucht, dachte die Sekretärin, während sie die Klinke auf der anderen Seite der Tür mit der Hand rieb.

Eva las in dem flachen Gesicht der Sekretärin. »Das sieht nicht gut aus«, merkte Eva an, »und ich fürchte, Sie werden mich keines Besseren belehren.«

Die Sekretärin zog die Zeitung hervor. »Eine Hiobsbotschaft«, stöhnte sie.

Eva dachte an die Distel am Revers der Journalistin. Sie glaubte, den Dorn im Kopf zu spüren, während sie die Zeitung nahm und sie nach wenigen Sekunden ungeöffnet zurückgab. »Bitte gleich eine Kopie an Karl Marchet senden«, sagte sie.

»Die Konkurrenz bringt sieben Zeilen zu Ihrer Verteidigung«, sagte die Sekretärin, »ein Professor wird im Auszug zitiert«.

Eva lächelte müde. Sie schickte die Sekretärin durch den Spalt hinter die Wand, bevor sie sich die Augen wund rieb.

*20. Oktober, 21 Uhr, Arthur-Scheunert-Straße*

»Du und die gute alte Zeit«, sagte Kirsten. Sie sprach in die Tasche, in der ihre Hand im Dunkeln nach der Nagelfeile fingerte.

Die Mutter schob die Faust in den Strumpf. Die Nadel stach in den Zwickel. »Was macht die Arbeitssuche?«, fragte die Mutter. Sie zog den grauen Faden über das Loch. Die Augen waren schmal. Sie lauerten über dem Rahmen der Hornbrille, hinter deren Gläsern die Haut welkte.

»Die Saat ist erst einmal gelegt«, antwortete Kirsten. Sie warf die Zeitung auf den Tisch. Das Blatt raschelte, als wäre ein ruhloses Tier in ihm.

»Du bist wie dein Vater«, stöhnte die Mutter. »Ein Glücksritter war der.« Die Hand schwang in der Luft. Als würfe sie ein Fangseil. Der Faden rutschte aus dem Öhr. »Und Glücksritter säen nun mal nicht«, fuhr die Mutter fort, »sie wollen nur die Ernte.« Die Alte leckte die Finger. Sie zwirbelte das Ende des Fadens.

Kirsten lachte. Sie feilte den Nagel des Mittelfingers und rieb ihn gegen die Bluse über der Brust.

»Die Nachbarin hält schon Reden«, sagte die Mutter. »Wer drüben nichts geworden ist, kommt wieder hierher zurück.« Die Mutter schob das Ende des nassen Fadens ins Öhr. »Und die Verbittertsten von allen arbeiten hier als Opfer, sagt die Nachbarin.«

Kirsten sah die Nadel in die Luft stechen. »Die Nachbarin ist eine alte Krähe«, sagte sie. Dann sprach sie die Worte des versoffenen Dichters aus dem Parterre: »Die Krähe nistet immer unter einer anderen Zunge hier im

Block. Sie brütet den Neid.« Kirsten hielt die Nägel ins Licht.

»Neid? Worauf?«, fragte die Mutter. »Dass mich Mann und Maus verlassen hatten? Dass dein Vater bei einer anderen gestorben ist?« Sie steckte sich eine Praline in den Mund. Die Kruste krachte. »Dass du dein Glück suchst, wo die erfolgreichen Glücksritter schon wieder das Weite gesucht haben?« Die Mutter dachte an die weiße Sammeltasse im Buffet der Nachbarin. Der Likör lief ihr in den Rachen. Die Kirsche lag ihr auf der Zunge.

»Du hättest doch einen Ausreiseantrag stellen können«, sagte Kirsten. »Und ein Jahr später war die Mauer ein Sieb. Jeder Wurm kam in den Westen gekrochen. Und du?« Kirsten schüttelte das Fläschchen mit dem Nagellack.

Die Mutter lachte. »Dein Vater hatte kaum das linke Bein im fremden Land, da lag das rechte im fremden Bett.« Die Mutter zerbiss die Kirsche. »Ich bin nun mal hier zu Hause«, sagte sie. »Hier liegen unsere Gräber. Ich kenne die Bäckerin, den Busfahrer, ich kenne das Geräusch vom Wind in der Esse, ich kann blind vor die Tür gehen, weil ich weiß, dass nach zwölf Schritten eine gebrochene Gehwegplatte hervorsteht.« Die Mutter schaute in die Nacht. Die Pappeln zeigten zum Mond. Seit dreißig Jahren wuchsen ihre Wipfel in den Augen der Mutter, trieb es sie höher und höher aus der Stadt in den Himmel. Die Mutter schob die Nadel in den Socken. »Wer das Glück nicht daheim findet«, sagte sie, »der betrügt sich gern in der Fremde, heißt es.«

Kirsten hörte das Gebiss der Mutter knacken. Es zerbiss bittere Schokolade. Kirsten strich den Lack auf die Nägel.

»Die Nachbarin hat inzwischen ein drittes Enkelkind«, sagte die Mutter. Sie zog den gestopften Socken von der Faust, die Nadel vom Faden.

»Alles zu seiner Zeit«, sagte Kirsten. Sie fächerte mit den lackierten Nägeln durch die Luft.

»Den Luxus haben nur Männer«, erwiderte die Mutter fest. Der Socken hing vor ihrem Mund. »Nur Männer«, wiederholte sie und biss den Faden ab.

*21. Oktober, 12 Uhr, Nachtigallstraße, Pressehaus*

Der Redaktionsflur war lang, ohne Fenster. Er war eine Galerie mit Fotografien zu beiden Seiten. »Solange das Licht brennt«, hieß es im Pressehaus, »bieten die gegangenen Chefredakteure sich die Stirn.« Unter ihren verglasten Augen schritt Fuller. Die Nasen standen über Fuller, die Münder, selbst die Knoten an ihren Hälsen in sauberen Kragen.

»Die Männer an den Wänden drehen sich im Grab«, hieß es hinter den Türen. Das Rot habe seine Macht zurück. Es sei dieses Mal in die Zahlen gekrochen. Die Ziffern wuchsen von Mund zu Mund. »Die werden dem Grauen wohl nicht gut zu Gesicht stehen«, hatte Fuller am Vortag hinter den Türen gesagt.

Fuller sang im Kopf: »Auf, auf zum Kampf …« Die Hände steckten tief in den Hosentaschen. Der Granit spiegelte seinen Schritt. Das Messing der Absatzecken an seinen Schuhen stieß den braunen Stein. Fuller trug das Pochen zur hohen Eichentür am Ende des Flurs, trieb es in die Ohren des Chefredakteurs.

»Setzen Sie sich doch«, bat der Vorgesetzte. Zwischen den Männern lag das gefaltete Blatt der Konkurrenz mit einem grauen Häuserblock auf der Titelseite, einem vergitterten Fenster, dem Dach und der Wolke darüber. Der Himmel hatte einen Riss. »Die Aufarbeitung«, sagte der Chefredakteur und überlegte kurz, »sie ist wie eine Operation am Herzen dieses Landes.« Er fasste zwischen die Kragenflügel und zog den Knoten am Hals auf.

Fuller genoss und schwieg. Er dachte an die Zahlen aus der Buchhaltung, an denen er sich seit Stunden berauschte, dachte an das Minus, mit dem er den Spott in seinen Augen fütterte, den Blick in das Gesicht des Vorgesetzten.

Der Chefredakteur wendete sich ab. Er schaute aus dem Fenster über die Stadt. Der Tag reifte. Der Tag trug seine alten Brüder in sich, das Blau am Himmel, die Sonne und das Grün in der Ferne. »Dieses unbeschreibliche Grün«, dachte der Chefredakteur.

Fuller lehnte sich zurück. Die Arme lagen auf den Lehnen. Die Beine standen breit. Das Leder unter Fullers Oberschenkeln knarzte. Der Ton war satt.

Der Chefredakteur wendete sich abermals Fuller zu. Er hatte das Grünen vom Hang im Kopf, das Rauschen vom Fluss, das Winken seiner Frau. Sie alle stärkten ihm den Rücken. Der Chefredakteur nickte für sich, hob wie zur Entschuldigung die Hände und fragte: »Wo war ich doch gleich?«

»Bei der Operation am Herzen«, wiederholte Fuller. Er schmunzelte.

»Richtig. Allerdings darf eine solche Operation nicht mit Hammer und Sichel ausgeführt werden«, sagte er. »Aber auch Sie werden es lernen, Fuller.«

Fuller richtete sich behutsam auf. Das Knarzen in seinem Rücken war unmerklich. Er richtete die Augen aus. Sie gaben den Grauen frei und Fuller Luft. Sie fassten die Scherenschnitte über dem Chefredakteur. Die schwarzen Bäume darauf beugten sich im Sturm. Der Himmel war vergilbt und stockfleckig.

»Sie sind noch nicht zu alt, vielleicht sollte ich sogar jung sagen«, merkte der Chefredakteur an. Er fingerte am Kalender. Die Tage waren ihm in jenem Moment nichts als schwarze Ziffern in weißen Quadraten. Die ersten trugen Haken wie Münder. Der Chefredakteur schenkte sie sich abends als tintiges Lächeln. Bei jedem Abhaken sagte er sich, »ein guter Tag beginnt am Morgen.«

Fuller schaute dem Vorgesetzten ins Gesicht und konnte ihn nicht ausmachen. Der Graue war ihm plötzlich unerklärlich fern.

»Wir müssen das Thema Aufarbeitung intensivieren«, sagte der Chefredakteur. Fuller dachte, sich reden zu hören, mit geschlossenem Mund, mit der Stimme des Grauen. Fuller hörte, was die Kollegen sagten: »Der Graue ist wie die Eule der Athene. Er fliegt durch unsere Köpfe, wenn sie zu dämmern beginnen.«

Warum redet der mir zum Mund, dachte Fuller und sagte: »Da sind wir also wieder bei der Nielsen.« Fuller wand sich. Er spürte das Leder unter sich nachgeben. Die gegerbte Haut wurde heiß.

Der Chefredakteur winkte ab. »Sie kennen das Sprichwort von der Kanonenkugel und den Spatzen, Fuller.« Der Vorgesetzte streckte sich. Er schob den Unterkiefer vor. Der Knochen knackte. »Ich habe den Aufmacher für Sie.« Die Stimme klang Fuller verschwörerisch und seltsam einträchtig zugleich. »Ein KZ-Aufseher wurde aufgespürt. Der Greis ist Ihr Pfand. Und Sie, Fuller, Sie sind das meine.« Die letzten Worte klangen hart. Der Vorgesetzte hatte die rote Zahl im Kopf. Er strich mit dem Zeigefinger über die Zahl des Tages auf dem Kalender. Die Fingerkuppe nahm den Haken auf dem Papier vorweg.

Fullers Kopf begann zu schmerzen. Er dachte an die Eule der Athene. Er sagte: »Aber …«

»Ich sehe keinen Raum für ein Aber«, antwortete der Vorgesetzte und öffnete die Tür zum Flur.

*22. Oktober, 19 Uhr, Käuzchenweg, Haus am Tann / Straße des Friedens, Bürohaus*

Eva stellte das Auto in die Auffahrt. Sie ging in den Garten. Der Apfelbaum warf seine Blätter in den aufsteigenden Nebel. Seine Krone schien zu schweben. Lieselotte stand hinter dem Fenster. Sie sah Evas Kopf zwischen Feuerdorn und Schlehe stehen. Der Kopf dachte an die vergangenen Stunden.

»Ein Sturm im Wasserglas«, hatte der Vorstandsvorsitzende gesagt.

»Niemand weiß, wie er endet«, hatte sein Stellvertreter erwidert.

Eva war aus der Deckung des offenen Türflügels getreten. Die Männer aus dem Vorstand hatten am runden Tisch gesessen. Der Stellvertreter hatte die Zeitung in die Luft gehalten. Die Wolke über dem grauen Block mit den vergitterten Fenstern schien aus seiner Hand zu quellen. Eva war in das Zimmer getreten. Die Männer hatten sich kurz erhoben. Eva zog sich den Stuhl unter das Gesäß. Sie hörte Corinne: »Du musst auf deinen Stuhl zurück.« Sie hörte Betty: »Klebst du an deinem Stuhl?« Die Stühle neben Eva waren leer, drei zur Linken, drei zur Rechten. Der runde Tisch hat Seiten, dachte sie.

Der Vorstandsvorsitzende hatte das Lächeln geprobt. Er schmunzelte sanft. Sein Stellvertreter pochte mit dem Füller in den Himmel über der Wolke auf dem Papier. »Wir haben stürmische Zeiten«, sagte er. Die Spitzfeder blieb über dem grauen Haus auf dem Papier stehen. Der Himmel sog das Rot aus der Feder. »Sie haben gegenüber Frau Densow nie Maßnahmen ergriffen, die politisch motiviert waren?«, fragte der Stellvertreter, ohne aufzusehen. Er sprach zur Zeitung, zum roten Fleck.

»Nein«, hatte Eva geantwortet und die Waden gegen die Stuhlbeine gepresst. Das Metall war grau und kalt wie die Augen des Stellvertreters.

»Die Kündigung haben Sie auf Geheiß unterzeichnet, aber weder verlangt noch verfasst?« Der Stellvertreter hatte den Siegelring am Finger gedreht. Der goldene Greif darauf zog seine Runden.

»Ja«, hatte Eva erwidert. Ihre Hände hatten das Wasserglas umschlossen. Das Wasser war warm geworden, ihre Kehle trocken. Eva suchte den Blick des Stellvertreters. Sie wusste, aus den Augen sprach der Geist.

»Sie soll lediglich Bücher nach Hause mitgenommen haben«, hatte der Stellvertreter gesagt. Er sprach, was auf dem Blatt vor ihm geschrieben stand. Es enthielt, was Kirsten Densow erklärt hatte. Der Satz war viele Jahre alt gewesen. Es war Evas Satz. Sie hatte ihn dem Parteisekretär gesagt, um zu beschwichtigen.

»Sie hat schlussendlich ein oder zwei davon verkauft«, sagte Eva. Es waren die Widerworte des Parteisekretärs gewesen, die Eva nun zur eigenen Verteidigung anführte.

»Das spricht wohl gegen einen Rückgabewillen«, hatte der Vorstandsvorsitzende gesagt. Es war einst der Satz des Mannes vom Eibenberg gewesen.

Der Stellvertreter hatte sich die Augen gerieben. Die Lider zuckten.

»Und Sie haben uns über die fehlenden vier Seiten informiert, Frau Nielsen«, hatte der Vorstandsvorsitzende angeführt. Er wies auf die Akte.

Der Stellvertreter hatte die Zeitung aufgefaltet, den Himmel. Er pochte abermals mit dem Füller darauf und hob zu reden an: »Die Presse ...«

Der Vorstandsvorsitzende hatte die Hand auf den Unterarm des Stellvertreters gelegt. »Die Presse«, unterbrach er, »die werden wir informieren, dass wir keinen Handlungsbedarf sehen.« Die Hand schloss sich. Der Griff wurde fest. »Ihre Sorge um die Akte war im Übrigen unbegründet, Frau Nielsen. Mein Stellvertreter hatte sie zuvor kopieren lassen. Wie sich herausstellte, fehlen die Seiten auch im Pendant.«

Das Glas in Evas Hand war geborsten. Wasser war auf die Zeitung gespritzt, den Himmel. Es rann in die Wolke. Die Männer waren aufgesprungen, als hätten sie das Wasser gescheut.

Eva hatte die Hände gehoben. Blut troff auf den Tisch. Eine Scherbe wippte vor ihrer Brust.

»Du lieber Gott«, hatte der Beisitzer gestöhnt.

Eva hatte zur Scherbe gelacht. Das Glas blitzte im blutigen Wasser. Eva schluckte das Lachen. Sie hatte es aus dem Zimmer getragen und nach Hause gefahren.

Eva stand im Garten. Sie weinte, sie lachte.

*22. Oktober, 19.30 Uhr, Kaiserswerther Straße, Albertinen-Karree*

Corinne stocherte im Essen. Die Kerze in der Mitte des Tisches flackerte. Ihr Wachs rann über den Kerzenständer auf den Tisch und formte eine Sichel. Corinne erinnerte sie an das Sagen von Madame Royal aus dem Café Krümel am Ende der Straße: »Sichel ist nicht gut!«

Karl zerkaute Rauken. Ein Sandkorn barst in seinem Mund. »Sie haben tatsächlich begonnen, den Stern am Flussufer abzureißen«, stöhnte er. »Er ist zerbrochen wie Glas. Nur der Stahl in seinem Gemäuer hat sich in die Höhe gereckt.« Karl stöhnte. »Die wunderbaren Abende im Stern, erinnerst du dich noch?«

»Wenn wir einen Platz ergattern konnten«, erwiderte Corinne. Sie lächelte und schob die Spargelspitzen mit der Gabel an den Tellerrand. »Einmal habe ich dem Platzierer schöne Augen gemacht.«

»Darin warst du die Beste, Schatz.«

»Und ein anderes Mal hat uns doch so ein Dandy mit Feindwährung eingeschleust. Wir seien seine Gäste, hat der gesagt. Weißt du noch? Dafür mussten wir ihm die halbe Nacht erzählen, wie es im Staate so zugeht.«

»Das hätte uns ordentlich auf die Füße fallen können«, sagte Karl. »Stell dir vor, die vom Eibenberg hätten vom Gespräch erfahren. Nicht auszudenken …« Ein Blatt Kerbel hing ihm im Hals. Es kratzte die dünne Haut. Karl hustete das Grün in die Hand. »Der schöne Stern«, sagte er. »Das Recht war auf seiner Seite. Er stand als Schalenbauwerk unter Denkmalschutz. Aber sie brechen das Recht heute wie gestern.«

Corinne pulte die Sichel vom Tisch. Das Wachs war warm und weich. »Wir haben seinerzeit das Schloss abgerissen«, sagte sie und knetete eine Kugel.

»Wir waren seinerzeit Kinder«, erwiderte Karl. Der Hals brannte. Karl legte den Kopf in den Nacken. Er betrachtete die Trauben an der Zimmerdecke. Sie waren weiß und kalkig. »Ich hätte das Schloss nicht abgerissen.«

»Wusstest du, dass sie das Haus auf der anderen Straßenseite leerziehen?«, fragte Corinne. Sie hielt ein kleines Kreuz aus Wachs und drehte es am Längsbalken zwischen den Fingern. »Seit ich aus dem Krankenhaus zurück bin, sind drei weitere Fenster leer«, fuhr sie fort. »Es ist, als sähe man durch die Fenster in die Erde. Als hätte die Erde nun auch die Frau vom Müllmann verschluckt, so wie die Lehrer zuvor, die Oma mit dieser räudigen Katze, den Schlosser, die Ärztin mit den Zwillingen, die Näherin und ihren Vater.«

»Seit wann interessieren dich die Leute aus dem Block?«, fragte Karl und zog den Teller mit dem gebratenen Fisch zu sich heran.

Corinne sah zum Fenster.

Karl schaute der Finte ins trübe Auge. Er schnitt ihr die Flossen ab. »Vor Jahren hast du nur vom Schandfleck gesprochen. Und wie scheußlich monoton all unsere Plattenbauten aussähen. Du hast gesagt, die Leute darin täten dir leid.« Bei dem letzten Wort hob Karl die Hände und zeichnete mit den Zeige- und Mittelfingern Anführungszeichen in die Luft.

Corinne hob die Schultern. »Du siehst sie ein halbes Leben und dann gehen sie. Sie ziehen wie die Schwalben fort.« Sie zerriss das Kreuz und ließ es Stück für Stück in das flüssige Wachs der Kerze fallen. »Aber sie kehren nicht zurück, Karl.« Corinne schluchzte. »Selbst unser Kind ist gegangen.«

»Wir wären in ihrem Alter auch in die Welt gezogen«, erwiderte Karl und fügte nach einer kurzen Pause hinzu, »wenn wir gekonnt hätten.« Er nickte für sich und zog der Finte die Gräte.

»Vielleicht hätten wir damals auch gehen sollen, Karl, trotz des Alters, als die Grenze geöffnet wurde.« Corinne schaute zur Kerze. Das Wachs schmolz. »Weißt du, was Betty sagt? Das kleine Land würde uns verrückt machen. Es stecke wie ein Stachel in unseren Köpfen. Und eines Tages würden wir es mit ins Grab nehmen.« Corinne schob den Stuhl hinter sich zurück und ging ans Fenster. Die Kerze flackerte. Wachs lief auf den Tisch. Es formte eine zweite Sichel.

Corinne sah über die Straße, zur Frau hinter dem gerissenen Fensterglas im Parterre. »Die alte Flaschensammlerin ist eine der wenigen, die noch da sind«, flüsterte sie. Das Zimmer der Alten war kahl. Eine Glühbirne warf kaltes Licht in den Raum. Die Frau kniete in ihm und sortierte ihre Funde entlang der Wand. Der Hund leckte eine Neige vom braunen Linoleum und schnaubte. Die Frau schüttelte ihr graumeliertes Haupt und fuchtelte mit dem Zeigefinger. Behutsam schob sie den Hund mit dem Fuß durch die Tür und löschte das Licht. Jetzt ist das Fenster wieder ein dunkles Loch, dachte Corinne und zog die Vorhänge zu. »Wir hätten gehen sollen«, sagte sie, »das Land ist zerrissen, meinen Betty und Georg.«

Karl nahm Corinne in den Arm. Er küsste den Scheitel am Hinterkopf. »Der Riss ist ins uns«, sagte er.

*22. Oktober, 20 Uhr, Käuzchenweg, Haus am Tann*

Eva saß vor dem Suppenteller. Der Nebel hing in ihren Locken. Der Kauz war in ihm, die Kreuzkröte. Der Nebel tropfte in die Brühe. Eva räusperte sich, bevor sie zu Lieselotte aufsah und fragte: »Haben Sie von den Zeitungsartikeln gegen mich gehört?«

Lieselotte rieb den Apfel gegen die Schürze vor dem Bauch. »Ja«, sagte sie nach kurzem Zögern und schüttelte den Herbstprinz. »Aus so was hält sich unsereins besser raus. Ist wie mit der Politik.« Die Kerne klapperten. »Das ist der gefangene Sommer, hat mein Vater immer gesagt.« Lieselotte zog die Schneide durch das Fruchtfleisch. Sie sah den Sommer auf den Tisch fallen. Der Saft rann ihr bis zum Ellbogen. Er klebte.

»Wissen Sie, wir hatten im Kollektiv eine Fliege«, sagte Lieselotte. »Die war noch grün hinter den Ohren. Und immer ist sie herumgesaust. Vom Arbeiten hielt die nicht viel. Und gesummt hat die den lieben langen Tag. Nervig war das.« Lieselotte leckte den Saft vom Handgelenk. Sie warf den geviertelten Herbstprinz in den Topf. »Fliege kam oft zu spät. Oder sie kam gar nicht. Irgendwann musste sie nach oben. Die schmeißen sie raus, hieß es. Oder man schickt sie zur Strafe zum Putzen in die Schlange am Fluss.« Lieselotte schüttete Zucker in den Topf. Sie hatte die Fliege im Kopf. Sie rührte das Knirschen in das Summen hinter der Stirn. »Fliege kam nach zwei Stunden wieder nach unten. Und Sie werden es nicht glauben, sie summte. Und sie blieb. Egal, was Fliege anstellte, und die stellte wirklich einiges an, sie blieb.« Lieselotte zerschnitt eine Zitrone und träufelte etwas Saft in den Topf. »Gab es keine Koteletts oder Langspielplatten, fluchte Fliege am lautesten. Gab es keine Apfelsinen zur Weihnachtszeit, schimpfte sie auf die da oben, weil die alles unter dem Ladentisch einkaufen könnten. Eine alte Kollegin sagte irgendwann, Fliege würde an Fäden hängen. Erst verstand ich die Kollegin nicht, um ehrlich zu sein. Dann sagte sie, die Fäden kämen von ganz oben. Dabei hat die Alte das Geflügel zur Seite geschoben und mit der großen Bratenschere zum Eibenberg gezeigt.« Lieselotte hob die Kelle. Das Ende zeigte über Eva zum Fenster. Der Fruchtbrei am Holz stockte. »Wissen Sie, was wir gemacht haben? Wir haben den Spieß einfach umgedreht. Wir haben von Käufen erzählt, die es gar nicht gab. Wir haben gelobhudelt, was das Zeug hielt. Und wir haben gesummt. Und Fliege wurde leise. Eines Tages hat sie aufgehört zu summen. Und irgendwann musste sie in der Schlange am Fluss putzen.«

»Sie waren fast überall«, sagte Eva. »Aber ich war keine von ihnen.«

»Wissen Sie, es hat Vorteile, zu den kleinen Leuten zu gehören«, sagte Lieselotte. »Das war das Motto meines Vaters. Und seit der Fliege weiß ich nur zu gut, das Summen muss ganz leise sein.«

*23. Oktober, 8 Uhr, Ungewitterstraße, Wohnbungalow*

Georg stocherte. Das Feuer fraß Nachtkerzen und Stockrosen. Sie waren einen Sommer alt. Sie waren so alt wie Georgs Alb. Manchmal müsste man die Nächte verbrennen können, dachte Georg. Er sah den Morgen vor der Stadt.

Betty trug eine welke Jungfer im Grünen zum Feuer. »Die hast du übersehen, mein Lieber.«

Georg warf den Strunk in die Flammen. Der Wind hob die Asche. Sie flockte wie dürrer Schnee in die Augen. Georg rieb gegen das Brennen unter den Lidern. »Ich konnte wieder nicht schlafen«, sagte er. Was er gesehen hatte, sagte er nicht.

Die Nacht war ihm eine geschlossene Lade gewesen. Georg hatte sie nur dort gespürt, wo ihn Bettys Atem traf. Ich bin nicht tot, hatte er gedacht und in die Richtung gestarrt, aus der er den Atem vernahm. Er hatte geglaubt, Betty durch seine Lider sehen zu können: Die Augen waren blau. Sie waren wie die Blüten der Jungfern im Grünen.

»Was dir die Nacht, ist mir der Tag heute«, sagte Betty. Sie zog einen Brief aus der Tasche. Das Papier war falb wie der Morgen. »Herr Fuller bürstet mich ab wie eine einfältige Pennälerin. Als hätte ich von einer guten alten Zeit geschrieben. Habe ich nicht, aber er will es so lesen.« Sie pustete die Asche von der Brust. »Ich würde weißmalen.« Betty schaute Georg in die Augen. »Ausgerechnet ich!«

Georg sah zurück ins Feuer. »Erinnere dich, Betty.« Georg schmeckte den Ruß. »Ich habe bei den Genossen gegen den Verfall der Häuser in unserer Nachbarschaft protestiert. Ich habe gefragt, warum eine Wohnung das Schwarze unterm Fingernagel kosten muss. Sie haben mich als Schwarzmaler beschimpft. Der Redakteur, der Betriebsleiter, der es vom Redakteur gehört hatte, der Parteisekretär, der es vom Betriebsleiter gehört hatte.« Georg spuckte ins Feuer. Das Zischen hob sich über die Asche. Er dachte an das Gespräch mit dem Parteisekretär: »Georg«, hatte der gesagt und die Hand gehoben. Sie war wie eine spanische Wand. Der Parteisekretär hielt sie zwischen seinen Mund und Georgs Ohr. Er flüsterte: »Stell dir das vor, in unserer Straße haben sie sämtliche Fassaden neu verputzt und gestrichen und begrünte Pflanzkübel davor aufgestellt. Und warum? Weil die Staatsgäste durch die Straße gekutscht werden. Und hinter der Fassade? Ruinen, nichts als Schutt und Leerstand. Das sage ich dir, lieber Georg. Meine Toilette ist einen halben Flur tiefer. Im Winter habe ich Angst, auf der Klobrille anzufrieren. Den Ofen im Schlafzimmer haben sie mir mittlerweile gesperrt und in der Speisekammer ist der Schimmel mein Untermieter. Kein Geld, heißt es.« Der Parteisekretär lachte kurz auf und begann zu seufzen. »Ich denke wie du, Georg. Denken können wir alles.« Georg hatte die Hand neben seinem Ohr schwitzen sehen. »Doch sagen, geschweige denn schreiben, mein lieber Georg …« Die Hand des Parteisekretärs hatte Georgs Stirn gestoßen, kurz und fest.

Georg glaubte, die Hand wie damals zu spüren. Er sah zu Betty und hob die Schultern. »Im kleinen Land wollten sie Weißmaler«, sagte er. »Aber das Land hat sich gewendet wie ein Mantel. Auch in der Geschwindigkeit.«

Betty warf den Brief auf die Glut. Die Flammen fraßen den Namen Fuller.

»So ist das heute«, fuhr Georg fort. »Je schwärzer die Zeile, desto schwärzer die Zahl. Und das Malträtieren der Unbequemen ist dem Ignorieren gewichen. Das ist nun unser Gewinn.«

Betty sah zum Feuer. »Man möchte glauben, es könnte Probleme lösen«, sagte sie, schüttelte den Kopf und ging ins Haus.

*23. Oktober, 9 Uhr, Essigstraße, Hinterhofwohnung*

Kirsten schaute aus dem Fenster. Zwei kleine Mädchen drehten sich in den Tag. Sie waren ohne Schatten. Immer wieder sangen sie vom Storch und vom Klappern. Der Hof war ein viereckiger Trichter. Er hallte vom Lied. Kirsten hatte den Singsang im Mund und Mutters Leier im Ohr. Die Leier war wie das Ticken der Uhr am Handgelenk, im Wecker auf dem Nachttisch, aus dem Regulator über dem Sofa. Kirsten rieb den Leib. Sie blickte in den Trichter hinab.

Ein Mädchen war der Vater. Er rauchte einen Stock, den er zwischen Daumen und Zeigefinger hielt. Er saß im zerschlissenen Autoreifen und hupte.

Kirsten lachte sich einen Kloß in den Hals. Er schmerzte wie die Worte der Mutter im Ohr: »Kannst du dich an das Fräulein in unserem Block erinnern? Sie trug diese kleinen schweren Schuhe. Am Hinterkopf hing diese winzige graue Zwiebel. Wir sagten immer, die Zwiebel vom Fräulein ist dieses Jahr wieder ein wenig geschrumpft. So wie das Fräulein selbst. Die einen sagten, sie würde verdorren. Andere sagten, die Glut in ihr würde sie verzehren. Eines Tages war sie fort. Sie trugen die kleinen schweren Schuhe aus der Wohnung. Und Puppen. Kisten voller Puppen.«

Kirsten umarmte sich mit beiden Armen. Sie schaute in den Hof. Im Trichter stieg der Ruf des kleinen Vaters: »Beeil dich doch, Weib! Immer muss ich auf dich warten. Es ist zum Kotzen.« Die winzige Mutter trug Napoleon im Arm. Er war das jüngste Kind. »Wie der wieder stinkt«, fluchte der Vater. Das Jüngste kaute am Auto. Es knurrte und kläffte. »Ich muss mich um alles hier kümmern, um den Haushalt, den Garten und das Kind«, sagte die Mutter. Sie warf die geflochtenen Zöpfe zurück. »Aber meine Mutter hat mich ja gewarnt«, fuhr sie fort. Der Vater kicherte in sein geblümtes Kleid. Die winzige Mutter lachte.

Kirsten wendete sich ab. Sie konnte sich nicht erinnern, gewarnt worden zu sein. Sie hörte das Jüngste kläffen. Sie hörte die Tauben aus dem Hof flattern. Auf dem Bett lagen zwei Beine, zwei Arme. Sie ragten aus einem alten gestrickten Kleid. Der Kopf steckte unter einem Zierkissen. »Schandudel«, flüsterte Kirsten. Sie zog die Puppe am Arm aus dem Bett, vor die Brust. Schandudel gehörte schon Kirstens Mutter. Sie roch nach der elterlichen Wohnung im Block.

Im dritten Stock öffnete sich ein Fenster. Es knarrte. Eine junge Frau sah in den Hof. Der Mann in ihrem Rücken griff ihre Brüste. Die Frau lachte und rief zum Essen. Die Mädchen trugen ihr Lied ins Haus, den Hund. Der Trichter war wieder ohne Laut.

Kirsten setzte sich an die Akte. Ihre Hand lag auf dem Adler. Die Uhr über Kirsten schlug dreizehn.

*23. Oktober, 10 Uhr, Grenadierstraße, Hochhaus*

Fuller hatte den Chefredakteur im Kopf. »Sie sind noch jung«, wiederholte Fuller. Er dachte an die dünnen Haare im Kamm. Er hatte sie gezählt. Es waren zu viele für sein Alter. Mit dem Haar könnte ich mir einen zweiten Geduldsfaden weben, dachte Fuller. Er zählte die Jahre wie das Haar und fürchtete, eines Tages würde der Geduldsfaden am falschen Ende reißen.

»Junger Mann«, hatte der Kombinatsleiter zu Fuller gesagt, »Sie müssen zwei Dinge im Leben beherrschen. Das Warten und das Biegen – in Bezug auf sich selbst und wer oder was Sie umgibt.«

Fuller war als junger Journalist ins Werk gegangen. Er hatte über die Planerfüllung berichten sollen. Er wusste von den Problemen im Werk. Das kleine Land hing gerahmt über dem Kombinatsleiter. Es hing schief. Es war vergilbt. Kleine Fähnchen steckten in ihm. Wo sie entfernt worden waren, blieben Nadelstiche.

»Schauen Sie«, sagte der Kombinatsleiter. Er trat mit Fuller an das Fenster und wies auf den riesigen Lagerplatz. Zwischen den leeren Paletten standen Pfützen. »Sehen Sie hier eine Rolle Metall?«, fragte der Kombinatsleiter. Fuller sah die Wolken zwischen den Paletten schwimmen, schwarze Vögel flogen aus der Erde und wieder in sie hinein. Fuller schüttelte den Kopf. Er sah, wie die Arbeiter ihre Kippen in die Wolken warfen, wie sie den Rauch in die Halle bliesen. »Und daraus produzieren wir seit gestern«, sagte der Kombinatsleiter.

Er hatte Fuller einen Platz angeboten und schenkte dem Gast bitteren Kaffee ein. »Der ist übrigens aus Bohnen, die wir nicht haben«, sagte der Kombinatsleiter. Er rieb über die Stirn zum dünnen Haarkranz. Seine Finger schlugen auf den kahlen Kopf. »Das war die Geduld, die ich nicht hatte«, sagte der Kombinatsleiter. Auf der Stirn blühte ein fuchsiges Mal. Es hatte vier Finger. »Das muss Ihnen nicht passieren, junger

Mann. So wie wir produzieren, so müssen Sie schreiben. Glauben Sie mir.«

Fuller legte den Stift ab und rollte ihn mit der ausgestreckten Hand über das weiße Papier. »Ich muss«, sagte Fuller. Er schaute zum Fenster. Er sah das Lächeln des Kombinatsleiters auf dem Glas. Es war durchsichtig und schien zwischen den zwei rußigen Schornsteinen im Hof zu hängen.

»Sie erinnern sich an das erwähnte Biegen?«, fragte der Kombinatsleiter über Fuller hinweg. Er sprach zu den Wolken über den Schornsteinen.

Fuller nickte.

»Ich kenne jeden in der oberen Etage Ihres Verlagshauses«, sagte der Kombinatsleiter, »in der Partei, beim Bezirk …« Er trat an die Wand hinter seinem Stuhl und zog ein Fähnchen. Er stach es in den Norden, die Mitte, den Süden. »Das Land ist klein«, sagte der Kombinatsleiter, »so klein.« Er zog das Wort »so« in die Länge.

Fuller hatte mit dem Stift an die Schläfe getippt, auf das Papier. Verstehe, dachte Fuller. »Was wollen Sie also lesen?«, fragte er.

Der Kombinatsleiter stellte eine Flasche Klaren auf den Tisch. Er holte eine alte Zeitung hervor. »Ihr Vorgänger kopierte sich Jahr für Jahr. Er zog es vor, mit mir anzustoßen.« Fuller hob das gefüllte Glas und lachte. Er zog die Zeitung über den Tisch.

Fuller stand vor dem Spiegel. Er bog sich. Fuller kam Fuller entgegen. Die Lippen sprachen zu den Lippen: »Es wird Zeit.«

*24. Oktober, 10 Uhr, Käuzchenweg, Haus am Tann*

Lieselotte wiegte sich. Im Spiegel schaukelte ein weißes Kleid vor ihrem Leib. Seine Arme waren leer, das Bündchen, der Saum vor den Knien. Die weiße Spitze kratzte Lieselottes Hals. Der Haken des Kleiderbügels leuchtete vor ihrem Mund. Er war ein Fragezeichen aus Metall.

»Du willst Weiß zur Hochzeit tragen?«, hatte die Mutter einst gefragt. »Ausgerechnet Weiß?« Sie hatte aus dem Augenwinkel zu Lieselotte geschaut. Ihre Augen waren kalt, der Mund hart.

»Ich habe den Richtigen gefunden. Also, ja«, hatte Lieselotte geantwortet. Ihre Augen waren warm, der Mund weich.

»Es haben doch wohl schon ganz andere vor ihr weiße Spitze getragen«, hatte der Vater leise gesagt und an seinen Hochzeitstag gedacht. Er hatte am Tisch gesessen und zu seinen Händen am Glas gesprochen, zum heißen Tee.

Die Mutter war mit drei langsamen Schritten an den Tisch getreten. Nach einer kurzen Pause hatte sie dem Vater die linke Hand ins Gesicht geschlagen. Er bewegte sich nicht. Tee schwappte aus seinem Glas auf den Tisch. Der Vater sah den Zeigefinger seiner Frau in der Lache zittern, der Finger dampfte. »Getragen? Aufgetragen«, knurrte sie und würgte die Worte aus der Kehle. Der Hals war geschwollen. Er war rot angelaufen. »Was uns der Krieg übriggelassen hat. Und das war keine weiße Spitze. Weißt du, was die Muschkoten aus dem Brautkleid meiner Mutter gemacht haben?

Fußlappen.« Sie schluckte hörbar, bevor sie mit dem Schmerz in der Kehle und dem Brennen auf der linken Hand in die Kammer ging.

Lieselotte hatte am Fenster gestanden. Der Vater war wortlos in den Garten gegangen. Auf dem Tisch hatte die Lache gestanden. Sie war erkaltet. Die Stille war in ihr. Die Mutter war aus der Kammer getreten. Sie hielt den Kopf gesenkt. Sie legte sich den Mantel um und ging. Sie trug die wunden Augen in die Kirche.

Lieselotte hatte die Botschaft vom weißen Kleid ans andere Ende der Stadt getragen. Sie hatte unter dem weißen Zifferblatt gewartet. Die Emaille mit den schwarzen Zahlen wurde grau. Lieselottes Augenweiß wurde klein. Lieselotte hatte geschlafen, als der Mann sie anstieß. Lieselotte hatte ihren Traum verloren. »Du hast wieder getrunken«, sagte sie. Er lachte. Sie erzählte vom weißen Kleid. Er lachte. »Ihr Weiber solltet kein Weiß tragen, weiß Gott«, sagte er. »Ihr Weiber seid doch andauernd unrein. Ich rieche das drei Meilen gegen den Wind.« Er fasste Lieselotte zwischen die Beine.

Lieselotte hatte ihm ins Gesicht geschlagen. Sie hatte den Mantel gegriffen und ihre wunden Augen ziellos durch die Stadt getragen.

Lieselotte hob das weiße Kleid in die Höhe. Die Spitze schwebte. Die Frau im Spiegel hatte keinen Kopf. Aus dem Kragen ragte eine Hand. Die Finger hielten das Fragezeichen. »Es sollte nicht sein«, sagte sich Lieselotte und hängte Eva Nielsens Hochzeitskleid zurück in den Schrank.

*24. Oktober, 11 Uhr, Straße des Friedens, Bürohaus*

Betty stand im Büro. Sie spielte mit der großen Schleife auf ihrem Dekolleté. Eva legte den Hörer auf. Die Zunge war kalt. Das Ohr glühte. »Mein Gehörgang wird von Tag zu Tag mehr zu einem Mülleimer«, sagte Eva. Sie zog die silberne Creole vom Ohr und warf sie auf den Schreibtisch. »Dieser Hass, diese Wut«, fuhr sie fort.

Betty strich über den Arm der Freundin. »Rache ist oft auf einem Auge blind«, sagte sie. »Manchmal auf beiden.« Sie fasste Evas Hand und spürte das Zittern der Finger.

Eva hörte ein Rauschen in den Ohren. »Ein Fremder wünscht mir den Tod«, flüsterte sie und hob die freie Hand in die Luft. Die Tränen waren zurück. Sie hingen in den Augen, ohne zu rinnen. »Ich verstehe das nicht, Betty. Merken diese Leute nicht, dass sie in die Fußstapfen ihrer Feinde treten? Ich habe den Mann gefragt, ob wir uns kennen. Und was antwortet er? Nein, aber ihm genüge, was er aus der Zeitung weiß. Er spricht von Wissen. Ich frage ihn, ob er seinerzeit schlechte Erfahrungen mit Leuten vom Eibenberg gemacht habe. Ich dachte, das würde Sinn machen. Dann antwortet er mit einem weiteren Nein. Aber was er gelesen habe, spräche doch Bände.«

»Frage nicht, was ich alles gelesen habe«, sagte Betty und dachte an den Brief, den sie tags zuvor ins Feuer geworfen hatte.

»An Leuten wie mir würde das Land kränkeln. Da gäbe es am Ende nur eine Lösung.«

Betty fror. »Der Glaube, im Recht zu sein, gleicht den Leuten einem Freibrief«, sagte sie und hielt sich mit beiden Händen an den Schleifenenden fest. »Wir fahren am Wochenende in die Berge, Evchen. Das wird dich wieder auf andere Gedanken bringen.«

Eva schloss die Augen. Die Fichten schaukelten in ihren Gedanken. Sie rauschten. Sie schluckten Eva, als wäre sie eine von ihnen. Oder ein Reh. Ein Siebenstern. »Ich nehme den Hass der Leute doch mit«, sagte Eva. »Niemand kann ihm entfliehen, Betty, niemand.« Eva rieb das rote Ohr.

»Der Hass ist so niederträchtig … Nichtswürdig ist er«, sagte Betty, »da kannst du nur drüberstehen. Du musst.«

*25. Oktober, 18 Uhr, Nachtigallstraße, Pressehaus*

Fuller öffnete die Tür zu seinem Büro und schaltete das Licht an. Er schrie auf, ballte seine rechte Hand und schlug sie sich vor die Brust. »Bist du von allen guten Geistern verlassen«, schnaubte er. Sein Mund stand offen. Langsam begann er zu kichern.

Kirsten erhob sich vom Sofa. Die vernähte Glocke schaukelte an ihr. »Seit wann kennst du Schrecken, Fuller?« Kirsten griente und öffnete die Arme. Die schwarze Glocke wurde weit.

Fuller spürte das Fell unter den Fingern. Es war weich. Es lebte in seinem Kopf. Ich halte ein gottverdammtes Vieh, dachte er. Ruckartig hob er die Hände und wendete sich ab. Drei schwarze Haare hingen an seinen Fingern. Fuller rieb die Hände über die Weste, die Hosenbeine. »Wie ich sehen konnte, warst du emsig«, sagte er. Er zog die Zeitung der Konkurrenz mit der Wolke über dem grauen Block aus der Schublade und schob sie auf den Schreibtisch.

»Das ist hoffentlich kein Problem?«, fragte Kirsten. Sie schlüpfte aus dem Pelz und strich sich über die Hüften. Ihr Kleid war eine gewebte Wiese. Auf dem Stoff blühten Kornblumen, Ragwurz, Mohn. Kirsten schob das Gesäß auf den Schreibtisch, den Busen in den Raum. Margeriten spannten sich über den Warzen, in Fullers Augen.

»Du weißt doch, Konkurrenz belebt das Geschäft«, erwiderte Fuller. Er schob den Priem mit der Zunge zum Gaumen. Der Speichel rann. Holz war in ihm, Wacholder, Salz. Fullers Pint wurde hart.

»Das Beste lasse ich natürlich dir zukommen«, sagte Kirsten. Ihre Stimme klang verschwörerisch. Ihre Augen wurden schmal.

Fuller dachte an das Beste und sah zu den Margeriten.

»Du könntest mir zuvor allerdings noch einmal behilflich sein«, flüsterte Kirsten und reckte sich. Die Margeriten schwangen, als wäre ein seichter Wind in ihnen. »Du kennst sicher jemanden im Staatsarchiv für …« Kirsten tippte drei Punkte mit dem Finger in die Luft.

Fuller wendete sich ab. Er sah den Mantel wie ein schwarzes Tier vom Stuhl rutschen. Allein sein Glanz schien gegen den Tod zu sprechen. »Bedaure«, sagte Fuller. »Sonst hätte ich doch schon längst Hilfe angeboten.« Fuller sah die Margeriten sinken. An den weißen Zungenblüten hingen schwarze Haare. Als wäre das Vieh durch die Wiese gestreift, dachte er.

Kirsten stöhnte. »Es ist wie damals, wie im kleinen Land, erinnere dich. Nichts lief da ohne Vitamin B. Damals dachten wir noch, in der Welt der unbegrenzten Möglichkeiten würde alles über Geld geregelt. Aber das ist nur die halbe Wahrheit. Beziehungen sind noch immer wie die Finger einer dritten Hand.«

»Du sagst es«, erwiderte Fuller. »Ich höre mich aber gern für dich um.« Er sah die Wiese über den Waden schwingen, die vernähten Halme am Saum. Er dachte: Der Schwalbenschwanz kriecht unter das Kleid. Er sagte: »Wir sollten mal ausgehen, meine Liebe. Die viele Arbeit macht mich langsam trübsinnig, von den Kollegen hier einmal ganz zu schweigen.«

Kirsten roch den Priem. »Du hörst dich um«, sagte sie, »und ich hör von dir.«

Fuller sah Kirsten den Pelz vom Boden ziehen. »Ein Tipp, meine Liebe.« Sein Finger wies auf den Mantel. »Der macht alt.«

*26. Oktober, 16 Uhr, Käuzchenweg, Haus am Tann*

Die Stadt dämmerte im Regen. Eva kniete unter dem Dach. Sie hob eine gemalte Sonne vom Boden. Die Sonne war spät. Der ausklingende Nachmittag war zwanzig Jahre alt. Die Frau unter der Sonne zählte seit zwanzig Jahren ein Drittel Jahrhundert. Auch sie war aus Öl. Die Zeit hatte ihren Leib reißen lassen, das

Gesicht, das Haar. Die Frau und die Sonne hatten die Dachkammer nie verlassen.

»Das«, hatte Eva einst gesagt, »das kommt nicht in die Ausstellung.« Der Parteisekretär war aufgestanden, das Mitglied des Rates für Kultur war ihm gefolgt. »Ich verstehe Sie nicht«, hatte Letzterer erwidert. Die Männer hatten ihre grauen Anzüge vor die Frau getragen, unter die Sonne. Sie hatten weiche Hände. Sie stemmten sie in die weichen Hüften. Die Frau lächelte sanft aus dem Bild. Die Männer bekamen glitschige Augen. »Was haben Sie gegen das Glück?«, fragte der Parteisekretär.

»Dieses Bild heißt ›Vor dem Feierabend‹«, hatte Eva gesagt. Sie hatte sich neben die Männer gestellt. »Ich sehe nur Puder, Watte, etwas Pfirsich und sehr viel Schein.« Auf dem Himmel war ein Fleck gewesen. Er kroch auf die Sonne. »Das Bild heißt aber nicht ›Zum Ball‹«, sagte Eva.

»Die Frau hält doch einen Stiel«, hatte der Parteisekretär entgegnet. »Sie schiebt tags einen Lappen vor sich her, keine Metallkarre mit schwerem Bauschutt.« Das Mitglied des Rates für Kultur hatte die Lippen in den Mund gezogen. Sein Lachen zog sich in den Hals zurück. Der Anzug bebte über der Brust bis zum Bauch.

Eva hatte das Bild von der Staffelei genommen. Die Frau mit dem Stiel in der Hand neigte den Kopf, die Sonne sank für einen Moment. Der Besenstiel hatte auf die Männer gewiesen. »Arbeiten Ihre Frauen?«, fragte Eva. Die Männer nickten. »Sehen Sie Ihren Frauen ins Gesicht, wenn die Herren heute Abend nach Hause kommen«, bat Eva.

Eva war nach Hause gefahren. »Dein Gemälde ›Vor dem Feierabend‹ ist verkauft«, hatte sie ihrem Mann erzählt. Sie log. Er applaudierte. Die Frau unter der Sonne lag im Kofferraum. Die Sonne hatte einen Fliegenschiss und kein Licht. »Ich kann es nun nicht mehr in die kommende Ausstellung nehmen«, sagte Eva. »Die Eigentümerin hat sich dagegen ausgesprochen.«

Am nächsten Tag hatte sie das Bild in ein Laken eingeschlagen und es unter das Dach getragen.

Lange her, dachte Eva und rief Lieselotte. Sie trug die Sonne durch das Haus, die Frau. Sie stellte sie in der Küche gegen die Wand. »Lieselotte«, sagte sie, »haben Sie nach einem Tag Hausarbeit jemals so ausgesehen?«

Lieselotte lachte verlegen.

*26. Oktober, 20 Uhr, Arthur-Scheunert-Straße*

Im Fernseher war ein großer singender Mund. Kirsten sah ihr Spiegelbild in ihm, wenn die Lippen der Sängerin weit offen standen. Die Mutter blickte über die Brille. Sie fühlte die Masche. »Du solltest nicht vor der ollen Flimmerkiste sitzen«, sagte sie. »Du gehörst um diese Zeit in die Stadt, Kind. Du bist noch so wunderbar jung.« Der Haken griff ins Leere, als suchte er den Faden.

Kirsten schwieg. Der Mund im Kasten wurde klein. Das Gesicht der Sängerin wurde groß. Es war ein Gram in ihm wie im Lied. Die Mutter lachte amüsiert. »Schau dir das nur an«, sagte sie und zeigte auf den Bildschirm. »Diese Weibchen heutzutage. Als läge ihr einziges Glück in den Händen der Männer.« Der Haken zog den Faden durch die Masche. Das Garn war dünn, der letzte Ton im Lied war es.

Kirsten drehte sich auf dem Stuhl. Die Sängerin dienerte in Kirstens Rücken. Der Gram erntete Applaus. »Wer setzt mir denn ein Kind ins Ohr?«, fragte Kirsten. Der Applaus war lang wie der Faden zwischen Knäuel und Haken.

»Du musst mir schon besser zuhören. Ich wünsche mir ein Enkelkind«, erwiderte die Mutter, »ein Enkelkind, keinen Schwiegersohn.« Sie zog den Faden in die Luft. »Es sei denn, es würde dich glücklich machen, mit einem Mann zusammenzuleben.« Die Mutter verzog unmerklich den Mund. Sie wickelte den Faden um den Finger und sagte: »Ich glaube, zu meiner Zeit war das irgendwie alles einfacher. In meiner Abteilung hatten wir damals gleich mehrere Frauen, die ihre Kinder allein großgezogen haben. Leicht war das sicher nicht, aber machbar. Heute werden Männer wieder gehandelt wie ein Muss.« Der Faden schnürte das Fleisch. »Ist ja wie zu Kaisers Zeiten.«

Der Kasten dudelte. Die alte Weise war süß. Sie plätscherte wie der Bach im Bild. Das Wasser schäumte in Kirstens Rücken. Es funkelte in ihrem Haar, ins Zimmer. »Und wie war das mit Vater?«

Die Mutter zog den Haken aus der Schlinge. »Ich bin kein Vorbild, Kirsten. Leider.« Sie sprach zum Faden und zog die Maschen auf. »Sonst hätt ich es wie die Nachbarin gehalten. Ich hätt meinen Hans Dampf ganz einfach rausgeschmissen.« Sie schaute auf, schaute zum Mond über den Pappeln. »Bevor er abhauen konnte.«

Kirsten stöhnte. »Ich brauch was Süßes.« Sie zerriss das Papier und zerbrach die Schokolade.

Im Fernseher saßen fünf Mädchen am Bach. Sie wanden Kränze und summten. Die Weise war ohne Ende. Die Kränze schwammen den Bach hinunter und schlingerten aus dem Bild.

»Das ist ja selbst mir zu viel«, sagte die Mutter. Sie zeigte auf den Kasten. »Und ich bin alt.«

Kirsten lachte. »Heimat verkauft sich«, sagte sie. Im Kasten war wieder Applaus. Er toste. Kirsten atmete Schokolade. Sie hustete, hustete sich die Kehle wund. Die Mutter schlug ihr auf den Rücken. Kirsten spuckte in die Hand.

»Der Kindergarten, in den du gegangen bist, der wird abgerissen«, sagte die Mutter. »Die Schule kommt später dran.« Sie wickelte den Räufelfaden um die Finger. Die Kuppen stauten das Blut, bis sie rot wurden. »Und unsere Straße bekommt einen neuen Namen. ›Der vierte in einem Jahrhundert‹, hat die Nachbarin gesagt.« Die Mutter wickelte noch fester. Sie zog den Schmerz in die Hand. »Unser Nationalpreisträger ist heute nicht mehr gut genug.«

»Es heißt, er hatte Dreck am Stecken«, erwiderte Kirsten. »Und überlege mal, selbst Clara musste dran glauben.«

»›Die sollen doch erst mal die Karl-Räder-Allee umbenennen‹, hat die Nachbarin gesagt.«

Kirsten hob die Schultern.

»Alter Nazi«, sagte die Mutter.

Im Kasten lief der Abspann in den Applaus.

*26. Oktober, 21 Uhr, Am Nadelöhr, Kellerbar Unterwelt*

Fuller hielt ein winziges Pferd am Kopf. Hölzern hing es zwischen Daumen und Zeigefinger in der Luft. »Mutig«, sagte der Mann vor Fuller. »Du setzt allen Ernstes auf den Springer.« Der Mann drehte den Siegelring am Finger. Der goldene Greif zog wie von selbst seine Runden. Fuller lachte kehlig. Er setzte das schwarze Pferd.

Die Kellnerin übte derweil das Schweben. Sie stellte die Gläser mit einem Nicken auf den Tisch. »Unser Engel«, sagte Fuller. Er schmachtete. »Ein blindes Grottenvieh durchschaut Ihren Zug«, flüsterte die Kellnerin. Der Mann vor Fuller lachte auf. »Reden Sie«, bat er. »Er ist auf Qualitätsgewinn aus«, antwortete sie. »Und dass er mit einer Leichtfigur agiert, ist doch eine schöne Metapher«, flüsterte sie. Fuller schlug ihr auf das Gesäß. Der Hintern bebte. Der Mann grinste. Er rollte einen Bauern zwischen den Fingern. »Ich sollte mit dem Engel spielen«, merkte er an. Fuller tippte auf die Uhr: »Nach dem Spiel, mein Lieber!«

Der Mann blies Rauch durch die Nase. Die Figuren ragten aus dem Gewölk. Die Hand hing über der Dame. Ihre Krone war angestoßen.

»Gibt es Neuigkeiten?«, fragte Fuller. Er schwenkte das Glas und hielt es gegen das kleine Licht neben dem Spielbrett.

»Nichts Erbauliches«, stöhnte der Mann. »Der Alte hält noch immer die Hand über die Nielsen.«

»Fingert er nach ihrem Heiligenschein?«, fragte Fuller.

Der Mann zog eine Braue empor. »Sie war sicher mal gut. Aber die Zeit verstaubt sie mehr und mehr. Und unseren alten Zausel mit den abgekauten Lippen sowieso.« Der Mann zog die Hand zurück, den Greif. Er drehte nochmals das Siegel am Finger. »Den Alten fehlt der Biss. Ich sage dir, Fuller, ich habe in der jungen Künstlergarde Talente, die sind in ein paar Jahren nicht mit Gold aufzuwiegen.« Der Mann rieb sich die Hände. Seine Augen glänzten.

»Lass mich raten: Wie viele Arbeiten dieser aufstrebenden Genies gehören inzwischen dir?«

Der Mann zog sein rechtes Unterlid mit dem Zeigefinger hinab. »Und dann das Zaudern in der obersten Etage. Manchmal überlege ich, wohin ich noch beißen soll.«

»Ich wüsste das nur zu gut«, erwiderte Fuller und dachte an den Zahn der Zeit. Der Whisky rann in seinen Mund. Fuller badete die Zunge in ihm. Er sah den roten Sekundenzeiger zucken.

Der Mann hob die Hand auf ein Neues. Sie hing wie ein Krake über dem Spiel. Die Finger griffen in die Luft. »Nielsen hätte uns nie spüren lassen, dass wir von drüben gekommen sind, lamentiert der Alte wieder und wieder. Ist das nicht niedlich?«

»Rührend«, erwiderte Fuller. »Macht es umgekehrt nicht mehr Sinn?« Sein Rachen wurde trocken. Fuller fühlte einen Pelz in ihm. Ein Drücken hing ihm im Hals.

Der Mann zog den Turm in die Luft. Der Sockel kreiste. Der Engel schwebte vorbei. Er hielt einen Daumen empor. Der Mann lachte und setzte. »Die ist goldig«, sagte er.

Fuller stöhnte. Der Atem war lang. Er roch nach Torf und Saurem. Fuller reichte dem Mann die Hand. »Ich gebe auf. Das macht dir den Sieg nicht allzu süß«, sagte er.

Der Mann griente. »Du bist einer, der über den verlorenen Zaum jammert und das Pferd heimführt, mein lieber Fuller.« Er leerte das Glas und hielt es dem Engel in die Luft. »Und ein guter Gewinner ist Fuller auch. Unsere Assel hat mir vom Golfen erzählt.«

»Auch dafür stehe ich zur Verfügung«, sagte Fuller.

»Vielleicht konzentrieren wir uns in nächster Zeit mehr auf die Arbeit«, erwiderte der Mann. Er betonte das Wir. Und Fuller verstand.

*27. Oktober, 16 Uhr, Pestalozzistraße, Plattenbau*

Der Esel lag neben der Wäsche. Er hatte trockenen Brei am Ohr. Lieselotte hob die Handpuppe auf. Sie steckte die Finger in den Filz. Stephanie schaute in die Küche: »Kann ich den waschen?« Lieselotte pulte mit einem Fingernagel am Brei. »Der Esel wird einlaufen, Kind.« Lieselotte äugte ins Zimmer.

»Die Lütte ist bei seiner Mutter«, nuschelte Stephanie. Vor ihren zusammengepressten Lippen wippte eine offene Haarklammer. Sie hob und senkte sich wie eine gespaltene Zunge. »Und er ist arbeiten«, sagte sie. Stephanie drehte den Zopf. Das Haar zog die Haut. Stephanie wartete auf die eine Frage. Sie zog die Haut langsam in den Schmerz.

Lieselotte lehnte in der Tür. Sie las die Miene der Tochter. Der Mund stand fest. Die Augen waren erzen. Stephanie ist dünnhäutig, dachte Lieselotte und fragte dennoch: »Er hat Arbeit?« Sie zupfte am Esel herum und lugte zur Tochter.

Stephanie drehte den Zopf zur Zwiebel. »Er hilft beim Umziehen«, erwiderte sie. »Dafür schraubt der Freund an seiner Schrottkiste. Irgendwie müssen wir die Karre ja am Laufen halten.« Stephanie schob die Haarklammer in den Dutt. Die Enden kratzten die Haut.

Lieselotte setzte sich in die Küche. Sie legte den Esel in den Schoß, die Hand auf den Tisch. Das Holz klebte. Das Geschirr klebte auf dem Holz. In einer Lache sah sie die Deckenleuchte glimmen. Ich sage nichts mehr, dachte Lieselotte, dachte an die verlorene Liebesmüh, von der ihre Mutter so oft gesprochen hatte.

Stephanie stand vor dem Spiegel. Sie zeichnete den Mund groß und malte ihn aus. »Dark Mocca«, murmelte sie und rieb den Finger über die Zähne. »Meine Nachbarin gibt ihre Putzstelle auf«, fuhr sie fort. Sie sprach einen blinden Fleck auf den Spiegel. »Sie wird richtig gut bezahlt. Und so, wie es bei der in der Bude aussieht, kann die nicht die Reinlichste sein. Da habe ich gleich an dich gedacht.«

Im Spiegel war Lieselotte ein Kopf. Er war kleiner

als der ihrer Tochter und neigte sich neben Stephanies Hüfte. Lieselotte sah Kalkflecken auf ihrer Stirn. »Noch ist die Nielsen im Amt«, erwiderte sie und hob den Kopf. Der Kalk war im offenen Mund. Lieselotte griff nach dem Kuvert in der Jackentasche. Das Geld machte den zerknitterten Briefumschlag prall. Es war kalt wie die Worte von Eva Nielsen: »Noch kann ich es mir leisten.« Der Satz war Lieselotte wie ein Splitter im Kopf. Sie glaubte, er würde einwachsen. Wie jeder Splitter, der Fott groß gemacht hatte. »Noch ist die Nielsen in Amt und Würden«, wiederholte Lieselotte, als müsste sie sich selbst beschwichtigen. Und Fott.

Stephanie winkte ab. Die Hand fiel im Spiegel auf Lieselottes Gesicht. Fott hatte das Angesicht verzerrt. »Ich meine ja nur«, beschwichtigte Stephanie. »Nur für den Fall des Falles.«

Lieselotte stürzte aus der Küche ins Bad. Der Esel fiel von ihrem Schoß zu Boden. Lieselotte stieß Stephanie in den Flur. »Ich muss …«, stöhnte sie, schmiss die Tür zu und schrie: »Stell das Radio an! Schnell!«

*28. Oktober, 11 Uhr, Intercity-Express*

»Seht euch das an«, schwärmte Betty. »Als würde der Herbst in diesem Jahr nicht enden wollen.« Sie schaute aus dem Zugfenster. Corinne ruhte mit geschlossenen Augen. Eva legte das Buch in den Schoß. Glühende Landschaften, dachte sie. Neben dem Gleis glitt ein langer Schatten. Die letzten Wegwarten verdorrten in ihm. Die Schatten der Bäume fielen in den Zug. Ihre

Kronen warfen die Blätter in den Wind. »Georg sagt, er könne schon den Schnee riechen.«

Eva rieb einen Apfel gegen den Oberschenkel, den Bauch. Der Leib war kalt.

»Du bist nicht hier«, sagte Betty. Ihre Hand wedelte vor Evas Augen. »Schau dir das an«, sagte sie. »Dieses herrliche Fleckchen Erde.« Der Finger tippte gegen das Glas.

Eva zeigte zur Sonnenseite, zu den Apfelbäumen. Die Kronen lagen geborsten im Gras. »Ich wünschte, sie schliefen«, stöhnte Eva. Die gefallenen Stämme lagen auf dem Boden, als suchten sie ihre Wurzeln.

Betty hielt die Hand vor den Mund. Er war dunkel und leer. Als sei eine Wurzel in ihm gewesen, im Kopf. Als sei die Wurzel gerodet worden. »Warum?«, fragte Betty.

Die Stubben leuchteten wie späte Sonnen. Die Röte war in ihrem Holz. Die Sonnen standen in Reih und Glied. Sie reichten bis zu den Hügeln in der Ferne. Als wollten sie in den Himmel aufsteigen.

»Die Leute wollen keinen Schorf am Apfel«, sagte Eva. »Sie wollen kein Obst, das anläuft.« Eva biss in den Herbstprinz. »Sie wollen nichts Unförmiges. Und der Händler in der Marktpassage hat erzählt, die Äpfel aus dem Süden seien im Einkauf um einiges billiger.«

Corinne reckte sich. »Karl erzählt, es gibt fette Prämien fürs Roden.« Corinne sprach mit geschlossenen Augen. Die Schatten flogen über die Lider. »Danach dürfen die Obstbauern fünfzehn Jahre keinen Baum mehr pflanzen.« Corinne klatschte gemächlich in die

Hände. Sie griente ohne Genugtuung. »Der reinste Wahnwitz«, zitierte sie Karl. Ihr leiser Applaus brach ab. Ihr Gesicht wurde traurig. »Die Leute glauben wirklich, das große Los gezogen zu haben, meint Karl. Einige schleifen ihre Geschichte, und viele von denen erstrecken sich über Generationen.«

»Was der Krieg nicht schafft, besorgen Dummheit, Neid und Gier«, sagte Betty.

»›Selten war es einfacher, Seelen zu kaufen und zu verkaufen‹, hat Karl gesagt. Aber in der Regel seien vor allem die Käufer die Experten.«

Der Zug rauschte. Nach einem Kilometer waren die Apfelbäume aus den Augen, doch nicht aus dem Sinn. Die abgesägten waren wie blinde Passagiere. Als gäbe es für sie ein Ziel.

*29. Oktober, 13 Uhr, Am Kahlschlag, Einkaufszentrum*

Lieselotte sah Rot, sah den alten Fahnenstoff in der Auslage. Stephanie sah Gold. Der lackierte Nagel ihres Zeigefingers tippte gegen die Scheibe. Es klickte. »Der Skorpion«, sagte sie. »Der ist doch schön.« Lieselotte sah Lieselotte, das ausgestellte silberne Kreuz auf der Höhe ihres Schambeins, und sie hörte ihre Mutter: »Ein Kreuz! Ausgerechnet ein Kreuz hat sie sich gewünscht.« Lieselotte hatte hinter der angelehnten Tür zum Flur gestanden. Die Mutter war an das Küchenfenster getreten. Sie hatte zum grauen Himmel gestöhnt. »Die jungen Dinger tragen das heute. Selbst an den Knöcheln …«, hatte der Vater gesagt. Er sprach zu den Erbsen in der

Hand. Die Mutter sprach über die Schulter: »Die Christenlehre schwänzen, die Predigten, aber ein Kreuz auf der Brust. Nein, ich werde mich nicht für irgendeinen Firlefanz versündigen. Ich nicht, beim Namen meiner …« Sie stockte. »Beim Namen meiner Großmutter.«

»Das silberne Kreuz da«, sagte Lieselotte zu Stephanie. »Das würde mir sehr gefallen.« Ihr Finger zeigte unter die Gürtelschnalle, über die Scham auf dem Glas.

»Aber schau dir bloß die Öse am Kreuz an, furchtbar. Die ist groß wie ein Wagenrad«, erwiderte Stephanie und lachte auf. Sie stieß der Mutter in die Seite. Lieselotte versuchte zu lächeln.

Eine Hand griff durch eine Luke in das Innere der Auslage. Sie schwebte über dem Fahnenstoff, bevor sie ein paar betende Hände an einer Kette in die Höhe zog. »Das Gold ist doch hässlich«, sagte Stephanie. »Es ist so rot.« Lieselotte nickte. »Ich wusste gar nicht, dass die heute noch Rotgold verkaufen«, sagte sie und betrachtete Stephanies Profil. Es war durchsichtig. Es näherte sich ihrem glänzenden Ohr. »Alles in Ordnung?«, fragte Stephanie leise. Lieselotte nickte zur Auslage. Sie schaute auf das Glas, auf den gespiegelten Leib. Er war still, weil Fott sich gelegt hatte, während er auf die Speise Angst lauerte. Lieselotte fingerte in der Jackentasche, am Geld im Kuvert.

»Komm«, sagte Stephanie. Sie zog Lieselotte zur Straße. »Ich brauche den Skorpion nicht.«

Lieselotte spürte Stephanies Hand auf der Schulter. Sie war warm. Sie ist doch ein Herz, dachte Lieselotte. »Aber dein Geburtstag«, sagte sie.

»Wenn du magst, dann schenk mir die goldene Lilie. Du trägst Großmutters Brosche eh nicht.«

»Dann musst du mir aber versprechen, sie nicht zu verkaufen, mein liebes Kind.«

Stephanie hob die Hand einen Zentimeter von Lieselottes Schulter. Sie hielt sie für ein paar Sekunden gestreckt in der Luft. »Vergiss es einfach«, sagte Stephanie und schob die Hand in die Jackentasche. »Du kannst sie gern behalten.« Die Stimme klang fest. Der Mund wurde klein, die Augen wurden traurig.

*30. Oktober, 9 Uhr, Grenadierstraße, Hochhaus*

Der Zeiger stieg. Er folgte der Sonne. Zehn Minuten, dachte Fuller. Er räkelte sich im großen Bett. Die Gelenke knackten in den Beinen. Fuller drückte den roten Knopf am Radio. Ein Mann rief, als wäre er glücklich: »Lende zum halben Preis. Äpfel zum halben Preis. Das gibt es nur bei …« Fuller stellte den Rundfunkapparat wieder ab. Er stieg behäbig aus dem Bett und dachte: Noch acht Minuten. Er sah in den Spiegel und zog das Haar mit beiden Händen über der Kopfhaut auseinander. Der Scheitel wurde breit. »Acht Minuten näher am Tod«, stöhnte Fuller. Er schaute auf den Platz vorm Haus.

Tauben kreisten. Sie waren wie eine verwirbelte Wolke. Eine alte Frau warf Brotkrumen und Mais in die Luft. Ihre Kleidung war grau wie die Vögel über ihrem Kopf. Fuller sah den Atem der Alten. Er war kurz, gleich dem zweimaligen Zucken des Sekundenzeigers. Die

Wolke stürzte zu Boden und waberte auf dem dürren Gras vor dem Gefallenendenkmal. Ein Hund lief in sie. Die Wolke zerriss und stieg wieder auf. Die Alte hob die Fäuste empor und fluchte.

Fuller lachte. Du dusseliges Weib, dachte er, du glaubst wohl, weil den Tauben die Galle fehlt, fehlt ihnen auch das Bittere fürs Böse. Er stöhnte: »Die Viecher scheißen doch auf ihre eigene Symbolik.« Er trank den Kaffee vom Vortag, nagte am angebissenen Brot auf dem Tisch und warf es in den offenen Mülleimer. Der Zeiger zuckte nach rechts und zitterte nach. Fünf Minuten, dachte Fuller. »Wenn die Zeit eilen soll, macht sie ihrem Alter alle Ehre.« Er drückte den roten Knopf. Die Frau im Radio verkündete ein Tief mit westlicher Höhenströmung. Fuller drehte am Rad. Es war klein und abgegriffen. Es nahm den Ton.

»Dreht das leise«, hatte Fullers Vater stets zur vollen Stunde gesagt. »Ich ertrage die Planübererfüllungen nicht mehr.«

»Ihr meldet sie doch«, hatte Fuller erwidert.

Der Vater war aufgestanden. »Hör sich einer den Fant an«, hatte er geraunt. »Ihr meldet sie doch, plappert der Dreikäsehoch.« Er hatte die außergewöhnlich große Hand gehoben und sie seitlich von Fullers Kopf gehalten, nur wenige Zentimeter von der Wange entfernt. »Du verstehst«, sagte der Vater. Er hielt die Ohrschelle für ein Echo, das Echo für eine Metapher. »Der Junge spricht doch nur aus, was alle Welt denkt«, hatte die Mutter geflucht und die Hände in die Seiten gestemmt. »Aber stark seid ihr nur daheim und in der Kneipe.« Der

Vater hatte der Mutter in die Wange gekniffen. »Soll unser kleines Großmaul es besser machen. Ich kann es kaum erwarten.« Er hatte gelacht. Die Mutter hatte die Wange gerieben.

Fuller schaute in den Spiegel. Die Tauben flogen über seinen Schultern aus dem Rahmen. Der Spiegel verkehrte die Stellung des Zeigers. Fuller erschrak für einen Moment. Er drehte sich auf den nackten Fersen zur Uhr und lachte. »Eine Minute«, sagte Fuller. »Viel Glück, Frau Nielsen.« Fuller drehte das kleine schwarze Rad nach rechts, zurück in den Ton.

*30. Oktober, 10 Uhr, Nationalpark, Hotel zur Elster*

Eva saß im Bett. Sie spürte die Nacht in sich. Das schwarze Telefon hatte ihr im Traum gesprochen. Seine Hörmuschel war voll Hass und Spott gewesen. Eva hatte sich aus dem Schlaf geschrien, aus dem Schwitzen und der Angst. Sie hatte vom Bett aus dem Fenster gesehen. Die schwarzen Wipfel waren ihr fremd gewesen, selbst der Himmel, der halbe Mond.

Seit Stunden las Eva im Katalog ihrer letzten Ausstellung. Sie strich über das Gemälde in seiner Mitte, über die Frau im Bild. Da tanzt sie, dachte Eva, tanzt zwischen zwei Kriegen. Sie seufzte. »Die Hoffnung« stand in Versalien unter dem nackten Fuß der Tänzerin, gleich neben dem Jahr und der Seitenzahl. »Der Tanz ist ein Rausch«, las Eva leise und konnte ihn nicht finden. Sie dachte an die Worte des stellvertretenden Vorstandsvorsitzenden. »Doch nicht schon wieder die Zwanziger«, hatte er gesagt, während sie an die Dreißiger dachte, die Vierziger. Er hatte den goldenen Greif um den Finger gedreht. »Schauen wir nach vorn, Frau Nielsen«, hatte er gesagt und: »Gehen wir mit der Zeit. Mein Gott, spüren Sie nicht diese wunderbare Aufbruchstimmung überall?«

Die Nacht drehte sich in Evas Kopf, schwarz wie die Jahreszahlen auf dem Papier. Plötzlich hörte sie ihren Namen durch die Tür. Corinnes Stimme klang nach Furcht und Hast. Die Freundin stürzte, ohne zu klopfen, ins Zimmer. Hinter ihr trat Betty in ihren Schatten. »Es ist furchtbar«, stöhnte Corinne. Sie fuchtelte mit den Händen und kniete sich auf die Bettkante. Der Katalog rutschte von Evas Beinen, die abgebildete Tänzerin fiel zu Boden. »Karl hat gerade angerufen«, fuhr Corinne fort. »Ein Herr Provaßka hat im Radio von den Schrecken der Diktatur berichtet.« Corinne zwirbelte am geflochtenen Zopf. Sein Ende war strohig wie ein gerissenes Seil. »Provaßka hat aus Unterlagen zitiert. Und ein Papier ist von dir unterzeichnet.«

Betty hob den Katalog vom Boden. »Letzteres wissen wir. Und auch Karl ist das nicht neu«, sagte sie. »Mal ehrlich: Die Leute jagen jetzt jeden Tag eine andere Sau durchs Dorf.«

Corinne sah die Tänzerin neben Bettys Schenkel schweben. Die Frau im Katalog stand Kopf. Ihr Lächeln hatte sich verkehrt, als verstünde sie.

»Aber nun weiß es das halbe Land«, fluchte Corinne. Sie äußerte Evas Gedanken.

Eva zeigte auf die Tänzerin im Katalog. »Sie hat den

letzten Krieg nicht überlebt«, sagte sie und tippte auf das Bild. »Ein paar Schlagzeilen von ein paar Schriftleitern, und sie war erledigt.«

Corinne hielt ihren Zopf mit beiden Händen, hielt ihn wie ein Seil. Als hätte sich jeden Moment der Boden öffnen können, auf den Betty starrte. »Was redest du?«, fragte Corinne aufgebracht.

»Die Frau hat nicht geglaubt, der Mensch könne sich in seinem Leben nach einer Hölle für eine zweite erwärmen«, sagte Eva. »Aber wie meinte mein guter alter Professor: ›Nichts ist so dunkel wie die Nacht und der Mensch.‹«

Betty setzte sich neben die Freundinnen. Sie lächelte. »An dem Punkt sind wir noch lange nicht. Und wir kommen nicht aus der Hölle.«

*30. Oktober, 10.30 Uhr, Essigstraße, Hinterhofwohnung*

Kirsten trug Schlamm im Gesicht. Die Maske war satt und grau. Kirsten roch feuchte Erde und dumpfiges Holz aus ihr. Der Schlamm klebte im Waschbecken, auf den Dielen zum Zimmer, auf dem Tisch und am Radio. »Provaßka«, flüsterte Kirsten. Der Schlamm hob sich mit der Stirn.

Kirsten sah in den Hof. Napoleon zog eine braune Taube am Flügel ins Haus. Im dritten Stock saßen zwei Mädchen im Fenster und lachten. Sie zeigten auf die graue Maske und schnitten Grimassen.

Kirsten schloss die Augen, als müsste sie in sich sehen. Als könnte ein Mann namens Provaßka aus dem Dunkel treten. Wer sagt, das Vergessen sei ein Segen, dachte Kirsten. Sie konnte den Mann nicht finden.

Im Flur knurrte Napoleon. Sein Frauchen verglich ihn mit seinem Herrn. Sie schrie ihn ein kleines dreckiges Schwein, das nichts liegen lasse. Die Tür knallte. Napoleon kläffte durch die Wand. Kirsten sah zum Fenster, sah eine braune Taube in den Hof fallen.

Im Radio rief ein Mann: »Lende zum halben Preis. Äpfel zum halben Preis …« Kirsten zerrte an der Schnur. Der Stecker flog über den Tisch, auf den Boden. »Das gibt es nur bei uns«, brüllte sie. Der Schlamm zog die Haut. Er verdeckte ihre Röte. Kirsten griff das Telefon. Die Ziffern tönten. Das Freizeichen hing ihr als Schleife im Ohr. »Nimm schon ab, Fuller.«

Kirsten hatte Risse auf der Stirn, um den Mund. Sie schaute in den Himmel. Die Wolke war groß und dunkel wie der Mann in ihrem Kopf. Der Fremde war eine tiefe Stimme. Sie hatte sich zur vollen Stunde in Kirstens Rücken erhoben. Sie hatte Eva Nielsens Abtreten verlangt. Sehr gut, hatte Kirsten gedacht. Die Stimme hatte Wiedergutmachung verlangt. Was bezweckt der wirklich, hatte Kirsten gedacht und dachte es weiter. Sie warf das Telefon auf das Bett und rieb sich die Schläfen. Die Maske bröckelte.

*31. Oktober, 9 Uhr, Intercity-Express*

Der Zug war ohne Fahrt. Der Wind überholte ihn, Laub und Sand. »Wir hätten bleiben sollen«, sagte Betty. Corinne hob den Finger vor den Mund. Eva starrte auf den Schotter neben dem Gleis. Eine Feldmaus kratzte sich das Wollhaar vom Leib. »Ihr hättet bleiben sollen«, sagte Eva. Die Maus wetzte sich eine Wunde, bevor sie sich im Kreis drehte, ohne ein Ende zu finden. »Ich muss zurück, wenn es voran gehen soll«, fuhr Eva fort.

»Wohin?«, fragte Corinne. Sie sprach zu Betty.

»Das wird sich zeigen. Ich habe Jahrzehnte gekämpft. Warum jetzt aufhören. Und wie sagte mein lieber Professor immer: ›Das Aufgeben gibt in der Regel nichts.‹«

Der Zug ruckte wie ein Tier im Schlaf. Sein Ächzen war rau wie Evas Stimme. »Ich könnte es mir leicht machen, aber lieber mache ich es meinen Gegnern schwer.«

Eva starrte zum Schotter. Die Feldmaus lag auf der Seite. Ihre Pfoten traten ein letztes Mal ins Leere.

»Ist es nicht eher Gewohnheit, die dir wie eine Klette anhängt?«, fragte Corinne. Der Zug wankte und rollte.

Auch, dachte Eva und schwieg. Betty setzte sich neben sie. Das Polster sank. Eva rutschte der Freundin an die Seite. Betty war weich und warm. »Corinne hat die Klette abgeschüttelt, ich habe sie abgeschüttelt, Evchen.« Betty verschwieg, Gewohnheiten durch Gewohnheiten ersetzt zu haben.

»Ich rieche diese Kalknote im Foyer«, sagte Eva. »Ich sehe das Lächeln des alten Pförtners. Ich spüre die Hand auf dem abgegriffenen Samt beim Griff zum Schlüssel.« Eva lächelte sich in die Hand. »Die guten Seelen sind mir lieb, Nichtigkeiten wie der Mond hinter meinem Schreibtisch oder der Blick aus dem Fenster auf die alte Wetterfahne des Nebenhauses.«

Der Zug schnellte durch die Ebene. Er jagte seinen Schatten. In der Ferne stand eine Kate, verfallene Ställe. Wäsche wehte an einer langen Leine. Die weißen Röcke schwangen, als seien Schöße in ihnen. Die Ärmel der weißen Hemden hoben sich wie zum Gruß. Die weißen Laken flatterten wie Fahnen.

»Ich hatte das Kind«, sagte Corinne. Sie betete den Satz. Er war alt, alt wie das Kind. Corinne hing am Satz wie an dem alten Perlarmband über ihrer Handwurzel. Daumen und Zeigefinger drehten es wie eine Gebetskette. Der Schmuck stammte aus dem Theater wie ihr Gedenken.

Corinne war mit Schnürbrust und Maske zum Regisseur gegangen. »Meine zweite Isolde«, hatte er gegrüßt. Corinne hatte sich über seinen Schreibtisch gebeugt. Sie hatte zwei hölzerne Masken zur Seite geschoben. Corinnes Schatten lag auf der Maske der Komödie. Die Tragödie glänzte im Licht.

»Ist die Erstbesetzung wirklich besser?«, hatte Corinne gefragt.

Der Regisseur hatte genickt. Er hob die Komödie in die Luft.

»Woher willst du das wissen?«, hatte Corinne gefragt. Der höfische Schuh hatte in der Luft gestanden. Sein Schnabel senkte sich. Er glitt über den Oberschenkel des Mannes.

Der Regisseur hatte die Schnalle über dem Schnabel gegriffen. Corinne hatte der feste Griff gefallen. Der Regisseur gefiel sich. Er lachte, während seine Hand die Schnalle tätschelte. »Meine liebe Isolde. Ich dachte, nichts bleibt in diesem Theater geheim. Aber ich habe mich geirrt. Es ist dir tatsächlich entgangen, dass ich es mit Kurwenal …« Er hielt inne. Er schob der Komödie zwei Finger in den Mund, schob sie vor und zurück.

Corinne war vom Tisch gesprungen. Die Tragödie hatte auf dem Holz gebebt. Das Perlarmband hatte über der Handwurzel geklimpert. Corinne war auf den Ankleidespiegel zugegangen. Sie suchte sich unter Isoldes Gesicht. »Die Maske ist gut«, sagte sie. »Nicht einen Hauch von Schamröte gibt sie preis.«

»Bleibt alles unter uns«, hatte der Regisseur gesagt.

Corinne war aus dem Zimmer gegangen, aus der Inszenierung, aus dem Engagement. »Ich habe das Kind«, hatte sie erklärt.

Der Zug legte sich in die Kurve. Er war schneller als der Wind. Die Schatten fuhren in ihm. Betty hielt Evas Hand. Corinne hielt ihren Zopf.

*31. Oktober, 10 Uhr, Käuzchenweg, Haus am Tann*

Lieselotte trat aus der Tür und schrie. Der Laut in ihrer Kehle wurde dürr. Das Ungeheuer in ihrem Leib zuckte. »Blut«, flüsterte Lieselotte. Für wenige Sekunden glaubte sie, Blut aus der Wand suppen zu sehen. Die Farbe war zum Tritt gelaufen. Sie glänzte ölig und stank. Lieselotte schaute zur Tür in ihrem Rücken, zu den Spritzern auf dem Holz, dem Messing. Als hätte der Löwe eine rote Träne geweint, dachte sie.

Die Nachbarin stand regungslos hinter dem Fenster. Sie spähte durch das geklöppelte Netz.

Lieselotte drückte die Fingerkuppe ins Rot. Sie verschmierte es zwischen Daumen und Zeigefinger. Sie roch an der Haut, der Wand. Wie Ammoniak, dachte sie.

Die Nachbarin rieb den harten Kieferwinkel. »Ohne Worte«, flüsterte sie.

Lieselotte blickte in den Garten, über die Hecken, zum Giebel über dem dunklen Grün. Sie sah das Netz im Fenster zittern. Dieses boshafte Weibsbild, dachte sie. Lieselotte hatte eine Gebärde im Kopf. Die Geste war ein gestreckter Mittelfinger. Lieselotte rang mit Evas Worten: »Guten Tag und guten Weg. Und immer freundlich lächeln. Das hasst Frau Blaublut wie die Pest.« Lieselotte spürte Fott. Das Ungeheuer wandte sich saumselig in ihrem Leib. Lieselotte vergrub den Finger in der Faust und trug ihn ins Haus.

Die Tür stand offen. Lieselottes Holzschuhe standen auf dem Tritt. Sie waren wie leere Kähne auf dem Trockenen. »Mit denen wird sie es weit bringen«, hatte ihre Mutter gesagt. Der Vater hatte sein Geschenk betrachtet und an Arschtritte gedacht.

Lieselottes Stimme hallte aus dem Haus. Ein Bangen war in ihr und die Rede vom Farbfleck an der Wand. Vor dem Haus hing die Pfeifenwinde, gleich neben dem Fenster. Der Wind hob ihre welken Herzen. Das trockene Laub kratzte am Putz.

Lieselotte stand hinter dem Fenster. Sie presste die Hand gegen die Stirn. Auf der Scheibe klebte ein roter Fleck, den sie im Himmel sah, in der Krone der Birke, auf dem Stamm des Apfelbaums. »Sie müssen kommen«, flehte Lieselotte mit dem Telefon in der Hand. »Man hat das Haus mit Farbe beworfen. Und ich bin mutterseelenallein hier.«

*31. Oktober, 13 Uhr, Ungewitterstraße, Wohnbungalow*

Betty stellte die Reisetasche in den Flur. Sie war kurzatmig. Im Zimmer neben der Tür saß Georg und sah zur Pendeluhr an der Wand. Er wartete in einem Keil aus Licht. Seine Hände lagen wie im Gebet auf seinem Schoß. »Du bist früh zurück«, sagte Georg. Sein Atem verwirbelte die Luft, das Flirren.

Betty setzte sich in den Sessel ihm gegenüber. Ihre Füße standen im Keil. Das Licht ließ sie groß und schwer erscheinen. »Du siehst wieder übernächtigt aus«, merkte Betty an. Sie öffnete den Mantel, den Kragen der Bluse.

Georg nickte. Er sah den Stein auf Bettys Brust, wie er an der langen Kette schaukelte. »Er ist leicht wolkig«, hatte die Verkäuferin zu Georg gesagt. »Aber sehen Sie die Glut in ihm?« Die Verkäuferin hatte den Bernstein an der ziselierten Goldfassung ins Licht gehalten.

Georg atmete tief. Er sah das Dunkel an der Kette hängen. Wie verkohlt, dachte er. Die Sonne wärmte seinen Rücken. Sein Kinn rieb die Schulter. »Ach, Betty«, stöhnte er und schaute aus dem Fenster. Im Hollerbusch war der Wind. »Der Dompfaff hat die letzten Beeren geholt, während du weg warst«, sagte Georg.

Betty fror. Mit Mühe hockte sie sich an die Stelle, wo zuvor ihre Füße gestanden hatten. »Was willst du mir sagen, Georg?« Betty legte die Hände auf Georgs

Knie, ihr Kinn auf ihre Hände. Der Stein hing in der Luft.

Georg reichte ihr ein kleines Päckchen. Das Papier knisterte. Über seinen Enden klebte ein Siegel wie gestocktes Blut. Der Lack zeigte ein Vierblättriges. Glücksklee, dachte Betty. Sie wusste, dass sie sich irrte. Die Kälte fühlte sie bis in die Haarwurzeln auf dem Kopf, im Nacken und auf den Armen.

Betty fingerte am Siegel. Das Blatt zerbrach. Seine Bruchstücke rieselten Betty wie Schorf durch die Finger. Aus dem Papier rutschte ein Tuch. Es glitt zwischen Bettys Knie, Georgs Füße. Die Seide war weiß. Jungfern im Grünen waren darauf gestickt. Betty hob die Blüten aus dem Schatten ins Licht. Sie rieb den Stoff sanft zwischen den Händen. »Es ist traumhaft, Georg. Aber warum ausgerechnet die Jungfern?«

»Symbolik«, antwortete er. »Stell dir vor, das Hahnenfußgewächs steht für verschmähte Liebe.« Er griff zur Seite und hob ein altes Foto in die Luft. Betty sah ihr tintenblaues Auge darauf. Sie nahm das Foto in die Hand. Ihr Daumen lag auf dem grauen Kleid, das gelb gewesen war. »Lore«, sagte Betty. »Unser Kanarienvogel.« Sie schaute zum Hollerbusch. »Unser Sonnenschein.«

»Deiner«, erwiderte Georg. »Ich hatte keine Chance.«

Betty schaute auf das Foto zurück. Das Gesicht der jungen Betty stand der alten auf der Stirn. »Sie hat mich verraten, Georg. Und ich dachte, sie liebt mich.« Betty legte sich das Tuch um. Die Jungfern fielen mit der Seide von den Schultern über die Brüste, über den Stein.

»Hättest du mich verlassen?«, fragte Georg. Betty weinte. »Damals vielleicht«, antwortete sie, »damals.«

*1. November, 11 Uhr, An der Gerichtslinde, Wochenmarkt*
Lieselotte ging über den Markt. Sie klammerte sich an den Korb. Ihre Hände hielten ihn vor dem Leib. Fott drehte sich. Schon beim Verlassen des Hauses war er erwacht, beim Betrachten des roten Flecks an der Fassade. Jeder Blick in der Menschenmenge nährte Fott wie Stephanies Reden: »Am Ende werden die Leute sagen, du machst dir für die Nielsen die Finger schmutzig. Für so eine, werden sie sagen und die Nasen rümpfen, als wärst du selbst so eine. Als würdest du dazugehören.« Stephanie hatte das letzte Du in die Länge gezogen. Lieselotte wusste nicht, was sie mehr ärgerte, die Betonung, die ihr absprach, Teil von irgendetwas sein zu können, obgleich es sie zugleich von jeder Schande freisprach, oder dieser Hauch von Eitelkeit, lieber eine Übeltäterin als gar nichts sein zu wollen. »Die Leute sollen mir doch den Buckel runterrutschen«, hatte Lieselotte wie gleichgültig geantwortet und an die Nachbarn gedacht.

Am Gemüsestand sah Blaubluts Haushälterin um sich. Sie trug einen langen schwarzen Mantel aus Wolle. Auf ihrem grauen Haar ruhte ein kleiner schwarzer Hut. Die Marktfrau hielt eine leere Tüte. Der Wind hob sie wie eine milchige Blase. Die Haushälterin wog einen Kopf in ihrer langen Hand; der Kohl glänzte. Sie raunte der Marktfrau ins Ohr.

»Die Leute reden viel dummes Zeug, wenn der Tag lang ist«, hatte Lieselotte am Vortag zu Stephanie gesagt. »Haben ja sonst nichts. Und du musst bedenken, wie hoch Eva Nielsen angebunden ist.« Sie hob die flache Hand über ihren Kopf. »Hoch genug für die Zeitungen«, fuhr sie fort. »Und wir? Weißt du, was dein Großvater immer gesagt hat? Wir seien wie Milben im Fell eines Köters.« Lieselotte hatte das Wir betont, hatte gegen die Tochter wie gegen jeden Hauch an Eitelkeit gesprochen. Stephanie war stumm geblieben. Sie hatte unbeeindruckt am Fingernagel gekaut. »Hör doch auf damit«, hatte Lieselotte gestöhnt und der Tochter die Hand vom Mund gestoßen. Stephanie hatte den Finger besehen. Der Nietnagel blutete. »Sicher, wir sind nur kleine Lichter«, hatte sie gesagt, »aber für die anderen kleinen Lichter sind wir immer noch interessant genug. An die da oben kommen sie ja nicht ran.«

Lieselotte lugte zum Gemüsestand. Der Mund der Haushälterin war bläulich wie der Kohl in ihren Händen. Die Marktfrau hatte ein großes rotes Ohr. Sie linste aus dem Augenwinkel, lauschte der Haushälterin und lachte.

Lieselotte presste den Korb noch fester gegen den Leib. Das Geflecht knackte, Fott knurrte.

Die Marktfrau legte den Kohlkopf in die hölzerne Mulde. Sie hob das wuchtige Messer in die Luft und schlug zu. Ihre kalten Hände pressten den Klingenrücken und das Heft zum Tisch. Die Haushälterin hüstelte in das Krachen.

Lieselotte sah den Kopf auseinanderfallen. Sie hörte

die Marktfrau schnaufen: »So macht man das!« Sie sah das Grienen der Haushälterin. Lieselotte wendete sich ab. Sie ging. Sie ging schneller. Sie lief. Fott hatte in die Einlage gespien.

*2. November, 14 Uhr, Nachtigallstraße, Pressehaus*

»Der greise Aufseher ist tot«, sagte Fuller. »Lang lebe die Nielsen.« Er zog die Weste am Schoß tief, hob das Kinn und verschränkte die Arme.

»Oft wäre es besser, Zunge und Hirn würden die Plätze tauschen, wenn es um die Abfolge der Arbeit geht«, erwiderte der Chefredakteur. Er lehnte an der Wand hinter seinem Stuhl. Sein Gesicht war grauer als sonst. Seine Zunge war wund. Sie pulte an dem winzigen Kern zwischen zwei Schneidezähnen.

Fullers Kinn sank. Er hatte das Reden vom Vater im Ohr: »Der schlechten Laune singe ihr Lied.« Fuller hockte sich auf die Sesselkante. Er beugte sich zum Schreibtisch. »Immerhin hat der Greis die öffentliche Anprangerung noch erfahren müssen«, sagte er wie versöhnlich, »das ist besser als nichts.«

Der Chefredakteur richtete das Bild über seinem Stuhl. Der Sturm hing schief, die Bäume, die Stockflecken. »Zu spät, Fuller«, erwiderte er. »Jahrzehnte zu spät.«

»Chef«, sagte Fuller, als verspürte er nicht den geringsten Widerwillen gegen die Anrede. Der Bauch senkte sich zu den Schenkeln, das Kinn zur Brust. »Die Nielsen zieht«, fuhr er fort und zog das letzte Wort in die Länge. Fuller spürte die Eingeweide drücken. Er rang um Luft. »Das sind Schlagzeilen für mindestens ein oder zwei Monate. Und wagt sie einen Prozess gegen Gott und die Welt, umso besser, dann versorgt sie uns eine Ewigkeit …« Fuller sah den leeren Blick des Grauen, sah, dass er kein Gehör fand. Er fluchte in Gedanken, angeklopft zu haben, als hätte es eine Alternative gegeben. Er richtete sich auf. Seine Weste war zerknittert. Ihr Schoß ragte über der Taillennaht steif in die Höhe. »Chef«, wiederholte er.

Der Unterkiefer des Chefredakteurs stand schief. Im Mund war ein Züngeln. »Ich«, sagte der Graue fest. Er stockte. Die Zunge presste. Der Kern drehte sich zwischen den Zähnen. Er rutschte aus der Lücke. »Ich brauche Sie, aber nicht für die Causa Nielsen.« Er nickte bedächtig. »Und wie ich Sie brauche«, fügte er hinzu.

Fuller hielt das Schweigen. Der Atem stockte im Mund und wurde schwül. Fuller dachte, wer den Atem lang genug anhält, kann den Mund bedenkenlos aufmachen. Gestaute Luft taugt nicht zum Tönen.

Der Vorgesetzte zerbiss den Kern. Er schmeckte die Bitternis aus ihm. »Es ist doch unglaublich«, fluchte er, ohne zu sagen, was er nicht glauben konnte.

Fuller begann langsam auszuatmen. »Was?«, fragte er. »Was meinen Sie?«

Der Chefredakteur antwortete nicht, er sagte: »Sie recherchieren mir, wie der Mann all die Jahrzehnte unbehelligt bleiben konnte.«

Fuller rang um Luft, mit Wiederworten. Seine Hände griffen ineinander. Sie pressten sich in die Farbe der Wut.

*3. November, 15 Uhr, Dannenhain*

Eva ging neben Betty zum Wald. Die Kastanienbäume hatten löchrige Schatten. Ein Kind warf Kastanienlaub über sich. »Gelbe Hände«, rief es, »gelbe Hände.« Seine Mutter trug einen Mond aus plissiertem Papier. Er wippte an einem langen Stecken.

Eva fror. Sie schlug den Kragen empor und zog den Hut tiefer. Er war wie ein kegeliger Pilz. Seine Krempe reichte von den Brauen bis zum Mantelkragen. »Du siehst aus wie einer dieser jungen Pilze unter unserem Rhododendron«, sagte Betty. Sie klang trübselig. Als seien Gedanken und Stimme verwandt. Eva betrachtete die Freundin, den Weg zu ihren Füßen. Sie schob die Schuhe ins Laub. »Du machst es dir schwer«, merkte Eva an, ohne aufzuschauen. »Du kaust seit dem Feldrain an deinen Lippen, Betty.«

»Du kennst mich«, sagte diese und widersprach sich in Gedanken. Sie ächzte leise. »Und du kennst mich nicht, Evchen.«

Eva hielt inne. Sie schob die Hutkrempe mit dem Zeigefinger in die Höhe und äugte über die Schulter zu Betty. »Du weißt doch«, sagte Eva, »Hehl ist selten ein Segen.« Betty wiegte sich, als suchte sie ihre Mitte. »Du bist keine vom Eibenberg«, sprach Eva. Ihre Stimme ließ offen, ob es eine Frage oder eine Aussage war. Sie sah das Kind in der Ferne hüpfen. Es griff zum Mond am Stock und jauchzte.

»Dann hätte ich mir die Lippen sicher längst abgebissen«, sagte Betty. »Aber es hat mit dem Berg zu tun. Manchmal frage ich mich, wer von ihm verschont wurde, schließlich misstraute der Berg selbst dem Berg.«

»Meine Lieselotte«, sagte Eva. »Sie ist sauber wie ihre weiße Wäsche.«

Betty hörte nicht. Sie fühlte die Angst vor sich selbst und Evas Haltung zu ihrem Schweigen, das so alt war wie die Freundschaft. »Es gab einen speziellen Grund, warum die Leute vom Berg zu mir kamen.« Betty zog ein Tütchen hervor. »Was zum Lutschen«, erklärte sie und fingerte an den Enden vom Papier.

Eva hob die Hand. »Mach es dir nicht unnötig schwer, Betty. Wie lange kennen wir uns nun schon? Jahrzehnte!« Daumen und Zeigefinger griffen in das Tütchen. Sie schoben eine schwarze Pastille in den Mund.

»Erinnerst du dich an Lore?«

»Der Kanarienvogel?«, fragte Eva. »Sicher.« Sie lutschte kurz und schob das Brennen von der Zunge zum Gaumen. »Alles drehte sich damals um Lore. Corinne und ich waren über Monate abgeschrieben. Lore hier, Lore da.«

Betty suchte ihren Augen ein Ziel. Sie suchte es in der Ferne, wohin sie sich in jenem Moment ihren Fuß wünschte, die Angst, die Scham. Die Freundin wedelte mit dem Tütchen vor sich. Sie schloss die Augen. »Ich … Ich war verliebt in Lore.« Das Tütchen riss und die Pastillen fielen ins Laub.

Eva schob den Hut in den Nacken. Sie hatte ihr Gesicht zurück. Ihr Mund war offen und groß. Er brannte von der Pastille. »Und Lore?«

»Sie liebte sich.« Betty sah weit. Über der Lichtung kreiste ein schwarzer Punkt. Er schrie mit der Stimme der Kolkraben. »Der Punkt ist, ich lernte wieder eine Lore kennen und noch eine. Letztere war meine Studentin. Ich missverstand die junge Frau. So ging ich am Ende zu weit. Und sie ging zum Dekan. Die Männer kamen vom Eibenberg. Sie boten mir ihr Weißwaschen an, dafür hätte ich mich für sie schmutzig machen müssen, die Finger und die Ohren und den Mund und die Seele. Also lehnte ich ab. Als ich am nächsten Tag in die Uni kam, waren meine sieben Sachen bereits gepackt.« Betty beugte sich. Sie rang nach Luft. »Ich bin nicht über mein großes Maul gestolpert, nicht über Auflehnung oder Anliegen. Es war mein dämliches Herz. Und so groß es damals meinem zweiten Frühling entgegengefiebert hatte, so klein, so kleinmütig ging es mit mir in den Herbst.«

Eva spuckte die Pastille auf den Boden. Die winzige Kugel fiel zwischen die Finger der gelben Hände. Eva umarmte Betty. Der Hut kippte über den Kopf. Er hing am Kragen und fiel ins Laub. Betty schluchzte.

In der Ferne trug das Kind den Mond zur Stadt. Es sang: »Sonne, Mond und Sterne …«

*4. November, 17 Uhr, Heiliggeiststraße,*
*Anwaltskanzlei Marchet*

Die Horen thronten über dem Hauseingang. In den Falten ihrer Gewänder saßen Tauben. Die Vögel hüteten sich vor dem Sturm. Im Zimmer über dem Portal stand Karl mit dem Rücken zum Fenster, zur Stadt. Er schaute mit Eva auf die Fotografie an der Wand. »Wie makellos die Horen waren«, sagte Eva. Ihr Finger berührte Eunomia.

»Zur Zeit der Aufnahme bin ich in die hiesige Kanzlei gezogen«, sagte Karl. »Das Land war im Umbruch. Das Haus war wie neu, unsere Ideen kühn. Die Tage, so kommt es mir heute vor, hatten damals etwas Erhabenes. »Er griff sich in die Krone aus Haar. »Inzwischen bin ich ergraut. Und etwas klüger.« Er lächelte. »Und Göttin Eirene über der Haustür ist wieder voller Ruß und Kot.« Karl hob die Schultern. Er senkte den Blick. »Ich wünschte, die Versteinerten könnten sich wehren.« Karl ging zum Schreibtisch. Er zog eine winzige Fotografie aus einem der Schübe. »Sieh es dir an«, sagte er und reichte Eva das Bild. »Kurz nach der Kaiserzeit sahen sie aus wie heute.«

Die Sekretärin trug eine Glaskanne ins Zimmer. Tee dampfte aus der Tülle. Hinter dem Glas sanken Blüten zu Boden. »Handverlesenes Johanniskraut«, erklärte Karl. »Verschrieben von Corinne.«

»Sie ist um dich besorgt«, sagte Eva.

»Wir sind um dich besorgt, Eva.« Karl hob Zeitungen in die Luft. Das Papier hing in seiner Hand, Gesichter standen Kopf. »Sie bemühen nicht einmal den Konjunktiv«, murrte er. »Hinz und Kunz verurteilen dich plötzlich. Ich warte auf den Tag, an dem studierte Journalisten mit einer Nachbarin aus deiner Studienzeit aufwarten oder mit der Hausmeisterin.« Er schüttelte den Kopf. »Das junge Fräulein kam mir schon damals verdächtig vor«, sprach er mit hoher Fistelstimme und warf den Stapel auf den Tisch. Die Gazetten glitten über die Kante. Die Köpfe stürzten zu Boden. »Früher wurde beklagt, es gäbe nur das Rot. Und heute scheint es mir, dass sie nur das Schwarz oder das Weiß kennen.«

Eva blickte zum Fenster, in den Sturm. Er riss den Platanen die Früchte aus den Kronen. »Ich möchte mich täuschen, aber sie werden keine Ruhe geben, bis ich abtrete«, sagte Eva. Ein Kondensstreifen teilte den Himmel. Eva stöhnte unter dem Bild der Dike.

»Trittst du für das Beste der Stiftung ab, Eva, so fühlen sie sich noch bestätigt.« Karl blies in den Tee. »Sie sind Halunken.« Die Brillengläser beschlugen. »Und sie sollten wie Halunken behandelt werden.« Karl verbrannte sich die Zunge.

Eva griff den Mantel. Karls schwarze Robe schaukelte am Haken. »Klagen wir«, sagte sie.

»Das sind wir uns schuldig, Eva. Auch wenn sie bis zum bitteren Ende Rache für Recht halten.«

Die blaue Stunde nahm die Stadt ein. Eva trat in den Sturm. Sie schaute zu den Horen über der Eingangstür. In Dikes Waagschalen quoll Moos.

*5. November, 19 Uhr, Kaiserswerther Straße,*
*Albertinen-Karree*

Corinne spähte durch den Spalt zwischen den Vorhängen. Sie schaute zum Block, hinunter in das Parterre. Das Fenster mit dem Riss war dunkel. Die Glühbirne hatte seit Tagen nicht mehr geleuchtet. Der Erdboden hat die Flaschensammlerin verschluckt, dachte Corinne und rieb sich die Oberarme. »Und ihren struppigen Vierbeiner gleich mit«, flüsterte sie. Corinne vermisste das Klirren der Flaschen, das Pfeifen nach dem Hund.

»Du hast es gehasst«, hatte Karl am Vortag gesagt. »Die Stille hasse ich mehr«, war Corinnes Antwort gewesen. »Die Gesellschaft zieht den Block leer, Karl. Alle gehen. Oder sie sterben, bevor sie gehen müssen.« Karl hatte seinen Arm um Corinnes Taille gelegt. Er hatte sie sich an die Seite gezogen. »Corinne, der Block wird von Jahr zu Jahr immer hässlicher, hast du geschimpft. Der Block ist ein Schandfleck, hast du geklagt. Und dass der Anblick eine Zumutung sei.« Corinne hatte ihren Kopf auf Karls Schulter gelegt. »Sicher, das habe ich gesagt, Karl. Aber es geht doch schon lange nicht mehr um vernagelte Kellerfenster oder eine bröckelnde Fassade. Es ist die Stille, die Stille dahinter, verstehst du? Sie ist mir wie ein Omen. Was denkst du, werden sie bauen, wenn der Block fällt. Ein weiteres Bürohaus? Eines mit raffinierter Glasfassade?« »Vielleicht wird es ein preisgekröntes Spiel von geschlossener und offener Fassadenhaut«, hatte Karl mit hoher Stimme geraunt und gelacht und Corinnes Trauer erblickt. Für Minuten waren beide still geblieben. Sie hatten sich gehalten und zu den dunklen Fenstern gesehen. »Mir ist die Stille ganz lieb«, hatte er schließlich geflüstert. »Mir ist sie bös«, hatte Corinne erwidert.

Hinter dem Block stand der Kirchturm. Corinne hörte seine tief tönende Glocke. Sie läutete ihr den Tag aus wie ein Leben. Der Hall schwang Corinne mit der Schelle im Leib, und mit jedem Abend wurde ihr das Schwingen stärker. »Der Tod ist darin«, hatte Corinne zu Karl gesagt.

Der Wind fegte die Straße. Er trieb Sand in die Hausflure, Lindenblätter, Reklame für Herbstlaub aus Taft, für Schafe aus Holz.

Corinne ging zum Tisch. Sie griff zwischen Zittergras und Windhalm. Sie zog eine faule Flaschenblume aus dem Strauß. »Wem kann der Herbst nicht gefallen?«, hatte die Floristin gesagt, am Ehrenpreis gerochen und an das Geschäft gedacht. Corinne hatte über ihr Leben sinniert und in den Spiegel hinter den Blumenkübeln geblickt, auf ihr Gesicht zwischen giftigem Sturmhut und Lederfarn. »Habe ich nicht recht, Frau Marchet?« Corinne war stumm geblieben. Sie hatte das Blühen im Spiegel gesucht.

Die Glocke war verstummt. Sie hing bewegungslos am Joch. Sie war schwarz und schwer wie ein Stück Himmel. Im Schornstein war ein Raunen. Auf der Straße war ein Klirren. Corinne warf die welke Flaschenblume auf den Tisch. Sie lief zum Spalt zwischen den Vorhängen. Ihre Augen waren groß. Ein Greis zog eine Flasche aus dem Müll. Er schob seine Habe in einem zerbeulten Einkaufswagen über die Straße. Sein graues Haar wirbelte vor dem dunklen Fenster im Parterre. »Es ist, wie ich es gesagt habe«, flüsterte Corinne. »Ich kann durch die Fenster in die Erde sehen.«

*6. November, 9 Uhr, Straße des Friedens, Bürohaus*

Eva sah aus dem Bürofenster. Die Sirene war verstummt, das Blaulicht kreiste gleichmäßig vor sich her. Für einen Moment glaubte Eva, den Vorstandsvorsitzenden hingestreckt über den Fußweg schweben zu sehen. Eine graue Decke verhüllte seinen Leib. Ein Mann in Rot ging vor seinem Kopf, ein zweiter hinter seinen Füßen schob die Tragbahre. Der Mund des Vorstandsvorsitzenden war ein Loch. Es war dunkel wie sein vorauseilender Schatten.

»Ich soll Sie unbedingt warnen«, flüsterte die Sekretärin des Vorstandsvorsitzenden. »Vor der Axt. So hat er sich ausgedrückt.« Sie sprach neben Eva zur Straße hinab, redete in den Morgen, während sie sich die Unterarme rieb.

»Er meint seinen Stellvertreter«, erwiderte Eva ohne Zögern, ohne Erstaunen.

Die Frau mit dem Haar wie verwobener Zucker spürte sich nicht. Sie hatte kleine rote Augen, allein für den Mann unter der grauen Decke. Die Männer in Rot schoben ihn in den großen weißen Kasten auf schwarzen Rädern. Sie schlugen die Türen hinter ihm zu. Sie machten die roten Kreuze auf dem Wagen beben.

»Ich fürchte, die Axt hat bereits zugeschlagen«, sagte Eva. Hinter ihrer Stimme gellte die Sirene. Das Signal tönte im Haus, in den Büros, Fluren, selbst im Keller. Als der weiße Kasten es an den Stadtrand fuhr, flüsterten die Münder es in die Stille des Hauses. Sie flüsterten von einem anderen Wind.

»Sie sollten in diesem Moment beim Vorstandsvorsitzenden sein«, merkte Eva an. Ihr Satz war der Sekretärin wie die Enge in ihrem Hals. Eva hörte einen dürren Laut darin versacken. Die Sekretärin spürte den Schmerz von der Kehle hinter das Brustbein ziehen.

Eva reichte der Sekretärin ein Taschentuch. Die Frau verschluckte sich am Dank. Sie presste das Tuch mit dem Hohlsaum auf die geröteten Augen. Eva sah die gestickten Rauten nässen. »Ich sollte Sie unverzüglich warnen«, sagte die Sekretärin. »Das war ihm wichtig. Sehr sogar.«

»Als ich ihn liegen sah«, sagte Eva, »da wusste ich, was die Uhr geschlagen hat.« Sie hielt den Arm der Frau. Die Frau hielt Evas Hand. Die Häute spürten die kalte Angst. »Wenn er nicht zurückkehrt«, sagte die Sekretärin. Das Woher verschwieg sie in ihrer Furcht wie den Gedanken nach dem Wohin. Die Frauen blickten auf die Straße. Wo der Krankenwagen gestanden hatte, drehte der Wind Sand im Kreis. »Unser Chef ist ein Baum«, sagte Eva. Ihre Stimme war brüchig.

»Es heißt, einem gefallenen Baum zertritt selbst ein Esel die Krone«, seufzte die Sekretärin.

*6. November, 11 Uhr, Nachtigallstraße, Pressehaus*

Fuller drehte sich neben seinen Schuhen auf einem Bein, wie ein Kreisel. Sein Ballen brannte im Socken. Sein Lachen kratzte im Hals. Kirsten juckte das Lachen. Sie streckte die weit geöffneten Arme in die Höhe und rief: »Fuller, was um alles in der Welt ist passiert?« Ihre Hände griffen in die dumpfe Luft. Als könne das

Nichts gemolken werden. »Gute Neuigkeiten?«, fragte sie. Fuller drehte ihr den Schwindel in die Augen, den Kopf, bis sie zu kichern begann. Schließlich lachte sie mit ihm, und beide lachten aneinander vorbei.

Fuller kam zum Stehen. Er suchte seinen Atem vom Hals bis hinunter zum Bauch. »Der Zufall«, keuchte er. »Der Zufall sorgt gelegentlich für die herrlichsten Erbauungen.«

Kirsten verschluckte sich beim Lachen. Sie fasste die Worte nicht. Sie schaute auf Fuller hinab, auf seinen nassen Mund. Fuller schlüpfte in die Schuhe zurück und reckte sich. »Der Zufall«, wiederholte sie. Ihre Hände waren in die Hüften gestemmt. Sie zerdrückten die gebügelte Wiese auf dem Stoff.

»Baue nicht auf ihn«, sagte Fuller. »Aber fällt er dir in den Schoß, lasse ihn nicht ungenutzt.« Er griente und drehte den Draht am Hals der Champagnerflasche. Die Fingerkuppen wurden rot. Sie bewegten sich ruckartig im halben Kreis. So, wie er den Draht löst, dachte Kirsten, so dreht er ihn zu. Sie hielt den Kragen vom Kleid vor dem Hals, die umgenähten Margeriten.

»Heute hat es mächtig geknallt«, sagte Fuller und nahm den Ton aus der Flasche vorweg. Der Korken flog zum Fenster. Fuller sah ihn am Himmel abprallen. Er dachte, das Blau krachen zu hören. »Nun hat der Himmel tatsächlich einen Riss, meine Liebe. Und darauf stoßen wir gebührend an.«

Kirsten ließ das Kinn auf die Brust sinken, auf die gewebten Margeriten. »Fuller«, stöhnte sie. »Komm endlich zum Punkt.«

»Nur so viel«, antwortete Fuller, »Frau Nielsen ist von nun an im freien Fall.«

Kirstens Augen wurden groß. Sie griff Fullers Arme und begann zu hüpfen. Und mit jedem Sprung wurde sie kleiner, als stampften sich ihre Füße in den Boden. Kirsten wollte zu Fuller aufschauen. Dafür ging sie in die Knie, Stück für Stück. Als sie zum Stehen kam, reichte ihre Nase an sein Kinn. »Erzähl mir alles«, bat sie außer Atem. »Noch streng geheim«, flüsterte Fuller. Er schnalzte mit der Zunge, nahm die Gläser und bat auf das Sofa. Er schenkte ein und nach, bis er sah, wie sich die Wiese an Kirsten auf den Polstern streckte. Fuller legte sich auf sie. Er biss in die Margeriten. Er schob den vernähten Schwalbenschwanz am Schenkel in die Höhe, schob seinen Pint unter die Wiese, ins Fleisch. Kirsten zählte die Stöße. Sie stöhnte für Fuller im Takt der Uhr über dem Schreibtisch. Sie trommelte für ihn mit den Fäusten auf das Sofa, als sei ein Beben unter der zerknitterten Wiese. Streng geheim, dachte Kirsten, wollen wir doch mal sehen.

»Du Gänseblümchen«, stöhnte Fuller.

*9. November, 17 Uhr, Käuzchenweg, Haus am Tann*

Die Frauen standen vor der Hauswand. Sie starrten auf den großen roten Fleck auf dem grauen Putz. »Den kriegt man nicht weg«, sagte Betty. »Nicht im Guten.« Sie pflückte ein trockenes Blatt von der Pfeifenwinde. Sie zerrieb das Herz in der Hand.

»Wie auch«, stöhnte Eva. »Er ist ja nicht nur auf der

Wand. Er ist in aller Munde. Auf dem Markt, in der Bahn, auf dem Papier von jedem Wurstblatt in dieser Stadt ...« Sie lugte kurz zum Netz im Fenster der Nachbarin. »Aber das Allerschlimmste«, fuhr sie fort, »er ist in meinem Schlaf.«

Eine rote Qualle mit langen Tentakeln, dachte Corinne. Ihre Finger formten in der Luft einen Rahmen für den Fleck. »Auf dem Weg in die Stadt hat er sich in den Mündern wahrlich ausgewachsen«, sagte Corinne wie zu sich selbst.

Betty schob ihr Gesicht in den Rahmen, vor den Fleck. Die Augen wurden schmal, der Mund spitz. »Er ist inzwischen wohl groß genug«, zischelte sie.

»In der Stadt ist er neuerdings aus Blut«, fügte Corinne hinzu, als hätte sie die Bemerkung der Freundin überhört.

Betty stieß Corinne. Sie stieß ihr einen Bluterguss in die Seite, einen zweiten auf den Arm. Corinne stand mit weit aufgerissenem Mund. Der Schrei war ein Bild. Er war stumm.

Eva sah nur das Rot. »Ich habe Angst«, sagte sie. Der Steinkauz ruderte im Flug um das Haus. »Das erste Mal in meinem Leben fühle ich mich vogelfrei. Und das im schlechtesten Sinne.« Der Kauz trug einen Schrei im Schnabel, flog ihn aus der Stadt zum Wald. »Ich denke, ich sollte das Haus verkaufen und fortziehen«, sagte Eva. Sie verschränkte die Arme vor der Brust. Betty rieb ihr den Rücken warm. Corinne fragte nach dem Ernst des Gedankens. Eva hob die Schultern. »Das wird kein Ende nehmen, fürchte ich. Oder ein allzu schreckliches.«

Lieselotte verbarg sich in der Dachgaube über der Haustür. Das Fenster stand weit offen. Lieselotte wollte nicht glauben, was sie hörte. Ihre Hand umklammerte den Fensterrahmen. Die Finger krampften am Holz. Sie zogen den Schmerz aus Schläfen und Brust bis unter die Nägel. Das Ungeheuer in ihrem Leib war starr. Lieselotte hatte die gelben Augen des Kauzes gesehen. Sie hatte seinen Ruf gehört. »Nielsen wird das Haus verkaufen«, sagte sie sich. »Verkaufen und fortziehen.«

Das Fensterglas verkehrte Lieselotte den Abendhimmel, den Garten, die Frauen. Sie sah Eva nach rechts an das Herz greifen. Die Scheibe machte den Griff zittrig und gläsern. Lieselotte starrte zwischen zwei Sonnen zum Wald. Sie wünschte, die Fensterscheibe könnte den Sinn der Worte verkehren. Und den Ruf des Kauzes.

*10. November, 16 Uhr, Am Köpfanger,*
*St. Joseph Krankenhaus*

Der Vorstandsvorsitzende saß im Bett auf Rädern. Die Frau mit dem Haar wie verwobener Zucker richtete das weiße Kopfkissen in seinem Nacken. Die Frau mit der Latzhose vom Bild auf seinem Büroschreibtisch zog die Krankenhausdecke glatt. Sie schaute zur Tür und sagte: »Er hat schon von Ihnen gesprochen. Haben Ihnen die Ohren geklungen?«

In der Tür harrte Eva. Sie trug einen Strauß aus weißen Anemonen und Blutgras vor der Brust.

»Kommen Sie, kommen Sie«, forderte die Frau mit dem Gesicht eines Mannes. »Ich muss leider wieder los.

Meine Moorschnucken werden auf mich warten. Und der Weg ans andere Ende der Welt ist lang.« Sie küsste ihrem Mann den Strich im Gesicht. »Pass auf dich auf, Murkel«, flüsterte sie. Der Strich bog sich zu einem Lächeln.

Die Frau mit dem Haar wie Zuckerwatte strich über die Glatze. »Und ich komme morgen wieder«, sagte sie. »Dann bringe ich dir die Socken und die Rasiercreme.« Sie berührte fast unmerklich Evas Arm und ging. »Fährst du mich noch heim?«, fragte sie die Frau mit dem Männergesicht im Flur.

Der Kasten an der Wand piepte in die Stille. Auf seinem Bildschirm schlingerten drei Striche auf und ab. Der Strich im Gesicht des Vorstandsvorsitzenden öffnete sich. »Sie sollten Ihr Gesicht sehen, Eva.« Sein Schmunzeln war breit.

»Ich wusste nicht«, sagte Eva, ohne zu sagen, was sie sah.

»Die Herzen sind größer, als die meisten Menschen ahnen«, erwiderte der Vorstandsvorsitzende. Er senkte die Nase in den Strauß. Ein Zweig stach seine Stirn. »Mein Großvater zählte zu den Ahnungslosen«, fuhr er fort. »Nach Großmutters Tod wurde sein Herz ein Käfig. Ich bemühe das Bild aus gutem Grund, denn er kaufte sich einen Kanarienvogel. Stellen Sie sich das vor, er lebte mit einem tschilpenden Vogel, der nur Dreck machte. Kein Hund, keine Katze. Können Sie sich das vorstellen?«

Eva ließ Wasser in ein Glas laufen. »Wissen Sie, was mein Vater gesagt hat, nachdem ich ihm meinen Mann vorgestellt hatte?« Sie hielt kurz inne und lächelte. »Das Herz habe seinen eigenen Kopf.« Sie hielt das Glas vor der Brust. Das Wasser reichte ihr bis zum Kinn.

»Besser ein verbohrtes Herz als ein kaltes«, sagte der Vorstandsvorsitzende. »Aber ich möchte Ihnen etwas über unsere Axt erzählen, Eva. Mein Stellvertreter hat ein Geheimnis. Wer es kennt, ist ihm gefährlich wie ein Fläschchen Weihwasser dem Pferdefüßigen.« Der Vorstandsvorsitzende lachte auf und rieb sich die Glatze. »Glauben Sie mir, Eva, unsere Axt hätte mir schon längst den Garaus gemacht, wüsste ich nicht darum. Um mich ist es zu spät. Die Ärzte raten mir, mich aufs Altenteil zu begeben. Aber Sie, Eva, Sie kann es retten.«

Eva schüttelte den Kopf. Sie drapierte den Strauß im Glas. Das Blutgras zitterte. »Der Pferdefüßigen sind's zu viele«, flüsterte sie.

*12. November, 10 Uhr, Am Hain, Dreifaltigkeitsfriedhof*

Lieselotte grüßte. Wasser tropfte ihr von den Friedhofslinden ins Gesicht.

Die greise Gärtnerin schob eine Stiege mit purpurner Heide in den Sand. »Sehen wir uns wieder«, sagte sie. Ihr Kopf nickte für sich. Er dachte: Mein Gespür wächst mit meinem Gram. Die Alte rieb die Erde von den Fingern, klopfte sie von den Stiefeln. »Ein wirklich guter Tag für einen Besuch hier«, sagte sie in den Friedhof, in den Dunst. »Nur Engel an den Gräbern.« Ein Tropfen zog eine dünne Strähne neben ihrer Schläfe zum Kinn. »Dem schönsten fehlt inzwischen leider die Segenshand«, fuhr sie mit trauriger Stimme fort. »Ich hab sie überall gesucht, selbst auf dem Kompost. Weiß der Himmel, wer die bronzene Hand eingesteckt hat.« Ihr Finger zeigte in die Tiefe des Friedhofs. »Der Schöne betet zwischen den Eichen, gleich neben dem Brunnen.«

Lieselotte rieb die winzigen Wasserperlen vom Mantel. Sie schüttelte die nassen Hände.

»Das«, sagte die Alte und zeigte auf die Wassertropfen am Boden, »das macht den Tag gut. Die feuchte Luft schadet den Dauerwellen.« Sie lächelte zum Steinbrech neben ihren Stiefeln. »So hat der Friedhof seine verdiente Totenruhe.« Die Alte nahm Lieselotte die Wicke aus der Hand. Sie drehte sie langsam vor dem Gesicht, drehte sich das Violett in die trüben Augen. »Die kann auch nicht sterben«, flüsterte sie. Die violette Fahne zitterte über den Flügeln, dem Schiffchen. Die Alte reichte die Blüte zurück. Doch der Mensch muss nicht sterben, um tot zu sein, dachte sie.

Lieselotte schaute in den Friedhof. Sie fror. »Das Grab neben meinem Vater«, sagte sie, »ich glaube, es ist das vorletzte am Hauptgang. Das hätte ich gern.« Für mich, dachte sie.

Dein Vater, dachte die Alte und hob die weißen Brauen. Ihre Augen wurden schmal. Sie kannte Lieselottes Familie, die Dommel. Weiß Gott, Kind, wo dein leiblicher Vater liegt, dachte sie und: Möge eine arglose Babuschka ihn im tiefsten Osten mit seinen Schanden verscharrt haben, den ruhmreichen Befreier, aber sollte es doch einen Gott geben, so hat der elende Sünder es nicht zu Mütterchen Heimat zurückgeschafft. Die Alte sah das Dunkel am Ende des Friedhofs.

Vor Jahrzehnten war das Dunkel ihr Glück gewesen. Wochen hatte sie in einem ausgehobenen Grab unter Brettern und Planen gehaust, Bärlauch gegessen, Löwenzahn, Sternblumen. Sie hatte die Schreie der Frauen und Mädchen aus der Stadt gehört, das Wimmern, das Röcheln, Schüsse.

Die Greisin spürte die Kälte aus dem Grab, als sei es gestern gewesen. Ein Menschenleben ist nicht lang genug, um einen Krieg zu verwinden, dachte sie, und kein Frieden ist es.

Die Alte nickte Lieselotte zu. Der Tropfen Wasser fiel von der Strähne, fiel in den Sand. »Das Grab ist frei«, sagte sie. Ihre dürre Hand zeigte zwischen die Linden.

Lieselotte trug die Wicke in den Nebel. Die Tränen rannen in die Tropfen von den Baumzweigen.

Die Alte hatte Lieselottes Augen im Kopf. Der Tod ist grausam, dachte sie.

*14. November, 18 Uhr, Ungewitterstraße, Wohnbungalow*

Betty beugte sich über den Tisch. Vor ihrer Brust schwamm ein gekochtes Herz. Es drehte sich in der Schöpfkelle. Betty ließ es in die Hühnerbrühe vor Georg gleiten. »Es ist deins«, sagte er und tauschte die Schüsseln. Seine Hand klopfte Bettys. Das Herz dampfte zwischen den Fettaugen.

»Das Gewissen ist zäh«, murmelte Betty und rührte.

Georg pustete auf den gefüllten Löffel. Die löchrigen Sterne schlingerten in der Brühe. »Du hast wenigstens eines«, sagte er und schlürfte. Georg wurde warm. Die Sterne erinnerten ihn an das kleine Land. »Wir hatten gute Zeiten, Betty, das denke ich immer wieder.« Sein Löffel teilte den kleinen Magen in der Brühe. »Nur damals waren die Menschen sich näher. Das war die Not, erklären sie uns heute.« Georg stöhnte. »Ich habe keine Not gelitten. Du?« Er kaute auf dem halben Magen.

»Was haben wir gesoffen, gegessen, getanzt«, sagte Betty. Sie hob die Hände, als riefe sie einen Geist an. Die Brühe dampfte dazwischen. Über den Brauen standen rote Flecken auf der Haut. »Kein Anlass wurde ausgelassen. Und wenn es das Ende des Subbotniks war. Und erinnerst du dich an Frau Kunstmalerin im Nebenaufgang?«

»Kleopatra?«, fragte Georg.

»Was wetterte die gegen Vater Staat, aber an seinem Geburtstag hat sie ein Glas nach dem anderen gekippt. Am Ende hat sie nicht mehr die Treppen steigen können.« Betty grinste, bevor sie einen Seufzer abgab. »Ich vermisse die Feiern unserer alten Hausgemeinschaft.«

»Hast du dich einmal gefragt, wer von den Nachbarn vom Eibenberg gewesen sein könnte?«, fragte Georg. Ein Stück Fleisch hing fasrig zwischen seinen Schneidezähnen.

»Der Hausmeister?«, fragte Betty. Sie hielt den Kopf schief und sah aus dem Fenster.

Georg hob die Schultern. »Ich denke inzwischen, wenn man nichts weiß, bleibt die Zeit heil. Ich will meine Akte gar nicht sehen. Vielleicht steht der Hausmeister drin, vielleicht Kleopatra. Aber eines würde ich möglicherweise nicht finden, ob er oder sie der Bagage freiwillig gesungen hat, wer gezwungen wurde. Und aus welchen Gründen.« Die Mulde vom Löffel versank in der Brühe. »Nein, ich habe abgeschlossen. Wir haben gut gelebt, bescheiden, doch gut. Und Bescheidenheit macht die kleinen Freuden groß.«

»Erinnere dich an unsern Nachbarn«, sagte Betty. »Er fuhr als erster in der Straße ein Auto mit Stern. Es war alt, aber es hatte den Stern. Das war ihm wichtig. Alle sprachen über ihn. Das war ihm noch wichtiger.« Betty schaute auf das Herz. »Bis er eines Tages mit dem Bus zum Sozialamt fahren musste.« Betty kaute. Das Herz war zäh. »Die von drüben hätten uns betrogen, hat er gesagt. Und er hat für uns alle gesprochen.«

»Es war seine Wahl«, murmelte Georg. »Unsere war es nicht.«

»Und stell dir vor«, sagte Betty, »der Stern soll noch heute in seinem Flur hängen.«

*16. November, 18 Uhr, Schloßstraße*

Corinne schaute über die Schulter zum großen Schaufenster. Sie sah sich beim Schlendern. Hinter dem Schaufenster warf eine Frau Schnee aus Maisstärke in den Herbst, in die Auslage. Corinne lächelte sich zu. Das Kind kommt zum Fest, dachte sie. Der Schnee fiel auf Schleifen aus Samt, auf Kaschmir und Seide. Der Schnee war vom letzten Jahr. Er hatte in Säcken unter dem Dach des Warenhauses gelegen. Wenn es zum Fest nicht schneit, dachte Corinne, dann zeige ich dem Mädel die Schaufenster.

»Sie wünscht sich viel Zeit mit uns«, hatte Karl gesagt. »Und sie will Schnee. Ich habe ihr versprochen, du würdest ihn ordern, koste es mich, was es wolle. Sie hat vor Vergnügen gequietscht und gesagt, gekauften Schnee bekäme sie im Morgenland jeden Tag. Sie hätten dort sogar eine Skipiste, mitten in der Shopping-Mall.«

Corinne lachte. Das Lachen war kurz wie der Fall eines Regentropfens von der Schirmzwinge zum Gehweg. Corinne erstarrte. Zu ihrer Rechten kauerte eine Frau auf dem gepflasterten Boden. Sie hatte eine schäbige Joppe an und einen halben Flaschenkarton über dem Kopf. Neben ihr standen zwei verknotete Mülltüten. Vor ihr blinkte eine Metallschale mit drei Münzen. Die Frau starrte auf die gekreuzten Beine auf der Pappe. Corinne starrte auf die Frau. Die Flaschensammlerin, dachte sie und rang um Luft.

Corinne senkte den Schirm. Sie presste die Handtasche vor die Brust, als gäbe sie Halt. Ein Mann stieß sich an Corinne. Der Mann murrte, das Kind an seiner Hand bockte. Es wollte ein gebackenes Herz mit seinem Namen aus Zucker darauf. Corinne fingerte einen Geldschein aus der Tasche. Sie zerknüllte das Antlitz von Clara Schumann, den Konzertflügel, die schwingende Stimmgabel und das Hoch'sche Konservatorium auf der Rückseite der Banknote.

Corinne hielt den Schirm dicht vor das Gesicht. Sie ging in die Knie und blickte in die Metallschale. Sie sah die Flaschensammlerin nicht. Sie sah Regentropfen in den Himmel fallen. Corinne warf den zerknüllten Schein mit zittrigen Fingern auf die Wolken und ging, ging schnell und ohne zu atmen. Nach einigen Metern blieb sie stehen und drehte sich um. Der Hund, dachte sie. Wo hat sie ihren Hund gelassen?

Die Flaschensammlerin steckte das Geld in die Joppe. Sie schaute kurz zu Corinne und zurück auf die gekreuzten Beine.

Vielleicht wird der Winter mild, dachte Corinne, dachte an das letzte Weihnachten. Im Hof hatten die Rosen geblüht, das Eisenkraut.

Corinne stöhnte. Hinter dem Schaufenster öffnete die Dekorateurin einen zweiten Sack mit Schnee.

*17. November, 11 Uhr, Käuzchenweg,*
*Mansarde im Haus am Tann*

Zwei Flügel ragten aus einem Umzugskarton. Lieselotte zog sie behutsam in die Höhe. »Organza«, sagte sie. Der Mund zog das Wort. Die Zunge war bleiern, denn der Schlaf war in ihr. Er war seit dem Morgen im Schädel, in den Armen, den Beinen und in Fott.

»Nur eine halbe Tablette«, hatte der Arzt gewarnt. »Die ganze wirft Sie mit an Sicherheit grenzender Wahrscheinlichkeit um.« Lieselotte hatte die Tablette zwischen Daumen und Zeigefinger in den Himmel gehalten, vor den vollen Mond. Die Tablette hatte an den Rändern geleuchtet. Lieselotte schluckte das ungeteilte Weiß. Sie hatte zwei Tage im Bett gelegen und wusste nicht, ob sie die Flügel im Karton neben dem Bett sah oder träumte.

Lieselotte spürte den Organza zwischen den Fingern. An den Flügeln hingen ein weißes Kleid, ein goldener Gürtel, das Verkaufsschild und keine Erinnerung. Für die Katz, dachte Lieselotte. Sie hielt das Kleid vor ihren Leib. Die Metallbügel in den Flügeln drückten auf ihre Brüste. »Da …, da war ich so alt wie du, Stephanie … wie du heute«, sagte sie.

Stephanie winkte ab. »Du lallst, Mutter.« Stephanie feixte. »Hast du etwa getrunken? Es ist noch nicht mal Mittagszeit.«

Das Kleid fiel in den Karton. Die Flügel knackten. »Die Schlaftablette«, erwiderte Lieselotte. »Die halbe hätte wohl doch gereicht.«

Stephanie stülpte eine graue Kappe über ihren Kopf. Aus dem Filz ragte eine graue Blüte. In der Blüte hing eine Perle. »Ist die echt?«, fragte sie.

Lieselotte schüttelte den Kopf, den dumpfen Schmerz darin. Sie schüttelte ihn langsam wie die umgekehrte Tasche in ihren Händen. Eine kleine Börse aus Samt fiel zu Boden. Lieselotte legte sie sich wie einen Schatz auf die Hand. Stephanie hatte große Augen. Lieselottes Augen waren leer. »Ich hatte nichts, … was ich darin hätte vergessen können«, sagte Lieselotte, »nichts von Wert.« Stephanie öffnete den metallenen Bügel. Die Börse stand offen. »Siehst du, schwarz und leer«, sagte Lieselotte.

Stephanie schob die Kappe zum linken Ohr, zum rechten. Sie betrachtete sich im Fensterglas. »Die nehme ich«, sagte sie und schaute in den Garten. »Wer ist der Olle im karierten Anzug?«

Lieselotte hielt ein Handtuch zum Fenster. Wo der Stoff dünn war, grellte ihr die Sonne in das Gesicht. »Der Makler«, antwortete sie. Lieselotte warf das Handtuch in den Karton. Sie sah das dunkle Nachbild der Sonne auf Stephanies Wange.

»Das Haus ist eine Perle«, rühmte der Mann im karierten Anzug.

»Das ist es«, stöhnte Lieselotte leise.

»Ist das der Grund?«, fragte Stephanie. Ihre Schuhspitze tippte gegen den Karton. Die Flügel zitterten.

»Alles hat seine Zeit«, antwortete Lieselotte und: »Du bist zu früh. Ich habe dein Geburtstagsgeschenk noch gar nicht eingewickelt.«

Stephanie hob die Schultern. »Wenn du vom Meer zurück bist, feiern wir nach«, sagte sie. »Und ich stelle dich meiner Nachbarin vor. Ihre Putzstelle ist noch nicht vergeben, und du weißt, die Leute zahlen wohl recht gut.«

Lieselotte wendete sich ab. Ihre Hand war kalt. Sie sah sich Scheine in die Samtbörse stecken. Und die goldene Lilie. Die Börse steckte sie in ein Kuvert, das sie zuklebte. »Du öffnest es erst zum Geburtstag«, bat Lieselotte sanft. »Und vergiss nicht, die Blumen zu gießen … Aber erst am Sonnabend, hörst du?«

Stephanie nickte und schob das Kuvert in den Einkaufsbeutel. »In deinem Zustand legst du dich besser gleich wieder hin«, flüsterte sie. Ihre Hand klopfte die

Schulter der Mutter, griff den Schlüssel, öffnete die Tür. »Bis bald«, sagte sie, »und danke.«

Die Tür fiel ins Schloss. Lieselotte stand im Raum, eine Minute, zwei Minuten. Sie spürte sich nicht. Als wäre sie bereits fort. Sie wendete den Kopf zum Spiegel. Die Tür stand in ihm und ein Karton mit Flügeln. Die Frau im Spiegel konnte nicht weinen. Sie dachte, was sie in einem Roman gelesen hatte: Selbst die Tränen sind müde.

*19. November, 15 Uhr, Heiliggeiststraße, Anwaltskanzlei Marchet*

Eva saß unter den verglasten Horen. Sie schob einen Aktenordner auf den Tisch. »Die Kündigung der Stiftung ist dabei. Liegt ganz oben«, sagte sie. »Ich musste unterschreiben. Welch Ironie.« Eva biss in die Finger, die den Stift geführt und sich dem Handschlag zur Verabschiedung verweigert hatten.

Karl zog die gestreifte Fliege vom Hals. »Du hättest ihnen zuvorkommen können, aber dir damit nicht geholfen, Eva. Allenfalls dem Stolz.« Er wickelte das Stoffband um die Finger. »Doch Stolz und Würde sind keine Geschwister. Und weder der eine noch die andere zahlt für Brot und Dach über dem Kopf.«

Eva schob die Brille auf der Kündigung vor und zurück. Der Rahmen teilte die Worte. Das Glas machte sie größer, als sie waren und wieder nicht. »Verkehrte Welt«, merkte Eva an. Sie ging zum Fenster. Sie sah einen Kleiber am Stamm der Platane hinablaufen.

»Wir haben gute Karten«, sagte Karl. »Die Herren kommen uns nicht so leicht davon.« Seine Hände zogen das Stoffband an den Enden lang, hielten es wie einen Strick.

»Gute Karten«, wiederholte Eva. »Eine Runde ist bereits verloren.« Sie zeigte Karl die ausgestreckten Hände, das Zittern. »Genau so sieht es in mir aus, Karl. Mein Zuhause sind ein roter Fleck an der Fassade, ein schwarzes, schrillendes Telefon und die Beruhigungspillen in meinem Medizinschrank.« Eva schaute zu den Horen. Die Baumkronen spiegelten sich im Glas. Sie wuchsen den Göttlichen aus den Köpfen. »Und Lieselotte«, fuhr Eva fort. Ihr Mund war trocken, er bebte. »Als der Kurier an die Haustür gehämmert hat …« Sie stockte und rieb die Lider, rieb sie schwarz und nass, bevor sie sich in die Hände sprach: »Lieselotte hat unter sich gemacht, stell dir das vor. Ich habe so getan, als hätte ich nichts bemerkt.«

Karl nahm Eva in den Arm. Er hielt das Zittern.

»Wir mögen gewinnen«, flüsterte Eva, »aber wir haben bereits zu viel verloren.«

*20. November, 14 Uhr, Nachtigallstraße, Pressehaus*

Fuller ging über den langen Flur, unter den gebundenen Knoten der Chefredakteure. Seine Brust war breit, sein Blick offen wie die Tür des Vorgesetzten. »Fuller«, sagte der Chefredakteur. Er saß auf seinem Schreibtisch. Seine Füße baumelten, wo sonst Fullers Knie standen, baumelten vor der Sitzfläche des Ledersessels. Sein Sakko hing an der Schranktür, die lehmbraune Krawatte mit den schwarzen Ranken darüber. »Der Name Fuller ist im Haus so allgegenwärtig wie das Wort ›Wetter‹«, sagte der Chefredakteur und lächelte.

Fuller stand hinter dem Ledersessel. Er musterte den offenen Kentkragen des Grauen. Zwischen den Enden sah er den Adamsapfel tanzen, als wäre er fröhlich.

»Ich«, hob Fuller an und zählte bis drei, in die geplante Pause, »ich habe gekündigt!«

Der Chefredakteur krempelte einen Ärmel empor. »Das verstehe ich nur zu gut«, sagte er zur Hand an der Manschette. Seine Stimme war farblos wie die Knöpfe am Aufschlag. »Aber eines müssen wir Ihnen lassen, Fuller, Ihre Beharrlichkeit.« Seine Stimme hob sich mit dem Kinn.

Fuller presste die Knie in den Sesselrücken. Die Kuppen seiner Zeigefinger lagen auf der Lehne. Er spürte die Hacken. Sie drückten bis ins Hirn, drückten wie das Wir im letzten Satz des Grauen. Die Fingerkuppen pressten das Leder tiefer. Dann sagte Fuller: »Es war an der Zeit. Es bedarf nun wahrlich nicht allein eines Strickes, Tag für Tag im Kreis zu laufen. Es gehören vier Beine dazu.«

Der Chefredakteur lachte. Der Adamsapfel hüpfte. Das Lachen war satt. Der Vorgesetzte stieg vom Schreibtisch und ging zur Wand dahinter. »Es wird Sie verwundern, Fuller, aber ich hatte einen ähnlichen Gedanken.« Seine Hand nahm das Bild vom Nagel. Der Graue ließ den gerahmten Sturm in die Aktentasche fallen, die Bäume, die Stockflecke. »Ich wäre schon früher gegangen«, fuhr er fort, »aber es war nicht einfach für uns, einen kapablen Nachfolger zu finden.«

Fuller rang um Luft, um ein Gesicht, das sich unbeeindruckt gab. Er vergrub die Nägel in den Handinnenflächen. Die Fäuste drückten das Leder vom Sessel in die Tiefe, bis das alte Leder knarzte. Fuller hob die Stimme. »Sicher«, sagte er. »Ein schlingerndes Schiff bedarf eines Genies.«

Der Chefredakteur lächelte. »Das wird mir fehlen«, sagte er und widersprach sich in Gedanken. Er nahm den Kalender und hakte den Tag ab. Er glaubte, den Wein zu schmecken, den Hang zu riechen, die Frau

Fuller spiegelte das Lächeln. Er dienerte leicht dabei. Seine Hände schoben sich in die Jackentaschen. Sie trugen die gestreckten Mittelfinger durch die Tür in den Flur.

*21. November, 10 Uhr, Straße des Friedens, Bürohaus*

Kirsten trug einen Hosenanzug. Er war dunkelblau. Sie schonte ihn für Vorstellungsgespräche und Beerdigungen. Der Trauerflor aus dem vorletzten Jahr lag auf dem Nachtschrank. Er wirkte wie ein großes schwarzes Insekt an einer Nadel. Kirsten hatte die Haare am Hinterkopf verknotet, die Fingernägel abgeschminkt und die Lippen gezupft. Ihr Schmuck waren Perlen an den Ohren und am Hals. »Aus Glas und Fischsilber«, hatte die Mutter gesagt. »Das erkennt das bloße Auge nicht. Das Auge eines Mannes schon gar nicht.«

Die Augen vom Stellvertreter des Vorstandsvorsitzenden glänzten wie polierter Stahl. Kirstens ausgestreckte Hand war in ihnen, ein dünner Streifen Ahornrot an der Nagelhaut. »Setzen wir uns«, bat der Stellvertreter und rieb den goldenen Greif auf dem Siegelring. Kirsten öffnete die Jacke. Was sie längst vergessen hatte, sahen die grauen Augen, sahen den falschen Farbton des Garns an einem der oberen Knöpfe.

»Vielen Dank für den Termin«, sagte Kirsten. Sie scheute die Augen. Sie schaute zwischen sie, blickte zur Stelle, wo die Brauen sich dunkel entgegenwuchsen. Sie sah an der Schläfe vorbei an die Wand, wo ein Golfer vom Plakat ins Zimmer blickte. Als flöge sein Ball in ihm. »Ich freue mich, Sie so kurzfristig sprechen zu können«, sagte sie zur Nasenwurzel.

»Die Freude ist ganz auf meiner Seite, Frau Densow, das können Sie mir glauben.« Der Stellvertreter fasste zur kleinen Skulptur auf dem Tisch. Ihre silberne Weltkugel hing an einer Angel. Ihr Anfang hing im Nichts, ihr Ende am Haken. »So lerne ich Sie auch persönlich kennen.«

Kirsten neigte den Kopf. Sie sah ihr geschmücktes Ohr auf der Kugel. Es war rot und weit. Das Auch klang in ihm, bis Kirsten es als Frage in den Mund nahm.

»Die Presse«, erklärte der Stellvertreter. »Und Sie haben einen Ruf in diesem Haus. Er ist zwar alt, aber dennoch am Leben.«

»Kaum zu glauben«, erwiderte Kirsten. Sie strich über den Hals, fingerte an der Perlenkette. »Ich hoffte sehr, die alten Garden sind Frau Nielsen vorangegangen.« Der Knebelverschluss rutschte über die Schulter, spiegelte sich in den grauen Augen.

Blech, dachte der Stellvertreter. »Der Pförtner ist noch da«, sagte er, »zwei Sekretärinnen, eine Frau in der Kantine und Papier über Papier.«

»Sie wissen, welcher Wahrheitsgehalt jenen Papieren zuzuschreiben ist«, warf Kirsten ein und versuchte zu lächeln. Das kleine Blech war wieder im Nacken, wo es die Haut geschwärzt hatte.

»Sie haben sich all die Wochen darauf berufen«, sagte der Stellvertreter. Er drehte den Siegelring um den Finger, den Greif aus Gold.

Kirsten zog eine Mappe aus der Tasche. »Um ehrlich zu sein, liegen mir diese Papiere hier weitaus mehr am Herzen.«

Der Stellvertreter beugte sich vor. »Sicher«, sagte er und las das geprägte Wort »Bewerbung«. Sein Zeigefinger tippte auf den Pappdeckel. Der Ton klang hohl, ihm und Kirsten zugleich.

Der Stellvertreter erhob sich und ging zum Aktenschrank. Er zog vergilbtes Papier aus einem der Fächer und legte vier Blätter wie Karten eines Spiels vor Kirsten auf den Tisch. »Vom Eibenberg«, sagte der Stellvertreter, »und mit Ihrer Unterschrift.«

Kirsten lehnte sich zurück. Sie hob das Kinn. »Ich wurde erpresst. Es würde mich verwundern, wenn Sie die Geschichte vom Giftschrank nicht kennen.«

Der Stellvertreter schwieg. Er wusste, Schweigen bringt zum Reden.

»Nur drei Tage später stand meine Flucht bevor. Ich musste also drei Tage in dieser gottverdammten Diktatur überstehen. Und mein Weggang macht mich wohl über jeden Zweifel erhaben. Aber am wichtigsten, sagen Sie mir, wem ich geschadet habe.«

»Sie reden wie die Frau, die Sie zu Ihrer Erzfeindin auserkoren haben«, erwiderte der Stellvertreter.

Stille. Auf dem Flur schlug eine Tür zu.

»Ich stelle es Ihnen frei, Ihre Unterlagen hierzulassen, Frau Densow.«

Kirsten erhob sich. Sie musterte die Uhr an ihrem Handgelenk. »Schade um die Zeit«, sagte sie.

»Die habe ich mir zu gern genommen, Frau Densow.«

*22. November, 12 Uhr, Käuzchenweg, Haus am Tann*

Eva sah zur Decke. Die Unruhe war in Lehm und Holz, seit Lieselotte um Urlaub gebeten hatte. »Das Haus scheint mir sehr hellhörig«, waren die Worte der Frau im lichtgrauen Kostüm. Ihr langer Arm streckte sich zur Täfelung. Die goldenen Reifen klapperten am Handgelenk.

»Kein Grund zur Beunruhigung«, warf der Makler ein. »Ein verlegtes Vlies in der Mansarde und es herrscht Todesstille.«

Eva schwieg.

Die Frau im Kostüm wiegte den Kopf. An ihren Ohren schwangen Ketten aus Gold, in ihren Augen hing der Gekreuzigte an der Wand. »Außergewöhnlich«, merkte die Frau an. Ihr Atem beschlug den Korpus, so nah war sie ihm. »Ein Triumphkreuz«, sprach sie Richtung Erlöser. »Nur winzig klein. Und unglaublich wertvoll, wenn es vollständig wäre.« Der

Finger tippte an das Ende des Kreuzes, auf eine winzige Figur, kleiner als der Nagel der Frau. »Das ist Johannes oder ein Schächer«, sagte sie. Der Finger hob die Brille. Eva sah das Spiegelbild des Gekreuzigten auf dem Glas fallen. »Auf der anderen Seite fehlt ein Schächer oder Maria«, fuhr die Frau fort und stöhnte. »Eine Schande ist das.«

Eva vergaß die Unruhe über sich, unter dem Dach. Das Kreuz in ihren Gedanken war stärker und das Reden der Frau mit dem Finger am Kruzifix. »Sie sind Kunsthistorikern?«, fragte Eva. »Erzählen Sie, bitte.«

Die Frau griente. »Ich muss Sie leider enttäuschen, ich bin eine einfache Krämerin. Mehr nicht.« Sie nahm die Brille ab und schob sie in die Brusttasche zurück. »Tabernakel, Votive, Paramente, Ikonen, mehrstimmige Geläute. Was Ihr Sammlerherz begehrt.«

Eva spürte das Herz nicht, weder Kopf noch Bauch. Selbst die Unruhe war für einen Moment verloren.

»Was meinen Sie, Frau Nielsen?« Die Frau berührte Evas Arm, und Eva erschrak und sagte: »Ballast, am Ende ist es alles doch nur noch Ballast.«

Der Makler zog sich in Evas Rücken ein fremdes Haar vom Revers.

Die Frau im lichtgrauen Kostüm zeigte zum Gekreuzigten. »Für ihn könnte ich einen vierstelligen Betrag anbieten«, flüsterte sie hinter vorgehaltener Hand.

»Er ist unverkäuflich. Er gehörte meiner Mutter«, erwiderte Eva. Und er hat das Gesicht meines Vaters, dachte sie. Eva hörte das Schurren durch die Decke. Sie dachte: Es muss neunzehn Uhr sein. Jeden Tag schob

Lieselotte um diese Zeit die Kommode vor ihre Wohnungstür.

Die Frau hob die Schultern zu den schwankenden Ohrketten. Der Makler wies mit der Hand in die Küche. »Eine Perle«, sagte er.

»Sicher«, stöhnte die Frau im Kostüm. »Aber das Haus ist es nicht.«

*23. November, 9 Uhr, Nachtigallstraße, Pressehaus*

Kirsten warf die Zeitung in den Raum. Das Papier flatterte in der Luft und schlug gegen Fullers Brust. »Seit wann«, schrie sie, schrie sich die Wangen rot, das Dekolleté. »Seit wann hältst du mich zum Narren?«

Fullers Porträt fiel mit der Zeitung zu Boden, sein gedrucktes Lächeln, sein Nebenmann mit dem goldenen Greif auf dem Siegelring. »Die neue Führungsriege der Stiftung stellt sich vor«, stand über dem Bild vor Fullers Schuhen.

Fuller trat einen Schritt vor, trat auf die Zeitung, auf das Fuller, auf das Wort »Stiftungsleiter« vor seinem Namen. »Hast du dir allen Ernstes Chancen ausgerechnet, Kirsten? Weißt du, das Verlieren hat etwas von Pech, meine Liebe, zähflüssiges, schwarzes Pech. Und irgendwie hängt es einigen Leuten an – wie im Märchen. Und durch alle Zeiten …« Fuller streckte sich und stemmte die Hände in die Seiten. »Du hast schon drüben keinen Fuß auf den Boden bekommen, sprichwörtlich. Ich habe recherchiert: diverse Teilzeitjobs, eine Kündigung, ein Prozess.« Fuller stand auf den Fußballen. »Wie, meine Liebe, wie könnte es das Gewissen wagen, ausgerechnet mich zu beißen?« Er legte die Hand auf die Stirn, als wäre sie offen, als wäre zu verbergen, was im Raum stand.

Kirsten wendete sich ab. »Gewissen«, sagte sie und griff zum Stuhl, ins schwarze Fell darauf. »Solltest du eines haben, magst du ihm vielleicht entgehen, Fuller. Mir entgehst du ganz sicher nicht!« Kirsten strich sich über den Bauch. Sie streckte ihn Fuller entgegen und feixte. »Uns!«, fügte sie hinzu. Sie schlüpfte in die vernähten Schafsfelle. Ihr Lachen war kalt und laut, ihr Gehen beherzt.

Fuller stand im Raum. Er hielt noch immer die Stirn. Er schlug sie. Das Blühen, dachte er, sie blüht! Fuller lief. Die Füße gerieten aus dem Schritt. »Du bluffst doch nur«, rief er. Fuller stolperte, stolperte über Fuller.

»Drei Schwangerschaftstests bluffen nicht, mein Lieber!«

»Warte«, schrie Fuller. »Warte!«

*24. November, 15 Uhr, Käuzchenweg, Haus am Tann*

Der Schrei war im Haus. Es war ein Schrei, der kein Ende finden, der bis in den Schlaf gellen und dem Schlaf ein Ende bereiten sollte, der die Nächte verleidete und die Tage dazu. Der Schrei war in der Decke unter der Kemenate, war im Lehm, im Lüster, im Gekreuzigten, in Eva.

Eva starrte zur Decke. Sie konnte sich nicht bewegen. In ihrem Kopf war ein Flügelschlagen, das die Gedanken verdunkelte. Es war so alt wie die Stille unter dem Dach, vor dem Schrei. »Lieselotte«, flüsterte Eva und hob den Fuß. Sie lief, ohne sich zu spüren. Sie lief in den Garten, zur Treppe am Giebel, hinauf zur Mansardentür und ins Zimmer.

Stephanie kniete vor dem Bett. Sie vergrub ihr Gesicht im Plumeau, das Greinen und Zittern. Ihr Kopf lag neben Lieselotte, auf Herzhöhe. Stephanie klammerte sich an Lieselottes Arm, als könnte gehalten werden, was entschlafen, was erkaltetes Fleisch und Blut und Knochen war und keine Tränen hatte.

Eva starrte auf Stephanie. Sie fürchtete Lieselottes Augen. Sie müssen gebrochen sein, dachte Eva und erinnerte sich an ihre Mutter, an die Alte am Grab, die geflüstert hatte: »Der Schmerz steckt in ihnen wie ein Keil. Wer ihn sieht, trägt ihn ein Leben lang dort, wo die Augen des Sehenden enden.« Eva betrachtete den Hals von Lieselotte, das Kinn. Über den Wangenknochen standen Kirchhofrosen. Die Rosetten schimmerten blauviolett, als wäre ein Blühen im Ende.

Eva schaute zu Stephanie zurück, an die Wand. Über dem Bett steckte ein Nagel. Darunter leuchtete ein helles Quadrat, als hinge es am eingeschlagenen Stahl wie einst die Wellen aus Öl. »Das Meer habe ich auch nie gesehen«, hatte Lieselotte gesagt und es von der Wand genommen. Das Meer lag in den Kisten neben der Tür.

Der Kopf von Stephanie hat einen Riss, dachte Eva. Wo sich das Haar scheitelte, glühte die Haut.

Stephanie hob langsam den Kopf und blickte über die Schulter. Sie wimmerte. Ihr Gesicht war Eva ein

Bild, feucht, gerahmt vom hellen Quadrat unter dem Nagel. Eva sah die schwarze Wimperntusche auf Stephanies Stirn, auf den Wangen. Purpur schwamm unter dem rechten Auge. Die Lippen hatten ihre Farbe verloren. Sie schluchzten in das Zittern: »Mutter dachte, das Haus wird verkauft. ›Ich gehe nur mit dem Tod‹, hat sie gesagt.«

Eva hielt sich den Hals mit beiden Händen und kämpfte um Luft. Sie schaute zu Lieselotte, zu den Augen, ohne sie zu sehen. Evas Tränen standen zwischen ihnen, bis sie in die Tiefe tropften.

## Fünf Monate später

*1. April, 16 Uhr, Käuzchenweg, Haus am Tann*

Der Apfelbaum blühte. Der Siebenschläfer sah weiß, wenn er die Erde verließ. Als wäre er zu früh für das Jahr oder das Schneeweiß zu spät, als wäre das Fächeln des Mondvogels im Dämmer nur eine Täuschung.

»Stephanie, hat sich der Vater Ihres Kindes auf mein Schreiben gemeldet?«, fragte Karl.

Stephanie schüttelte den Kopf. Sie rieb über Lieselottes Gesicht auf ihrem tätowierten Arm.

»Er muss für das Kind zahlen«, sagte Karl. »Dass die Trennung von Ihnen ausging, spielt keine Rolle. Und ebenso wenig Ihre Anstellung hier bei Frau Nielsen.«

Corinne nickte. Betty goss der Frau mit dem Haar wie verwobener Zucker und dem ehemaligen Vorstandsvorsitzenden Kaffee nach.

Die Frau mit dem Gesicht eines Mannes sah in den Garten und sprach: »Schau, Murkel, das satte Grün würde meinen Moorschnucken gefallen.«

»Wollen Sie sich nicht etwas zu uns setzen, Stephanie?«, fragte Eva.

Stephanie schüttelte den Kopf. »Die Wäsche liegt in der Maschine und knittert. Und oben habe ich auch noch zu tun.«

Karl zog einen Ordner aus seiner Aktentasche. »Ein guter Tag«, sagte er, »wir haben gewonnen.« Corinne klatschte. Der ehemalige Vorstandsvorsitzende nickte. Karl las: »Im Namen des Volkes. Die Beklagte wird verurteilt, es bei Meidung eines vom Gericht für jeden Fall der Zuwiderhandlung festzusetzenden Ordnungsgeldes und für den Fall, dass dieses nicht beigetrieben werden kann, einer Ordnungshaft oder einer Ordnungshaft bis zu sechs Monaten (Ordnungsgeld im Einzelfall höchstens 250.000 DM; Ordnungshaft insgesamt höchstens 2 Jahre) zu unterlassen, a) zu behaupten oder zu verbreiten und/oder diese Handlungen durch Dritte vornehmen zu lassen: aa) ›Eva Nielsen hat als inoffizielle Mitarbeiterin des Sicherheitsdienstes Spitzeldienste geleistet …‹«

Eva stand am Fenster und schaute in den Apfelbaum. Sie hörte die letzten Worte nicht mehr. Sie dachte an Lieselotte und das Lied: »Schau ich in ihr Antlitz schön, schaut lächelnd sie zurück …«

## Glossar

Seite 10: Junon ist ein Charakter aus der Oper *Platée* (1745 uraufgeführt) von Jean-Philippe Rameau (1683–1764); Sopran.

Seite 20: Das Mondbein (lat.: Os lunatum) ist ein Handwurzelknochen.

Seite 25: Persephone gilt in der griechischen Mythologie als Toten-, Unterwelt- und zugleich Fruchtbarkeitsgöttin.

Seite 31: Kyklop (oder Zyklop) Polyphem gilt in der griechischen Mythologie als einäugiger Riese, der von Odysseus und seinen Gefährten geblendet wird.

Seite 34: Die Horen sind Göttinnen der Jahreszeiten, des Schönen und der Ordnung aus der griechischen Sagenwelt.

Seite 34: Elsbeth oder Elisabeth Tucher (1473–1517) war eine Nürnberger Patrizierin, abgebildet auf dem 20-DM-Schein der Bundesrepublik Deutschland.

Seite 34: Hans Urmiller (1529–1572) war ein deutscher Richter und Kämmerer, abgebildet auf dem 50-DM-Schein der Bundesrepublik Deutschland.

Seite 43: Eris ist in der griechischen Mythologie die Göttin der Zwietracht und des Zanks.

Seite 43: Apate ist in der griechischen Mythologie die Göttin der Täuschung und des Betrugs.

Seite 104: Gothel oder Frau Gothel ist die Zauberin aus dem Märchen *Rapunzel* (Kinder- und Hausmärchen der Gebrüder Grimm).

Seite 113: Sprelacart sind mit Kunstharz gebundene Schichtstoffplatten aus der DDR. Der Markenname setzt sich aus den Anfangsbuchstaben von Spremberg, Laminat und Carton zusammen.

Seite 126: Silbernadel gilt als edelster weißer Tee, dessen beste Qualität aus der Gegend um die chinesische Stadt Fuding (Provinz Fujian) stammt.

Seite 126: »Horch und Guck« ist eine Umschreibung für Geheimdienst, vor allem für das Ministerium für Staatssicherheit der DDR.

Seite 127: Natschalnik ist die russische Bezeichnung für einen Chef, Vorgesetzten oder Leiter.

Seite 137: Patience ist ein trockenes Gebäck aus einem Kakao-Eiweiß-Teig, der ohne Fettzugabe hergestellt wird. In der DDR hieß das Backwerk »Russisch Brot«.

Seite 165: Schandudel ist in diesem Fall die Bezeichnung für eine etwas unordentlich gekleidete Puppe.

Seite 194: Kurwenal ist ein Charakter aus der Oper *Tristan und Isolde* (1859, uraufgeführt 1865) von Richard Wagner; Bariton.

Seite 215: Die Moorschnucke ist eine kleine Landschafsrasse.

Seite 217: Babuschka bedeutet im Russischen Großmutter, Oma.